U0540039

旅行家

詭秘之主

—The Most High—

【第五位天使之王】

Author 愛潛水的烏賊 Illustrator 阿蟬

6

〔目錄〕

CONTENTS

第一章

碰面

不用你告訴我，我剛才也差不多確定了……聽到安德森．胡德的話語，克萊恩表面平靜地在心裡嘀咕了一句。

從最開始在靈界遇到蕾妮特．緹尼科爾，看見她龐大的真實身軀和哥德風格的城堡，克萊恩就認為對方不簡單，而剛才信使小姐輕輕鬆鬆就差點弄死最強獵人的表現，更是讓他毫無疑問地相信，對方是一位半神，至少序列四！

一位半神就為了每次一枚金幣幫我送信？用腳趾頭想，我都知道事情不會簡單，信使小姐肯定另有圖謀，當然，也不排除我總是遇到奇奇怪怪的事情，讓她覺得有趣，剛好本身又很空閒，於是客串起信使。

類似的情況還包括，「魔鏡」阿羅德斯的討好，「水銀之蛇」威爾．昂賽汀的善意。不管怎麼樣，還是得提防一下，不能太過相信。有機會商量好相應事情前，也別考慮遇到危險，要不要吹響口琴的問題了，說不定信使小姐出來會直接撕了我。

克萊恩一瞬間想了很多很多，表情卻依舊淡漠，面對驚愕詫異的安德森，只是幅度很小地點了一下頭：「這和你無關。」

——這傢伙真的很神祕啊！竟然有一個半神級靈界生物做他的信使。而且，他隨隨便便就認識一位擅長轉運的半神。難怪惹到「不死之王」後那麼鎮定那麼從容，難怪「不死之王」沒有尋求報復，甚至都未曾出現。安德森忽地恍然，忍不住又仔細打量了格爾曼．斯帕羅幾眼。

「嗯？」克萊恩不含感情地掃了最強獵人一眼。

安德森忙收回目光，乾笑兩聲道：「我發現你很適合做人物畫的主角，背景陰沉黯淡的那種，這非常襯托你的氣質。怎麼樣，要不要考慮一下？我可以幫你畫幅肖像畫，相信我，在這方面我有大師級的水準！」

克萊恩根本沒去聽他的胡扯，拿出金殼懷表，按開看了一眼：「回你的房間，五分鐘後我來找你。」

「好。」安德森笑容滿面地回應道。

等這位最強獵人離開，克萊恩拿出阿茲克銅哨和威爾．昂賽汀紙鶴，轉身進入盥洗室，布置起儀式。

將「冰山中將」艾德雯娜的珍珠耳環帶到灰霧之上後，克萊恩坐至青銅長桌最上首，具現出紙筆，書寫下簡單的占卜語句：「艾德雯娜．愛德華茲的下落。」

握住紙張和耳環，克萊恩後靠住椅背，邊默念占卜語句，邊借助冥想進入夢境。

先是灰濛的天地占據了他的「視界」，接著一片冰雪覆蓋的平原映入了他的眼簾。

呼號的暴風雪籠罩著一切，四周霧蒙幽深，不像真實的邊界。

克萊恩迅速看見了艾德雯娜的身影，她棕色的長髮於腦後簡單打了個結，然後在風雪中狂亂起舞。

她穿著領口袖口有繁複花紋的白色收腰襯衫和一條深色的長褲，在這樣的環境裡，直觀地給人單薄的感覺。

艾德雯娜穿著皮靴的雙腳不斷在雪上移動，留下了一排明顯的腳印，但肆虐的暴風雪中，這一切很輕鬆就被掩埋了。

畫面逐漸破碎，克萊恩睜開雙眼，發現自己竟無法從剛才的占卜啟示裡解讀出「冰山中將」的具體位置。

「極地？弗薩克的永夜平原？完全沒辦法確定啊，除了風雪，沒有別的象徵……」克萊恩坐直身體，放下了珍珠耳環和寫有占卜語句的紙張。

他考慮了幾秒，確定了另外一件事情，那就是艾德雯娜．愛德華茲確實失蹤了，不在「黃金夢想號」上，這也就可以初步排除是陷阱的可能。

克萊恩謹慎地就此事做了一下占卜，得到了「黃金夢想號」上沒有陷阱的結論。

思索了一陣，他離開灰霧之上那片神祕空間，經過一番忙碌，將珍珠耳環帶了回來。

回想了一下奧拉維島附近的海域地圖和「黃金夢想號」現在的位置，克萊恩挑選了一處遠洋漁民們躲避風暴的荒島，在信中讓達尼茲等人將船隻開到距離不算太遠的那裡。

折好信紙，他吹動口琴，又一次看見了提著四個腦袋的信使小姐。

將回信遞過去的同時，克萊恩輕咳兩聲道：「還能確定達尼茲的位置嗎？」

蕾妮特．緹尼科爾手中的一個腦袋點了一下頭，其餘相繼開口道：「可以……」「只要……」「不超範圍……」

克萊恩見信使小姐依舊浮在那裡，沒有離開的跡象，遂望了眼旁邊道：「那枚金幣由達尼茲支付。」

「好……」蕾妮特．緹尼科爾的身影飛快淡去。

「呼。」克萊恩吐了口氣，經過細緻的準備，處理好現場，提著已收拾完畢的行李，走出房間，敲響了安德森．胡德的門。

「先去另一個地方，再到拜亞姆。」他平靜地告訴了最強獵人自己的決定，「你可以選擇去拜亞姆等我，或者跟著我一起。」

安德森嬉笑著說道：「我感覺我的冒險家之血在燃燒，我很好奇那位信使帶來的會是什麼事情。原本我以為我沒機會了解，誰知你竟然邀請了我！」

我沒有，我只是給你兩個選項。

克萊恩冷漠轉身，走向了樓梯口，安德森慌忙提起自己新買的行李箱，快步跟在後面。

出了旅館，克萊恩乘坐馬車離開港口城市，然後步行至聖德拉科山一處無人的懸崖邊緣。

看著下方不斷撞擊著山壁的層層海浪，安德森略感愕然地左右張望了一下：「這就是我們的目的地？」

克萊恩沒理睬他的問題，掏出一把白錫製成的符咒，低念起「風暴」這個咒文。

他灌注靈性，將這些符咒分成兩份，一半給了自己，一半施加於安德森，僅留其中一個丟向懸崖下方。

「水底呼吸，深海水膜……」安德森詫異地分辨著自己身上多出的超自然效果。

就在這個時候，懸崖下方發出嘩啦的巨響，海水裡冒出了一頭形似鯨魚的龐然大物。

牠通體呈深藍色，嘴巴霍然張開，露出了白森森的牙齒和血色的內部。

克萊恩走到懸崖邊緣，直接跳了一下去，在符咒力量的幫助下，輕飄飄落入了那巨大海底生物的口中。

安德森先是一臉茫然地看著，接著頗為興奮地跟隨跳下，落到了克萊恩身旁。

那龐大的海底生物閉上了嘴巴，讓裡面變得一片漆黑。

然後，牠沉入水中，向著預定的目標游去。

牠的嘴巴裡，克萊恩眸中閃電長駐，看透了黑暗，找了顆牙齒靠住，悠閒地坐了下來。

因為「深海水膜」的保護，他並不擔心衣物會被弄髒。

「嘶，有點意思。」安德森環顧一圈，好奇問道，「你是怎麼想到的？怎麼辦到的？」

當然是向自己祈禱，然後用「海神權杖」拉了頭就在附近的合適的海底生物過來……克萊恩沒去回答安德森的問題，半閉上眼睛，彷彿在養神。

「就是有點悶。」安德森從衣物口袋裡拿出了捲菸盒和火柴，「能抽根菸嗎？」

「你問牠。」克萊恩沒有睜眼。

安德森乾笑兩聲，又將捲菸和火柴放了回去：「我認為牠不會喜歡香菸的味道。」

幽黑無光的海中，這龐大的生物飛快游動，三不五時利用特殊的器官，極有效率地從周圍水裡提取氧氣。

不知過了多久，牠浮出了水面，前方是一處荒島。

利用符咒的力量登臨荒島後，克萊恩對著那海底生物，摘掉帽子，行了一禮。

「你很有禮貌啊……」安德森目睹這一幕，好笑地開口道。

「我一直很有禮貌，哪怕面對獵物。」克萊恩瞄了眼對方，彷彿在說，比如你。

安德森乾笑起來，指著荒島另外一側道：「那裡有艘船。」

「咦？『黃金夢想號』！」

此時此刻，克萊恩也看見了那艘乾淨整潔，長達幾十公尺的帆船，那不該出現的主炮上符號層疊，光芒流轉。

他當即提著行李，靠攏過去，沒用多久，就來到了「黃金夢想號」停泊的地方。

然後，他看見達尼茲從甲板上跳下，涉水跑了過來。

達尼茲剛來到格爾曼．斯帕羅面前，正斟酌著該怎麼開口，忽然看見了一道熟悉的身影。

「安德森．胡德！」他指著那位最強獵人，大聲喊道。

安德森頓時哈哈一笑：「想不到吧？」

雖然他也不清楚為什麼會遇上「黃金夢想號」，但這不妨礙他強行占據主動。

認識的啊？克萊恩目光淡漠地掃了達尼茲一眼。

達尼茲本能地打了個寒顫，堆起笑容道：「這傢伙不是什麼好人，在迷霧海那邊，總是被一群海盜追殺，然後，那些海盜就莫名其妙變成了賞金。」

「你可能不知道，他出身『知識與智慧之神』教會，後來因為考試屢次不及格，被趕了出去，這些都是我聽船長說的，他們曾經是同學。」

他一臉鄙視安德森智商的表情，而船上的「花領結」約德森等人也做出了類似的表現。

安德森的目光從他們臉上緩慢掃過，嘖了一聲道：「這不是重點，重點是當初我扯過你們船長的頭髮！」

場面一下變得非常安靜，達尼茲的表情難以遏制地扭曲了起來。

見「黃金夢想號」眾人有集火安德森的跡象，克萊恩向前走了一步，側對達尼茲道：「帶我去船長室。」

「……好、好的。」達尼茲收回了怒瞪安德森．胡德的視線。

先救船長最重要，先救船長最重要……他不斷地在心理告誡著自己。

「黃金夢想號」上先是放下了一條小船，接著垂落了舷梯，讓克萊恩無需再用符咒的力量，簡單輕鬆就踏足了甲板。

安德森跟在他的側後，完全無視了「黃金夢想號」所有船員擇人欲噬的目光，嘴角含笑地漫步行走，四下打量，就像回了自己家一樣。

他的心理素質絕對是超一流。嗯，哪怕得罪了半神，被逼得當眾道歉，接下委託，轉頭也能笑嘻嘻自我調侃，愉快用餐。

克萊恩在心裡感嘆了兩句，迎面走向了「三副」約德森等人。

「你好，斯帕羅先生，我是這艘船的大副，布魯．沃爾斯。」一位戴單片眼鏡，身高將近一百八十公分的男子客氣地行了一禮。

賞金六千兩百鎊的「美食家」。「冰山中將」這個海盜團，賞金水準都明顯低於「星之上將」的，不愧是兼職海盜的寶藏獵人。

克萊恩用格爾曼．斯帕羅特有的禮貌態度和用詞道：「你好，我聽說過你。」

「哈哈，這是我的榮幸，我只是一個夢想成為工匠，卻不得不走上美食家之路的寶藏獵人。」布魯．沃爾斯自我調侃了一句，指著旁邊一位男子道，「我們的二副，『歌唱家』奧爾弗斯。」

賞金五千五百鎊，「黃金夢想號」上的非凡者，綽號都很奇怪啊，如果事先不知道這是海盜將軍的下屬，我肯定以為是一支海上旅行團，唱著歌吃著美食辦著篝火晚會找著傳說裡的寶藏，簡直不要太美好。

克萊恩將目光投向了奧爾弗斯，隨意點了一下頭。

這位「歌唱家」有著石雕般的深刻輪廓和一頭燦爛的金髮，此時帶著憂鬱的笑容道：「事實上，我只是在讚美太陽，而現在，我的太陽不見了。」

克萊恩差點起了一身的雞皮疙瘩。

「嘖，不愧是因蒂斯人，說話就和唱歌一樣，可惜，我是在塞加爾，在倫堡長大，沒能學到這種能力。」安德森在旁邊不知是誇還是貶地笑道，畢竟他有一半的因蒂斯血統。

出生在塞加爾，後來去了倫堡讀書，嗯，應該是教會學校，和「冰山中將」艾德雯娜是同學。

奧爾弗斯先生可以確定是「太陽」途徑的人，但高機率不是「永恆烈陽」教會的，從他的賞金判斷，應該是序列六「公證人」。

差點忘記，得告訴小「太陽」一聲，他的配方已經有了，也不知道他這次能拿什麼來交換。

克萊恩搶在「美食家」布魯．沃爾斯介紹前，轉頭對「花領結」約德森、「水桶」丹尼爾斯等人道：「我們見過了，不要耽擱時間了。」

「好的。」布魯．沃爾斯鬆了口氣，摸了摸自己的短鬍鬚，先走向了船艙。

要不是格爾曼．斯帕羅瘋狂的名聲在船上很響亮，他也不想弄得這麼禮貌。

這個時候，安德森故意落後了幾步，與達尼茲、奧爾弗斯等人並排而行。

他左右各看了一眼，渾不在意達尼茲他們想要撕碎自己吞入肚中的目光，嘖嘖笑道：「你們該警惕的不是我。」

「對，我們沒有警惕你，我們只想把你塞進……看到了嗎？那個炮管裡！」達尼茲完全不畏懼對方是最強獵人，畢竟這裡是「黃金夢想號」，有著為數不少的海盜，其中不乏序列七、序列六的非凡者。

安德森嘴角勾起道：「我這樣的人其實沒有威脅，你們想想，你們船長肯定很憎恨我，討厭我，甚至不會和我說一句話，這不是最理想的狀態嗎？」

達尼茲張了張嘴，卻什麼也沒說出，因為他忽然覺得那坨狗屎說得好像很有道理。

奧爾弗斯、約德森等人打量安德森的眼神也下意識柔和了不少。

安德森嘿了一聲，目視前方，語氣略顯飄忽地說道：「你們要警惕的人，其實是格爾曼．斯帕羅。」

「為什麼？」達尼茲脫口問道。

雖然那是個瘋子，確實需要警惕，但目前也不是敵人啊……達尼茲在心裡默默補了一句。

安德森笑笑道：「我是假設。假設，如果這次格爾曼成功找到了你們船長，並將她救了出來，你們船長會不會因此對他有點好感？而且他長相不錯，有種冷酷的美感，實力又強，達到了海盜將軍級，背景還特別神祕，足夠匹配……」

怎麼……可能……達尼茲本想反駁，但一下竟開不了口，越想越是不對。

奧爾弗斯等人的表情一點一點垮了一下來，望向格爾曼．斯帕羅背影的眼神裡莫名多了幾分警惕和戒備。

解決！剛才挑釁的問題解決了……安德森噙著笑容，跟著走入了船艙。

來到船長室，克萊恩最先看到的是環繞了近乎一圈的書架，上面擺滿了各式各樣的書籍。

——一般的船長室都是放酒櫃。

他無聲嘀咕了一句，直接走向了位於窗戶前方的書桌。

根據達尼茲的描述，「冰山中將」艾德雯娜是在進行研究時失蹤的，所以，尋找研究殘餘的痕跡是克萊恩的目的，等蒐集到足夠多的訊息，他就可以再次去灰霧之上占卜了。

此時，書桌上凌亂地擺著不少事物，有白色紙張，有圓腹鋼筆，有凸肚墨水瓶，有銅製小刀，有一些不太整齊疊放的書籍。

而在書桌正中，是一本羊皮紙裝訂成的書冊，它深棕色的表面上用古弗薩克語寫有「格羅塞爾遊記」等單字。

這不是「冰山中將」的收藏品嗎？它來歷神祕，疑似與巨龍一族與「奇蹟之城」利維希德有關。艾德雯娜失蹤前在研究這個？

克萊恩望著那本書冊，本能地做出了猜測。

見格爾曼．斯帕羅在打量那本古代書籍，達尼茲勉強笑道：「它沒有什麼問題，我們已經檢查過了。」

是嗎？我對你們的細心程度表示懷疑。因為已經有人翻過，且明顯沒有異常，克萊恩在用靈性直覺初步確認達尼茲沒有說謊後，就將手伸了過去，並隨口問道：「你們有讀過這本《格羅塞爾遊記》嗎？」

達尼茲搖了搖頭，布魯．沃爾斯、奧爾弗斯、約德森等人也跟著搖了搖頭。

他們的表情彷彿在說，每天的學習已經夠累了，休息的時候不想再看任何書籍。

指尖滑過黃褐色的羊皮紙，克萊恩謹慎又認真地一頁一頁翻閱起來。

很快，他翻到了黏連打不開的地方，眼角餘光掃過了上面的內容。

「咦……不對！」突然，他目光一縮，忙又回翻了兩頁。

他記得很清楚，他上次只看到巨人格羅塞爾和他的隊伍即將正面挑戰「北方之王」那條冰霜巨龍，後面就沒有了，現在，多了足足兩頁。

也就是說，黏連部分變薄了，書籍多打開了兩頁。

斷更千年，再次續寫？這是「冰山中將」的研究成果？這也導致了她失蹤？克萊恩邊吐槽邊微皺眉頭，閱讀起和上次相比多出來的內容。

那兩頁主要講述了一位迷路的海盜女士，她在暴風雪裡與「北方之王」遭遇，差點被殺死，拚盡全力才成功逃脫，遇上了前來挑戰冰霜巨龍的主角隊伍。

多了位海盜女士……海盜女士……克萊恩咀嚼著這個稱呼，腦海裡忽然閃過了一個靈感。

這不會就是「冰山中將」艾德雯娜吧？她進入書中，成為了故事裡的人物？

順著這個想法，克萊恩迅速找到了一些問題。

「魔鏡」阿羅德斯說過，《格羅塞爾遊記》的歷任主人多有失蹤……

《格羅塞爾遊記》裡既有黑暗紀元也就是第二紀元活躍的巨人、精靈，也有第三紀第四紀的苦修士、所羅門帝國貴族，還有第五紀的魯恩士兵，時代感非常混亂！

如果，他們就是失蹤的《格羅塞爾遊記》歷任主人，問題就可以解釋了。

他們本身就不屬於一個時代，但都被書吞掉，成為了故事裡的一員。

克萊恩越想越覺得自己這個猜測看似荒謬，實則蘊藏著很大的可能性。

在神祕學的世界裡，這不是沒有可能發生！

得確認一下……而且，艾德雯娜和那幾位前主人究竟做過什麼，才會被書籍「吞」掉。我又該做點什麼來釋放他們？

克萊恩收回視線，沉思了幾秒，他迅速抬頭，看了達尼茲等人一眼：「給我準備蠟燭等物品，我要向隱密的存在祈求答案。」

那個隱密的存在就是我自己……克萊恩旋即在心裡自嘲了一句。

果然專業，果然瘋狂……「美食家」布魯．沃爾斯等人沒敢多說，匆忙提供了物品，然後，他們全部退出了船長室。

他們可不敢旁觀這種危險的儀式，除非格爾曼．斯帕羅要求。

船長室內，克萊恩反鎖住房門，關上了窗戶，飛快布置起儀式，將《格羅塞爾遊記》帶到了灰霧之上。

把這本古代書籍放至青銅長桌最上首後，他坐了下來，具現出紙筆，寫下一條占卜語句：「艾德雯娜在這本書的故事裡。」

放好手中的鋼筆，克萊恩解下左腕袖口內的靈擺，單手持握，懸於紙張正上，近乎接觸。

「艾德雯娜在這本書的故事裡。」克萊恩隨之閉上眼睛，默念起占卜語句。

七遍之後，他睜開雙眼，看見黃水晶吊墜在做順時針旋轉。

這表示肯定，表示「冰山中將」艾德雯娜就在《格羅塞爾遊記》這本書裡！

還真是書中世界啊……而且裡面的狀態應該很特殊，沒有新人加入，故事就無法翻頁。

克萊恩微不可見地點了一下頭，將掛著黃水晶吊墜的銀製鍊條重新纏好，拿起旁邊的深紅圓腹鋼筆，寫下了新的占卜語句：「進入《格羅塞爾遊記》的辦法。」

這一次，他採用的是「夢境占卜法」，於灰濛濛的世界裡，看見了一道道模糊的身影。

這些身影有的巨人，有的纖細，共同的特徵是都拿著一本黃褐色羊皮紙訂成的書冊。

接下來的發展出現了兩種不同的情況，部分一直攜帶《格羅塞爾遊記》的身影無聲無息間就不見了，而部分時而拿起書冊時而將它放在一邊的身影則在或意外或主動地滴落鮮血於封皮後，突然消失！

畫面破碎，克萊恩睜眼看著前方的斑駁長桌，微皺眉頭地做起了解讀：「要想進入或開啟《格羅塞爾遊記》，要麼長期接觸，達到一個限度，要麼將自身的血液滴於封皮？」

「這會不會太簡單了？也許……真是這麼簡單，故事裡的魯恩士兵『出場』時只是個普通人，甚至不了解神祕學，靠著同伴們的幫助，才一步步成長為『懲戒騎士』。所以，開啟方法不會複雜，一般人都能夠完成。」

「之前的少量研究者，包括『冰山中將』艾德雯娜在內，都是有足夠神祕學知識的非凡者，清楚不能拿自己的血液亂滴東西，否則死都不知道怎麼死的，這和普通人使用有效的『魔鏡占卜法』一樣，非常容易就招惹到強大未知隱密的存在，所以，他們才沒出問題。」

「再加上艾德雯娜大部分時候將《格羅塞爾遊記》放在收藏室裡，偶爾才會接觸，因此直到她最近有了新的研究思路，長久觸碰，這本書才達成開啟的條件？」

「嗯，就連『魔鏡』阿羅德斯都只知道這本書有古怪，歷任主人多有失蹤，疑似與巨龍一族與『奇蹟之城』利維希德有關，這說明《格羅塞爾遊記》開啟時會干擾周圍的環境，抹掉相應的線索，所以，它過去的絕大部分收藏者，都不清楚它有問題，沒有研究的想法。」

「失蹤的主人們應該不止故事裡那幾個，剩下的或許已經因各種問題死亡，沒能在遊記裡留下姓名……」

克萊恩收回思緒，又做了次占卜，希望獲得離開《格羅塞爾遊記》的辦法。

這次他在灰濛濛的夢境世界裡看見了更加狂暴的風雪，看見一道巨大的身影屹立於冰峰頂端。

那是一條四腳站立依舊接近五公尺的半透明巨龍，牠彷彿蜥蜴的近親，有著醜陋的臉孔、幽藍的眼眸和粗長有力的尾巴，背後長著一對覆蓋皮膜的巨大翅膀，僅是展開，就有遮蔽天空的感覺。

牠的鱗片彷彿冰晶，流轉著剔透的微光，是牠全身上下最美麗最夢幻的地方。

忽然，這條冰霜雕成般的巨龍揚起脖子和身體，發出了一道穿透暴風雪的可怕嘶吼。

這一刻，立起來的牠超過十公尺。

「北方之王」……那條冰霜巨龍……克萊恩脫離夢境，指頭輕敲起高背椅的扶手。

他對剛才占卜啟示的解讀是：離開《格羅塞爾遊記》的關鍵在「北方之王」！

克萊恩初步懷疑，需要殺掉這條冰霜巨龍，讓主角格羅塞爾的目的達成，才能使故事圓滿「結束」，開啟脫離書籍的通道。

不過，也可以試一下能不能強行打破書中世界與現實世界的間隔……克萊恩依靠豐富的經驗，很快有了嘗試的想法。

他先是拿起右手邊蓋著的「黑皇帝牌」，將它融入了自己的靈體。

霍然間，克萊恩體表覆蓋上了黑色的全身盔甲，頭頂多了個沉重的皇冠，氣息則變得尊貴威嚴，讓人不敢直視。

接著，他最大程度撬動了灰霧之上這片神祕空間的力量，讓它們如水流淌，湧動了過來。

看到這一幕，克萊恩沒有猶豫，招手攝過了雜物堆裡的「海神權杖」，將自身的靈性灌注入內。白骨短杖頂端的青藍色寶石一顆接一顆亮起，綻放出了耀眼的光彩。

數不清的銀白閃電浮現，於宏偉宮殿內茲茲盤旋，彷彿形成了一片雷霆的海洋。

最後，克萊恩借助「黑皇帝牌」位格的壓制和平衡，將撬動的力量全部投入了那團閃電風暴。

「轟隆隆！」

灰霧之上雷聲滾盪，直奔遠處，一道道粗大煊赫的閃電或同時或接續落下，劈在了《格羅塞爾遊記》這本書冊之上。

刺目的光華籠罩了整個宮殿，維持了足足二十秒鐘。

等到一切平息，克萊恩再次看向目標，發現斑駁長桌已是破爛不堪，而封皮深棕的書冊完好無損，僅是邊角略有捲起。

比我想像得更加厲害啊……也是，能創造一個書中世界的物品，哪會簡單。呵，之前八千鎊買下絕對不虧啊，它完全可以拿來做盾牌，絕對能擋下至少聖者級的攻擊，唯一的問題在於，面積太小，覆蓋不夠……克萊恩念頭閃動間，那張青銅長桌迅速恢復了原狀。

既然沒辦法強行擊穿書中世界和現實世界的「屏障」，他只能開始考慮怎麼按照正常的辦法進入。

「先弄點血出來，然後帶入這裡，抹到封皮上，用靈體搭配『黑皇帝牌』和『海神權杖』進入？這不用擔心遇上『五海之王』納斯特，因為他根本感應不到，也進不了書中世界，但問題在於，這樣救出『冰山中將』後，她能肯定格爾曼．斯帕羅就是俠盜『黑皇帝』。」

「嗯，還有個最重要的問題，用靈體進入就意味著肉身在外界，在『黃金夢想號』的船長室內，而我不清楚書中世界的時間流動狀態，很容易一去就是好幾天，那樣的話，身體一不小心就會遭遇意外，畢竟缺乏保護，又在陌生地方，到時候，救出了艾德雯娜，卻發現『自己』不見了，玩笑就開大了。」克萊恩很快否定了靈體進入的想法。

他對「黃金夢想號」上的大部分人都不是太信任，對最強獵人安德森也有提防之心。

嘗試著占卜了一下進入書中救人有沒有危險，卻得到失敗的結果後，克萊恩沉思一陣，返回現實世界，然後，不慌不忙將《格羅塞爾遊記》拿回，處理掉了儀式的殘餘痕跡。

看一眼窗外接近黃昏的天色，他走至船長室門口，解除反鎖，打開了房門。

「美食家」布魯．沃爾斯，「歌唱家」奧爾弗斯等人全部都在外面，沒有一個離開，哪怕樓梯口，也有船員探頭探腦。

「有線索了嗎？」布魯．沃爾斯脫口問道，但卻沒能聽見自己的聲音，因為擠在門口的所有人都在問。

克萊恩掃了一眼，點了一下頭。

剎那之間，他聽見了層層疊加的長吁聲，看見了各式各樣的欣喜和激動神情。

如果有一天，我這麼失蹤了，會有誰像他們一樣……克萊恩思緒一轉，望向達尼茲道：「我需要一個助手。」

說完，他掉頭走向了書桌位置。

「好！」達尼茲忙不迭跟入，熟練地反鎖住了房門。

「有什麼需要我做的？」他急切問道，彷彿已經看見，在自己努力之下，船長終於被救出來的場景。

克萊恩立在書桌旁，表情嚴肅地說道：「接下來的事情會非常危險。」

「非常危險？」達尼茲本能齜了一下牙齒。

「你可能從此失蹤，甚至當場死亡。」克萊恩給出了最壞的結果。

見格爾曼・斯帕羅這瘋子都如此的正經，達尼茲一下明白了事情的嚴重性，心頭一沉，下意識變得慌亂：「這、這和救船長有什麼關係？」

「直接關係。」克萊恩簡潔回答道。

達尼茲表情有些扭曲地沉默了兩秒道：「如果不做，會怎麼樣？」

「你的船長可能會永遠留在那裡，也可能在下一秒死去。」克萊恩如實說道。

達尼茲張了張嘴，又重新閉上，沒有說話。

他的眼神飄忽了幾秒，最終落回了格爾曼．斯帕羅的臉龐，咬牙切齒般說道：「開始吧。」

「狗屎！」他旋即低聲罵了自己一句。

克萊恩拿起桌上的紙筆，刷刷刷寫了個紙條，折成方形，遞給了達尼茲：「放在衣服口袋裡，等進去之後再看。」

「進去？」達尼茲有些茫然和迷惑地反問道。

開口的同時，他已自動接過紙條，塞入了褲子口袋。

克萊恩沒有回答，指了指桌上的《格羅塞爾遊記》道：「弄一點你自己的血，塗到這本書的封皮上。」

這……達尼茲隱約有了些猜測，拿起旁邊的銅製匕首，重重點頭道：「好！」

第二章

念後即焚

達尼茲握著那把銅製小刀，在左手的手背上比劃了幾下，遲疑著沒有發力。

他抬起腦袋，擠出笑容道：「雖然受過很多次傷，但疼痛依舊讓我畏懼。」

「說重點。」克萊恩冷漠地回應道。

達尼茲乾笑道：「哈哈，就是有點怕痛。」

他聲音剛落，右手已經發力，用銅製小刀在手背上劃了個洞，剛才的話語似乎只是為了轉移注意力，排解下心情。

鮮血迅速溢出，達尼茲忙放下小刀，用右手手指沾起血液，塗抹於《格羅塞爾遊記》的深棕色封皮上。

完成這一步後，他屏住呼吸，等待變化。

突然，他眼前出現了鵝毛大小的雪花，耳畔則是呼嘯著的狂風，緊接著，刺骨的寒冷瘋狂鑽入了他的身體。

達尼茲雖然已經有心理準備，但此時此刻還是驚愕交加，本能就四下張望，確定所在。

他發現自己不知什麼時候已離開「黃金夢想號」的船長室，置身於一片被暴風雪籠罩的冰霜之地，因為環境極為惡劣，他完全看不到遠處，甚至無法判斷自己是在山上，還是平原。

真的進了一個奇怪的世界……船長也在這裡？達尼茲抬手遮在臉前，怕被風雪迷了眼睛。

他平復了一下心情，記起格爾曼·斯帕羅的交代，忙從褲子口袋裡拿出那張疊成方形的紙條，小心翼翼地展開。

這個過程裡，他分外害怕有意外發生，導致紙條破碎或被吹走，那將讓他喪失所有的希望，幸運的是，那一切沒有發生，他看見了格爾曼．斯帕羅書寫的內容：「用赫密斯語，最好是古赫密斯語，誦念以下尊名：不屬於這個時代的愚者；灰霧之上的神祕主宰；執掌好運的黃黑之王。」

「念後即焚。」

這……這是一位神靈級的隱密存在？因為冰山中將艾德雯娜的嚴格教導，達尼茲在神祕學領域並非文盲，甚至有著不錯的基礎。

看著手中的紙條，他下意識吸了口涼氣，吸入了刺骨的寒風和冰冷的雪花，頓時連續咳嗽，表情扭曲。

他現在可以確認之前一個猜測了：格爾曼．斯帕羅真的屬於一個非常厲害非常隱密的組織，而那個組織信奉著一位叫做「愚者」的神靈級存在！

果然，這麼強大這麼瘋狂的傢伙不會沒有來歷，不是地裡隨隨便便就能長出來的。

達尼茲拉了拉領口，緊了緊衣物，望著那張在風中獵獵起舞的紙條，臉上出現了明顯的猶豫神色。他很清楚誦念一位不知來歷不知善惡的隱密存在是多麼危險的一件事情，這或許會引來比死亡更加可怕的結局！

船長也困在這裡，而且沒辦法出去……達尼茲握拳在嘴前抵了抵。

他忽然甩手，用古赫密斯語誦念起了「愚者」的尊名。

「黃金夢想號」上，船長室內。

克萊恩親眼目睹了達尼茲先是沒有緣由地變得虛幻，繼而消失不見，對進入《格羅塞爾遊記》的辦法再沒有疑問。

耐心等待了一陣，他耳畔突地響起了虛幻層疊的祈求聲，而且明顯來自男性。

呼，看來《格羅塞爾遊記》沒辦法隔斷灰霧，書中的世界依舊能連通那片神祕空間……這樣一來，我就算跟隨進入，也不至於沒有後路沒有底牌……克萊恩毫不掩飾地鬆了口氣。

為了確認，他又一次逆走四步，誦念咒文，進入灰霧之上，看見代表達尼茲的光斑在愚者的高背椅旁一圈圈盪開。

「是身體連同靈魂一起進入，書中世界很穩固，沒辦法靠拉取靈體來破碎。也是，如果可以，之前占卜會有對應啟示的……『海神權杖』太危險，直接『賜予』達尼茲，只會讓他迅速去世。」克萊恩半閉眼睛，蔓延出靈性，感應了一陣，得出了許多結論。

他沒有耽擱，立刻返回現實世界，拿起那把銅製小刀，用紙張擦掉了上面的達尼茲血液。

折好紙張，放入口袋，他開始考慮接下來該怎麼做：「看來得塗抹血液，直接進入，這樣不用擔心身體遭遇意外，而且能很快解決問題。」

「但同樣不能大意和疏忽，得防備另外的危險，嗯……要是船上有誰存在問題，在我進入《格羅塞爾遊記》後，找機會潛入船長室，將這本書獻祭給『真實造物主』、『原初魔女』或『隱匿賢者』，那我麻煩就大了，肯定生不如死。」

「『黃金夢想號』的船員們大部分似乎都傾慕著『冰山中將』，安德森之前那膚淺的挑撥都能有效，足以說明很多問題，所以，告訴他們這關係『冰山中將』的生命，讓他們彼此監督，誰也不能進入，是可以放心的。」

「問題在於安德森，他是最強獵人，比船上任何一位非凡者都厲害，且擅於埋伏和潛入，有不小的可能避開別人的監督，偷摸進船長室……他的來歷也不是太清晰，無法讓我真正地相信。」

「得想辦法讓他和我一起進入《格羅塞爾遊記》。」

思索間，克萊恩又翻了一下那本黃褐色羊皮紙訂成的古老書冊，發現這一次並沒有更多的內容出現，故事裡也缺乏達尼茲存在的痕跡。

「也就是說，必須順利活下來，遇上主角隊，才能真正成為故事的一部分，讓書籍頁數呈現得更多？」克萊恩初步做出判斷，又一次走向門口，打開了房門。

「成功了嗎？」「花領結」約德森等人齊聲問道。

克萊恩搖了搖頭，平靜說道：「接下來會有一個漫長的儀式。誰也不能進來打擾，否則會導致艾德雯娜．愛德華茲永遠失蹤或直接死亡。」

交代完主要事項，他環顧一圈，直捷了當地說道：「我懷疑你們之中有誰存在問題。接下來，你們彼此監督。」

「美食家」布魯．沃爾斯本要習慣性反駁，忽然瞄到船長室內空空蕩蕩，已不見了剛才進去的達尼茲。

聯想到船長的失蹤，他確信格爾曼．斯帕羅真的找到了問題所在，正在嘗試救人，於是點了點頭道：「我會負責這件事情。而他們也會監督我。」

克萊恩沒有囉嗦，轉而望向靠在對面牆上的安德森．胡德：「你進來一下。」

安德森翹起右側嘴角，嘖了一聲：「不知道的人還以為我是你的下屬，你這樣的態度簡直是挑釁者的典範。」

他嘴上嘮叨，身體還是直了起來，邁著慢悠悠的腳步，踏入了船長室。

合攏房門並反鎖之後，克萊恩轉身面對安德森道：「有沒有興趣參與一場少見的冒險？你也許能達成狩獵巨龍的成就。」

根據這些天的觀察，他認為安德森．胡德是個集好奇心與冒險精神於一體的獵人，非常樂於見識新東西，體驗過去不曾有的刺激。

安德森盯著格爾曼．斯帕羅的臉龐，認真打量了幾秒，然後露出笑容道：「沒有興趣。」

他堅決地搖了搖頭，旋即，他搶在克萊恩再次開口前，嘿嘿笑道：「我『聞』到了危險的氣息，一個自負的瘋狂的強大的冒險家竟然邀請我一起冒險，這說明了什麼？」

「說明事情非常麻煩非常危險！」

我還以為你會感興趣的，這和你平時的表現不一樣啊，真是能放能收……嗯，再試下恐嚇的辦法，不行就把這傢伙丟到荒島上，讓「黃金夢想號」開走，回頭再來接他，作為一名獵人，荒島求生應該難不住他。

克萊恩迅速有了決定，目光刻意轉冷，看著安德森道：「我不會給自己留下隱患。」

安德森呆了一秒，迅速堆起笑容道：「哈哈，剛才開玩笑的，我對『巨龍獵手』這個稱號很感興趣。」

……你變得也太快了吧……你再堅持一下，就可以享受去掉頭能吃的待遇了。

克萊恩點了點頭，走回書桌位置，對跟隨過來的安德森．胡德道：「用你的血液塗抹這本書的封皮，不需要太多。」

「塗抹它？」安德森好奇地打量了《格羅塞爾遊記》幾眼，隨即環顧了一圈，「艾德雯娜的失蹤與它有關？剛才那個失敗獵人的消失也是？啊，對，『烈焰』達尼茲，差點忘記他的名字了，還好他現在賞金比較高。」

克萊恩嘴角微動，坦然回答道：「對。」

「有點意思……」安德森瞄了眼書桌，拿起那把銅製小刀，漫不經心地在自己手上劃了個洞，弄出鮮血。

緊接著，他小心翼翼地放下刀具，將鮮血塗抹於《格羅塞爾遊記》的深棕色封皮上。

觀察了幾秒，安德森正要拿起銅製小刀，擦掉上面殘餘的鮮血，眼前突然就被肆虐的暴風雪覆蓋了。

看著安德森與達尼茲一樣消失不見，克萊恩又拿起一張紙，擦掉了銅製小刀上的鮮血，並摺疊放入衣服口袋。

——他不確定進入書中世界後，三人是否會在同一個地方，所以預先準備好了「卜杖尋人法」的材料。

做完這一切，克萊恩拿著那把小刀，在自己手背上比劃了起來。

他臉部的肌肉上動，視線斜著下看，用了好幾秒鐘，才猛地發力。

身體微抽，腦袋側偏，克萊恩嘴角不由自主地咧了開來。

等到鮮血流出，依舊握著小刀的他抓起手杖，將那液體快速塗抹到了羊皮書冊的封皮上。

沒等待多久，克萊恩發現自己突然置身於了一個白茫茫的冰雪世界。

帶著冰渣子和鵝毛雪花的狂風一巴掌一巴掌地往克萊恩臉上身上招呼著，讓他在打量周圍環境的同時，身體不由自主地緊繃，略微佝僂地顫抖了起來。

「真……冷啊……」他險些飆出髒話，確定自己正置身於一片可見度極低的冰天雪地裡。

他原本以為貝克蘭德冬天的潮溼陰冷是最可怕的，但現在他終於明白，絕對的低溫和刀子一樣的狂風才是要命的組合，哪怕他過來之前就預先加了件毛衣，外套也是厚厚的長禮服，此時也有點扛不住的感覺。

這次他並沒有戴「太陽胸針」，因為這產生的是精神層次的炎熱，在很短時間內用來對抗強烈寒冷的影響，不讓身體變得僵硬，是有效果的。

但面對長久存在的冰雪環境，則等於自殺——精神層次的炎熱會讓人的身體放開毛孔，處於夏日狀態，撤掉對低溫的最後一層防禦，甚至主動地迎接。

所以，克萊恩將這件神奇物品丟到了灰霧之上，準備有特定的場合需要，才去帶下來。

惡劣的環境讓他沒敢耽擱，初步觀察好四周情況後，立刻燒掉銅製小刀上的血液，將它塞入了衣服口袋，接著，克萊恩拿出「冒險家口琴」，試著吹了一下。

呼嘯的狂風裡，悄然開啟了靈視的他未能看見信使小姐蕾妮特．緹尼科爾出現。

果然，這裡和靈界是不連通的，或者說，這裡可能有屬於自身的獨特靈界……嗯，這麼看來，向「海神」祈禱沒有作用，只有指向灰霧之上神祕空間的咒文才能穿透屏障。

那麼問題來了，作為知識與智慧之神的信徒，艾德雯娜掌握著這位真神的尊名，為什麼沒試著祈求幫助？或者說，試了卻沒有效果？

嗯……不是每一位神靈都會親自回應信徒的，很多時候看來都是根據一定的法則給予對應的回饋，像我這種親自接單的「隱密存在」，找不到第二個……克萊恩自嘲一笑，做出了初步的判斷。

他隨即放好口琴，拿出沾有達尼茲新鮮血液的紙張，將它裹在了手杖頂端。

「達尼茲的位置。」

克萊恩低聲開口，使用起了「卜杖尋人法」。

然後，他根據結果，踩著厚厚的積雪，在昏沉的天空下，快速穿行於肆掠的狂風裡，並三不五時再次占卜，調整方向，畢竟達尼茲不會在原地等待，那會變成冰雕的。

大概十來分鐘後，克萊恩發現了一抹赤紅的火光。

呼……他吐了口氣，前行幾步，看清楚了目標。

那確實是達尼茲，這位知名大海盜穿得相當單薄，正抱著雙臂，茫然前行。

不過，他似乎並不怎麼冷，因為他周身繚繞著一隻隻赤色的火鴉，蒸發著白雪，阻擋著狂風，帶來了溫暖如春的感覺。

這種時候，克萊恩就特別羨慕「縱火家」，雖然「魔術師」同樣可以召喚焰流，但這屬於沒辦法維持的攻擊性能力，只能在剎那間發揮用處。

要想靠它來取暖，必須不斷召喚，很快就會疲憊，至於「操縱火焰」的能力，依賴於已有的火焰或可供點燃的材料，這兩者在冰雪世界裡都極度匱乏。

看著那一隻隻騰飛的火焰烏鴉，克萊恩加快腳步，靠攏了過去。

達尼茲察覺到有人過來，嚇了一跳，等穿透風雪看清楚來者是誰後，頓時舒了口氣，然後表情有些古怪地堆起了笑容：「哈哈，這裡連星星都看不到，迷路是不可避免的。」

克萊恩沒去理睬他的話語，直接問道：「燒了嗎？」

「燒了！」達尼茲連忙點頭，整個人透出一種難以描述的畏懼感。

克萊恩凝視達尼茲幾秒，確認了他沒有撒謊，旋即扯出格爾曼．斯帕羅式的禮貌笑容道：「記住。誦念過祂的尊名，就是祂的信徒了。」

達尼茲的表情一下子扭曲了起來，接著擠出幾分比哭還難看的笑容。

我不想改信啊！我一點也不想信仰來歷不明的未知存在！他在心裡瘋狂吶喊著，但嘴上卻一句都沒說。

他懷疑自己要是反駁，等下就會被格爾曼．斯帕羅這瘋子埋到雪裡去！

克萊恩噙著帶有幾分瘋狂色彩的笑容，語氣平常地補充道：「記住，保密。一旦洩漏，你和你的船長都會死。」

「和船長有什麼關係？」達尼茲脫口問道。

克萊恩保持住剛才的表情，含笑看著達尼茲道：「你認為呢？」

達尼茲嘴巴張了張，已然知道了原因，只能乾笑道：「我像是那種沒辦法保守祕密的人嗎？」

克萊恩點了點頭，邊拿出有安德森血液的紙條，邊低笑一聲，對達尼茲道：「信仰祂，侍奉祂，也許有一天你會和我一樣成為眷者。那時候，你的名聲將傳揚五海，不比海盜將軍們差。」

說話間，他本想配一個「愚者」信徒的手勢，但卻可悲地發現沒有這種東西，只好在心裡安慰了自己兩句：隱密組織就得隱密，弄這些表面事項沒有任何意義……「倒吊人」先生說的沒錯……

不比海盜將軍差……達尼茲突地眼睛一亮。

反正我已經誦念了隱密存在的尊名，從神祕學角度來講，確實很難擺脫了，不如趁這個機會……他一下想了很多很多，甚至已經為自己的孩子取好了名字。

嘿，要不是格爾曼．斯帕羅人設擺在這裡，我都會直接說，到時候，你就會擁有匹配「冰山中將」的名聲和實力，當然，對方喜不喜歡又是另外一回事，根據我的觀察，你高機率是沒什麼希望的，艾德雯娜想要的伴侶應該是可以和她一起學習進步，一起討論各種知識的那種。

克萊恩咕噥了幾句，又一次使用了「卜杖尋人法」：「安德森．胡德的位置。」

「……他也進來了？」達尼茲先是一愣，旋即略感愕然地問道。

克萊恩念完語句，放開手杖，確認好倒下的方向，點了點頭道：「他在外面我不放心。」

原來你也提防著安德森．胡德那個傢伙……

達尼茲頓時難掩笑意地附和道：「對！他是那種表面微笑，轉身就能捅你一刀的人。他在迷霧海名聲很差，所有海盜都不喜歡他。他剛才還故意詆毀你，想讓我們都戒備你，敵視你！」

海盜要是喜歡他，只能說明最強獵人這個稱號有水分。安德森的挑撥，我聽到了……克萊恩沒再回應，撿起手杖，在暴風雪裡跋涉前行。

達尼茲緊隨於後，用飛舞的火鴉驅散著雪花，阻擋著寒冷，讓兩人不至於凍僵。

不錯嘛，很有自覺……這一刻，克萊恩再次感受到了擁有僕人的好處——下雨天裡有人撐傘，暴風雪中有人供暖！

白茫茫的天地裡，兩人彷彿黑點，吱嘎踩著積雪，一點點往前行走，用了近二十分鐘，才抵達卜杖指出的位置。

「沒有啊……」達尼茲環顧一圈，未能發現安德森．胡德的蹤跡。

他對格爾曼．斯帕羅的「卜杖尋人法」沒有絲毫懷疑，因為他就是上一個被找到的人。

克萊恩微皺眉頭，開啟了靈視，加強了靈感。

突然，他有所察覺，手杖只是往前一戳，就讓地面的積雪嘩啦垮塌了。

垮塌的地方露出了一個洞穴，裡面岩石深黑，映照著火光。

克萊恩蹲了下去，窺視內裡，發現地洞延伸出了一條狹窄的道路，而道路的盡頭，一堆發紅的石頭上，奇異的地底植物正緩慢燃燒，安德森．胡德坐在旁邊，悠閒地烤著一隻疑似兔子的生物，油脂的香味帶著溫暖的感覺瀰漫出來，鑽入了克萊恩和達尼茲的鼻子。

「你們來了？要不要試一試？這裡竟然有可以在冰雪中生存的奇怪兔子。」安德森埋下身體，探頭望向地洞入口，就像在招呼郊遊野炊的同伴。

雖然他什麼挑釁的話語都沒說，但這一刻我真的好想打他……克萊恩沒有表情地躍入了地洞，來到火堆旁，感受到了久違的美好。

達尼茲跟隨進入，看了看烤著兔子的火焰，又看了看自己身邊的火鴉，默默將它們全部撤掉。

「你、你怎麼找到這個地洞的？」達尼茲不肯認輸般問道，身體卻很誠實地湊近了火堆。

安德森將插在漆黑短劍上的兔子翻了個身，瞥了達尼茲一眼：「獵人第一課，觀察環境，熟悉環境，借助環境。」

達尼茲的表情頓時僵硬在了臉上。

安德森又看向格爾曼．斯帕羅，嘿嘿笑道：「我炸出來的地洞，怎麼樣，還不錯吧？力度控制得非常好。」

說話間，他嗅了嗅空氣裡的味道：「真香，看來烤好了，要不要試一試？雖然我沒帶調料，但這裡有岩鹽，就是澀了一點。」

「你確定能吃？如果這是非凡生物，你一口下去，可能當場失控。」達尼茲嘖嘖說道。

安德森又瞥了他一眼：「獵人第二課，分辨野外哪些事物可以吃，哪些不可以。」

他小心翼翼探手，扯了一條腿下來，塞入口中，吃得津津有味。

克萊恩正要開口說話，忽然感覺到外面有股瘋狂暴虐的氣息正由遠及近，那種來自高位生物的威壓宛若實質，讓達尼茲的身體不受控制地顫抖了起來。

這氣息從半空掠過，沒有發現下方地洞的古怪，迅速就遠離了這邊。

北方之王……克萊恩腦海裡一下閃過了這個稱號。

高空暴虐氣息飛過的同時，安德森咀嚼的動作霍然停止，直至對方遠離，才咕嚕一口嚥下剩餘的兔肉，抬頭望向格爾曼·斯帕羅：「這就是你說的那條巨龍？」

克萊恩幅度不大地點了點頭，確認了安德森的猜測。

安德森的嘴角緩慢翹起，露出不知該哭還是該笑的表情：「我以為你說的是成年甚至青年巨龍，剛才那條……我大概沒辦法做巨龍獵手，只能做巨龍糞便了。」

「北方之王」那瘋狂暴虐的感覺確實有點可怕，比在「未來號」時遇上的那個能讓毛髮野蠻生長的拼湊怪物不知強了多少……也許，牠有序列四，有半神的水準……克萊恩冷靜地在心裡做著判斷，沒有一點驚慌和恐懼。

他記得很清楚，《格羅塞爾遊記》裡明確寫道，海盜女士遭遇「北方之王」襲擊，拚盡全力後成功逃脫，遇到了巨人格羅塞爾率領的主角隊。

而艾德雯娜·愛德華茲很顯然不是半神，屬於「閱讀者」途徑的序列五，並且由於是突然被吞入書中，一些不便長期攜帶的神奇物品或封印物都留在了船長室內，身上只有那麼一兩件可供利用的道具。

這種情況下，她都能初步抗衡「北方之王」，存活下來，剛獲得晉升調整了手套配置的克萊恩自問也不會有太大問題，而且他還能連通灰霧，能用「海神權杖」做出響應！

這也就是克萊恩敢於在確認達尼茲祈禱時狀態正常後，直接進入的原因。

嗯，「北方之王」不像是正常途徑上的半神，按照「冰山中將」的說法，牠是聚集了許多冰霜類非凡特性的失控怪物，在特定領域可以媲美半神，其他方面則必然存在缺陷……我、艾德雯娜、安德森，再加上主角隊的非凡者們，不是沒辦法解決。

實在不行，還可以加上「海神權杖」嘛，我就不信這本書能提前防備灰霧之上的物品，如果可以，早就有表現了。

站立在火堆旁的克萊恩低頭看了安德森一眼，咧開嘴角道：「害怕了嗎？」

安德森愣了一秒，旋即笑容燦爛地說道：「不怕，你似乎很有信心。」

說完，他望向依舊有點顫慄正努力平復情緒的達尼茲，嘖了一聲道：「你知道對男人來說什麼最重要嗎？」

達尼茲剛做了一次深呼吸，聞言愣了愣，不敢確定地並起右手食指和中指，往下面指了指。

安德森眨了眨眼睛，一下大笑起來：「……混蛋，你真是一個粗俗的海盜！」

「哈哈，我剛才想說什麼來著，哈哈，我想不起來了！對了，我想說的是勇氣，男人最重要的是勇氣，你看你，巨龍都還沒有進行襲擊，就嚇得快要抱頭求饒了！」

達尼茲一張臉頓時漲紅，怒視起對方。

在托斯卡特你不是這麼表現的……克萊恩則忍不住腹誹了一句。

達尼茲正要申明自己只是單純受到了高位生物的氣息影響，忽然想起了剛才的某句話語，表情當即恢復了正常，輕描淡寫地回應道：「我和巨龍的糞便沒辦法比。」

安德森笑容僵住，輕咳兩聲，沒有任何事情發生般又扯下一條兔腿，遞給格爾曼．斯帕羅，說道：「不嘗嘗嗎？」

克萊恩沉默幾秒，緩慢搖了搖頭：「這是一個奇怪的世界，在確認沒有問題前，最好不要吃這裡任何食物。也許只是一塊兔肉，就會讓你永遠地留在這裡。」

安德森將烤好的兔腿湊到嘴鼻前，又緩慢放了下去，表情隨之一點點垮掉，說道：「為什麼不早說？」

克萊恩平靜回應道：「我剛想到這個問題。」

安德森表情扭曲了幾秒，低下腦袋，快速又啃起了烤製的兔腿。

「你，不害怕真有問題嗎？」最強獵人的操作讓達尼茲嚇呆了。

安德森無奈笑道：「我之前已經吃過一隻了，該消化的也消化了……反正沒辦法改變，不如專心享受。」

克萊恩和達尼茲這一刻竟找不到語言應對。

安德森啃完那條兔腿，斟酌著問道：「你們真的不吃？接下來還不知道會花費多少時間，如果餓到不行，拿什麼來對抗類似剛才巨龍的怪物？」

克萊恩沒直接回答，掏出金殼懷表，按開看了一眼：「外界時間，傍晚六點十分。」

「四到六小時後，你的狀態如果沒有問題，我們就可以少量進食了。」

安德森張了張嘴巴，說不出話來。

克萊恩沒去理睬他，轉頭對達尼茲道：「休息一刻鐘，然後去尋找你的船長。」

說話的同時，他已經拿出那副屬於「冰山中將」艾德雯娜．愛德華茲的珍珠耳環。

「好。」達尼茲忽然覺得自己的熱血正在沸騰，完全忘記了外面的寒冷。

過了七八秒，他又往火堆方向縮了縮。

外界時間，傍晚七點，克萊恩按住帽子，提著手杖，與達尼茲、安德森一起，根據占卜的啟示，一路尋到了一處山峰前。

繞過一塊凝結著厚厚冰層的巨大岩石，他們看到了一處黑幽幽的山洞，入口有站著一位拿古拙弓箭的女子看守。

這女子有一頭柔亮發光的黑髮，並將它綁成了簡單的馬尾，五官輪廓非常柔和，與北大陸所有國家的人都不相同。

她穿著棕色的古代款獵人外套和長褲，靈感敏銳地將目光投了過來。

看到她那雙略尖的耳朵，結合《格羅塞爾遊記》的內容，克萊恩立刻就知道了她的身分：最早與巨人格羅塞爾認識的女性精靈，姓名未知。

如果和地球比較，北大陸的人更貼近歐美風，這精靈則有明顯的東方韻味……克萊恩迅速總結出了特點。

「精靈！她和古代一些宗教畫作裡的精靈一模一樣！」安德森突然興奮，「我得和她商量一下，請她做我的模特兒，讓我好好地為她畫幾幅畫！」

旁邊的達尼茲聽得嗤之以鼻，言語簡潔地譏諷道：「粗俗！」

很顯然，他沒忘記之前安德森的嘲笑。

「你是不是只懂那種畫？」安德森瞥了他一眼，加快腳步，走向了那位女性精靈。

他剛有靠近，那女性精靈就毫不猶豫抬起了自己的長弓，搭在上面的箭頭閃爍流動著銀白的電光。

「停！」安德森當即半舉起了雙手。

沒用的，精靈們大部分屬於「風暴」途徑，很容易暴躁和莽撞……克萊恩悄然開啟了「靈體之線」，打算用初步控制的辦法讓那位精靈平靜傾聽。

就在這個時候，安德森眼前一花，看見了兩條粗壯結實的灰藍色巨腿，以及一把插入了積雪的可怕巨劍！

安德森愕然發現自己只比那條腿的膝蓋高一點，本能順著巨劍的紋路，一點點往上看去。

近乎後仰的狀態下，他終於看清楚了面前是一位將近四公尺高的巨人！

這巨人膚色灰藍，胸腹和腰胯間裹著厚厚的野獸毛皮，其餘地方則裸露在外，就連雙腳都缺乏保護。

他杵著比人類門板還寬的巨劍，用那標誌性的豎直獨眼俯視著安德森和克萊恩等人，嗓音嗡隆地問道：「你們是誰？為什麼來到格羅塞爾的營地？」

克萊恩正要回答，黑幽幽的巨大山洞內突然走出了一道他們熟悉的身影，達尼茲的眼神隨之被狂喜充滿。

穿著繁複襯衫和深色長褲的「冰山中將」艾德雯娜掃過他們三人，慣來冷淡的表情裡出現了較為明顯的錯愕，似乎沒想到格爾曼．斯帕羅和安德森．胡德會在這裡。

她迅速恢復正常，抬頭對那巨人道：「格羅塞爾，這是我的同伴。」

格羅塞爾大嘴咧開，欣喜問道：「你們也是來對付尤里斯安的嗎？」

尤里斯安？克萊恩一下竟不知該怎麼回答。

這時，他看見站在巨人陰影裡的艾德雯娜給自己使了個眼色，讓自己做肯定的答覆。

尤里斯安等於「北方之王」？克萊恩若有所思地低沉回答：「是的。」

「哈哈，那我們就是朋友了！」格羅塞爾俯視著對面三人，哈哈笑道。

他說話的同時，安德森悄然退回了格爾曼．斯帕羅旁邊，壓低嗓音道：「我第一次看見活的巨人。這根本沒辦法打中他的要害啊，太高了。」

可以給他修腳……克萊恩吐槽了一句，平淡回應道：「目標巨大意味著容易命中。」

「……沒錯。」安德森表示了贊同。

這個時候，艾德雯娜走了過來，向他們三人介紹道：「這位是營地的首領，巨人守護者格羅塞爾。這位是精靈歌者夏塔絲。」

精靈歌者？海洋歌者？克萊恩霍然覺得「倒吊人」先生的魔藥配方有希望了。

艾德雯娜旋即半轉過身，對巨人格羅塞爾和精靈夏塔絲道：「他們是我的同伴。最強冒險家格爾曼．斯帕羅，寶藏獵人安德森．胡德，知名水手達尼茲。」

……我一直以為「冰山中將」妳是一本正經不會說謊的類型。知名水手，哈，從某種意義上來說，也算是事實……克萊恩取下帽子，認真地行了一禮，安德森較為散漫地進行了跟隨。

達尼茲則欣喜於船長介紹自己是同伴而非下屬，慢了一拍，顯得手忙腳亂。

格羅塞爾哈哈笑道：「進營地吧，我們即將和尤里斯安這條惡龍開戰！」

很熱情很和藹啊……可無論是教會典籍裡，還是白銀城的神話中，巨人都是極有破壞欲的狂暴生物。嗯，書中什麼都有可能，就看作者圓不圓得回來。

克萊恩輕輕頷首，跟隨格羅塞爾走向了寬闊的洞穴。

艾德雯娜見狀，毫無異常地靠近三人，看似引路，實則低聲點了兩句：「他們講的歷史，有些奇怪。語言也是，無論說的哪種語言，互相都能聽懂。」

無論說的哪種語言，互相都能聽懂？克萊恩的關注重點直接略過「冰山中將」艾德雯娜的第一句，放在了看起來沒什麼大問題的第二句上。

雖然這是在《格羅塞爾遊記》創造的書中世界裡，一切都有可能，但某些事情的細節依舊能昭示一定的問題！

對克萊恩來說，在意的不是彼此能聽懂這件事情本身，而是以哪種方式達成的聽懂。

這個世界固化了類似通曉語言的規則，還是有個意識高踞眾人之上，輔助完成了同聲傳譯的工作，就像我在塔羅會上做的那樣？如果是前者，不懂巨人語的目標明明聽到的是陌生語言，但卻可以明白意思，若是後者，聽見的則是熟悉的那些語言……

因為本身掌握了多種古代或超自然語言，克萊恩一時沒辦法做出準確判斷，稍微放緩腳步，與達尼茲並排，壓低嗓音問道：「你剛才聽見格羅塞爾說的是什麼語言？」

達尼茲愣了一秒，回憶著說道：「有點熟悉但又陌生的語言，但我能聽懂全部的意思。」

他完全掌握的超自然語言是古赫密斯語，其次是精靈語，在巨人語上面只能算剛剛入門。

嗯，類似通曉語言的規則……心靈層面的聽懂……這說明整個書中世界的底層規則，可以與外界不同，源於自身設定，但改變又似乎不能超過一定的限度，這點存疑，待驗證，畢竟不能排除有個「愚者」般的存在，用心靈溝通方式完成翻譯的可能。艾德雯娜確實很敏銳，且擅於觀察，發現的問題直指這個書中世界的本質啊……思考間，克萊恩不快不慢地進入了那個黑幽幽的大型山洞。

至於主角隊眾位成員講述的歷史有點奇怪的問題，他一點也不驚訝，甚至就等待著這方面細節的呈現。

克萊恩早就知道各大教會和北大陸諸國在有意識地毀滅或藏匿資料，隱瞞第四紀，第三紀，乃至第二紀的真實歷史，外部世界流傳的內容自然與曾經存活於那些年代的主角隊成員了解的不一樣。而這也是克萊恩承受一定風險進入書中世界的原因之一。

寬闊通風的山洞內，一堆散發著光和熱的篝火周圍散落著三個人形生物。

其中一位穿著簡樸到極點的白色長袍，正背對火焰，面朝石壁，閉著眼睛，專心祈禱，是個有著皺紋但不算蒼老的中年男子，他留著褐色的寸發，肩膀、手臂、小腿和雙腳都裸露於外，布滿各式各樣的陳舊傷疤。

他的旁邊有個枕著石頭睡覺的年輕人，身穿沉重堅韌的黑色全身盔甲，手邊插著一柄閃爍寒光的黑色直劍，五官輪廓頗為深刻，有明顯的魯恩特點。

與這兩位相對而坐的是個打扮奇特，讓人渾身不自在的三十來歲男士，他頭戴尖而硬的黑色帽子，外套鈕釦一上一下，錯落混亂，既不對稱，也不協調。

另外，他穿的皮靴尖頭高高翹起，頗像馬戲團裡的小丑。

這位男士有一張還算不錯的臉孔，亞麻色頭髮、深棕色眼眸配高挺的鼻梁和薄薄的嘴唇，哪怕坐著，也給人一種高傲的感覺。

艾德雯娜了一下指了一下他道：「所羅門帝國的莫貝特．索羅亞斯德子爵，一位可以拿走別人理想和夢境的先生。」

「不用這麼委婉，你們好，我是『偷盜者』途徑的序列五，『竊夢家』。」莫貝特呵呵笑道，完全不像氣質裡呈現出得那麼高傲。

索羅亞斯德家族的成員……倫納德體內就寄生著一位這個家族的天使，或許認識？呵，我知道了「偷盜者」途徑的序列五和序列四叫什麼，卻還不清楚對應的序列七和序列六……克萊恩表面不動聲色地閃過了諸多念頭。

這個時候，安德森已笑容和煦地問候了對方，以自來熟的姿態問道：「坦白地講，我第一次聽說『竊夢家』，我只清楚『偷盜者』和『詐騙師』，中間還缺了兩個序列。」

「這個途徑的非凡者已經稀少到這個程度了嗎？艾德雯娜不是知道嗎？序列七，『解密學者』，序列六，『盜火人』，哈哈，我來幫你們介紹。」莫貝特熱情地指著背對眾人的祈禱者道，「虔誠的斯諾曼苦修士，他信仰著創造一切的主，全知全能的神，你們不用在意他，他完全封閉在了自己的信仰世界裡，但戰鬥時，會是非常可靠的同伴，欸，我說斯諾曼，你至少說一句話啊。」

沒得到回應的莫貝特苦笑著摸了摸自己的下巴道：「這是我經常會遭受的待遇，你們也許很難想像，我剛進入這裡的時候，還是位高傲的，內斂的，有修養的貴族，但漫長的時光改變了這一切，呵呵，當你的同伴是個只知道傻笑和喊口號的巨人……」

他說到這裡的時候，坐在一塊石頭上的格羅塞爾憨厚地笑了笑，抬手撓了撓後腦，那隻豎直單眼裡並沒有各種巨人傳聞裡拚命塑造的凶殘和暴虐。

莫貝特搖了搖頭，轉而指著苦修士斯諾曼道：「而他幾年十幾年也許都不會說一句話，夏塔絲則是個非常暴力的女人，只要有一點情緒的波動，就會揍我一頓。唉，我當初有多麼地愛慕她，現在就有多麼地……呃，害怕她，所以，我只能主動地說話，找他們說話，否則我肯定會瘋掉。」

「還好，後來龍澤爾來了，他還算健談，嗨，龍澤爾，快醒醒，有新同伴了！」

睡覺的黑甲騎士緩慢醒來，睜眼望向了克萊恩等人。

忽然，金屬碰撞聲裡，他一下站起，盯著克萊恩道：「魯恩人？」

「是的。」克萊恩坦然點頭，發現這位失蹤超過一百六十五年的前魯恩士兵沒有一點老態，黑髮垂落，藍眼犀利，讓人不自覺就想服從。

龍澤爾出現了明顯的恍惚，但很快就收斂住了表情：「你知道貝克蘭德的愛德華一家嗎？」

「貝克蘭德有很多愛德華。」克萊恩簡單回應道。

「住在，住在西北區德拉海爾街十八號的愛德華一家。」龍澤爾急切地追問道。

克萊恩搖了搖頭：「現在已經沒有西北區。」

「沒有西北區了……」龍澤爾低聲重複著對方的話語，嗓音逐漸變小。

他沉默幾秒，呼了口氣道：「我不知道外面過去了多少年，但應該已經過了很多年，艾德雯娜告訴了我具體的年分，但我根本不記得我是哪一年進來的……我大部分時候都在沉睡，這裡的時光就像凝固了一樣。」

莫貝特．索羅亞斯德聞言輕笑了一聲：「這只是你運氣不好，之前我們穿行於城市和鄉村的時候，一切都很美好。」

他看向克萊恩、安德森和達尼茲道：「那個時候，我們住在有人類有智慧種族的地方，一次又一次結婚，又一次次看著妻子老去，衰弱，死亡，呵，在新的成員加入前，我們會遺忘目的，幾十年幾百年地過著普通平凡但愉快輕鬆的生活，唯一的不好就是沒辦法擁有自己的孩子。」

「然後，龍澤爾來了，我們進入了這片冰雪籠罩的區域，狩獵了很多怪物，但漸漸地開始沉睡，很少清醒，直至遇上艾德雯娜。」

也就是說，書中世界的時間是正常流動的，維持故事進度的是某種力量對主角隊的影響，在有新成員加入前，書籍翻頁前，他們會一直停留於上個節點，做別的事情……這就和心靈精神層面的語言互譯類似了。

反過來是否可以說，書中世界的城鎮鄉村都在正常的真實的發展？嗯，必須盡快找到「北方之王」尤里斯安，否則隨著時間的流逝，我們也會承受那種影響，渾渾噩噩地沉睡，或者想不起主要目的，在這裡待上很久，直至新的成員被吞入書中，找到我們。

克萊恩沉默幾秒，正要開口，艾德雯娜卻搶先說道：「不用再擔心這個問題。我們很快就能遇上『北方之王』。」

「為什麼？」安德森和莫貝特同時問道。

艾德雯娜環顧一圈道：「我進來前，遊記黏連的部分就已經只剩幾頁。而現在，你們也進來了，找到了營地，必然有更多的頁數翻過，故事即將結尾。」

莫貝特微不可見地點了點頭，贊同了艾德雯娜的判斷，安德森則小聲嘀咕著「黏連」等單字。

艾德雯娜隨即介紹了克萊恩、安德森和達尼茲，並示範般坐到了火堆旁。

克萊恩取下帽子，將它和手杖拿在一起，慢悠悠地坐下，望著酷愛說話的莫貝特．索羅亞斯德道：「你聽說過圖鐸帝國，特倫索斯特帝國嗎？」

他沒有彎繞，直接發問，這是格爾曼．斯帕羅的人設。

「沒有。」莫貝特搖了搖頭，「艾德雯娜已經問過我，呵，在我那個年代，圖鐸、特倫索斯特和我們索羅亞斯德家族一樣，是所羅門帝國的大貴族，效忠著『黑皇帝』。」

——原來圖鐸和特倫索斯特家族都是所羅門帝國的叛徒。

克萊恩想了想道：「除了你們，所羅門帝國還有哪些貴族？」

「很多很多。」莫貝特笑著看了龍澤爾一眼，「奧古斯都、亞伯拉罕、查拉圖，等等、等等……我那個年代，黑夜教會的死敵是戰神教會，是南大陸的艾格斯家族，風暴之主、永恆烈陽、知識與智慧之神教會則彼此對抗，都希望獲得所羅門帝國的支持。」

他頓了兩秒，表情逐漸變得肅穆：「那時候，神靈行於地上，而非星界。」

第三章

默契

神靈行於地上，而非星界……在第四紀初期，在所羅門帝國的時代，不存在神話與現實的分界，神靈直接行於地上，無需降臨？

這就和白銀城典籍裡記載的第二紀類似啊！

「巨人王庭」等地方與現實世界只隔了一扇「大門」，想透過就透過，想回去就回去，人神雜處，混亂黑暗……還有，星界真的對應神靈啊！

聽到莫貝特．索羅亞斯德子爵的描述，克萊恩瞬間就有所聯想。

他下意識掃了格羅塞爾一眼，因為這位巨人很可能就是第二紀某段歷史的親身經歷者。

格羅塞爾拿起一個比木桶還誇張的杯子，咕嚕喝了口融化的雪水，哈哈笑道：「莫貝特，這不是很正常的事情嗎？為什麼你要這麼嚴肅？」

「我也不知道我為什麼要這麼嚴肅。」

莫貝特．索羅亞斯德一點點露出笑容：「哈哈，對我們來說很正常的事情，在他們眼裡可能非常可怕，難以相信，我必須用適合的表情來講述，才能達到滿意的效果。你還記得龍澤爾最早聽我們說那些故事時的表情嗎？似乎想跪下向『風暴之主』懺悔。」

克萊恩、達尼茲等人一時竟不知該用什麼樣的表情和語言來應對。

安德森則往格爾曼．斯帕羅方向偏了偏身體，壓低嗓音道：「我感覺他很有挑釁者的天賦。」

他看似控制了音量，但話語其實能讓在場每一個生物都聽到。

莫貝特並不介意地笑了兩聲，繼續著剛才的話題，說道：「我知道你們對神靈行於地上這件事情並不太相信，很難接受，就像艾德雯娜之前一樣，呵呵，我可以舉兩個例子，位於帕蘇島的『風暴之淵』和安曼達山脈的『深黯天國』，分別是『風暴之主』和『黑夜女神』的神國，位於地上的神國，與現實世界只隔了一座虛幻『大門』的神國！」

帕蘇島？這不就是風暴教會如今的聖壇所在嗎？安曼達山脈……安曼達在赫密斯語裡是寧靜的意思，這是指聖堂，寧靜教堂？當神靈不再行於地上，祂們的國就成為了各自教會的總部？

克萊恩直覺地認為莫貝特．索羅亞斯德沒有撒謊，據此做出了一定的判斷。

達尼茲則聽得有些茫然和恐懼，下意識想要避開，可看了看專注認真的船長，若有所思的格爾曼．斯帕羅，以及在臉上寫滿我很感興趣等「句子」的安德森．胡德，又只好強行忍住，不安地尋找起更舒服的坐姿。

就在這個時候，負責警戒的精靈歌者夏塔絲走了進來，不屑地說道：「不要提那個偽神，風暴的權柄只屬於我們精靈的王！」

她嗓音清澈而柔美，但語氣卻充滿憤怒和暴躁，似乎隨時會抬起雙手，給莫貝特．索羅亞斯德一箭。

「好的，我會用偽神來代稱。」莫貝特抬手撫弄了一下自己又尖又硬的黑色帽子。

夏塔絲收回視線，對「風暴之主」的淺信者，前魯恩士兵龍澤爾．愛德華道：「到你了！」

龍澤爾一點點抬起了腦袋，神情裡還殘留著些許恍惚。

他似乎沒注意剛才的對話和爭執，拔起插在身旁的鐵黑色直劍，一步步走向了洞穴口。

克萊恩觀察了一陣，抓住機會對夏塔絲這個精靈道：「妳知道『天災女王』高希納姆嗎？」

他其實並不確定高希納姆就是精靈王蘇尼亞索列姆的從神「天災女王」，這麼詢問就是等待精靈歌者夏塔絲給予答案。

夏塔絲線條柔和的精緻臉龐上頓時也出現了類似龍澤爾的恍惚：「我很久沒有聽到祂的名諱了，祂是、祂是我們精靈一族的王后。莫貝特和龍澤爾甚至都不知道祂存在過……你是在哪裡遇到祂的，不，知道祂情況的？」

說著說著，夏塔絲的語氣一下變得急切。

這時，達尼茲已愕然望向了格爾曼·斯帕羅，感慨這個瘋子竟然如此博學，和疑似屬於古代的精靈都能有共同話題。

「沒想到你還是個學者……看不出來，看不出來……」安德森則邊感嘆邊搖頭。

「冰山中將」艾德雯娜的目光同樣投向了克萊恩，清澈如同泉水的淺藍眼眸裡有著強烈的求知感。

克萊恩坦然回應道：「我進入了一處屬於『天災女王』高希納姆的遺蹟，得到了一些物品。」

「遺蹟？」

夏塔絲低聲咀嚼起這個單字，語氣就像遺失了什麼不算重要但又捨不得的事物一樣。

「從那裡的情況看，祂或許並沒有真正死去。」克萊恩看見夏塔絲眼睛一亮後，直捷了當地問道，「妳有『海洋歌者』的魔藥配方嗎？我可以用什麼來交換？」

他覺得和「風暴」途徑的非凡者交涉時，最好坦誠和直接一點。

夏塔絲想了想道：「就用王后的一件物品來交換吧。」

「我只拿到了一個黃金製成的酒杯，它已經被壓扁，表面銘刻著繁複的花紋和『天災，高希納姆』這兩個精靈語單字。」克萊恩沒做隱瞞。

「我知道那個杯子，那是王后最喜歡的杯子。」夏塔絲難掩激動地說道，「成交！」

「杯子在外面。」克萊恩沒有當著眾人的面去灰霧之上的想法。

夏塔絲點了點頭：「我明白。等我們離開這本書，就完成交易。」

說到這裡，她雙掌合攏道：「風暴必將屬於精靈！」

沒等其他人開口，她又好奇問道：「你在那裡還發現了什麼？」

「一些壁畫，講述著精靈王與遠古太陽神的戰鬥。」克萊恩瞄了眼據說信仰「創造一切的主，全知全能的神」的苦修士斯諾曼。

那位背對火焰面朝石壁的中年男子終於嘶啞著開口了：「不，祂不只是太陽神。祂是我們的主，萬物的父親，偉大的根源。祂不是在和精靈王戰鬥，只是在收回屬於自己的權柄。」

斯諾曼話音剛落，夏塔絲一下站了起來，用箭尖對準了他。

突然，這位精靈歌者綁成馬尾的烏黑長髮散開了，違背自然規律地向上方和四周肆意張揚著，那些髮絲根根分明，都纏繞有銀白的電光，透出奇異的深藍色澤。

夏塔絲剛要鬆開弓弦，前方忽然出現了一隻巨大的灰藍色手掌，它擋在箭尖前方，不怕被刺穿地堵在那裡。

這正是巨人格羅塞爾的手掌，這個種族的特點之一是手腳比例誇張，近乎畸形的長，所以，他只是坐著，伸出手臂，就攔住了夏塔絲。

「好了，斯諾曼不要再說了，你知道的，夏塔絲是一個喜歡用動作代替語言的精靈。」格羅塞爾先對苦修士說道，繼而轉頭看向精靈歌者，「夏塔絲，我們是同伴，一起經歷過很多危險，可以將後背交給對方的同伴，妳可以反駁斯諾曼，甚至可以揍他，但不能試圖傷害他。」

不愧是遊記的主角，充滿了正能量……不過，揍他和傷害他的區別在哪裡？克萊恩忍不住嘀咕了兩句。

夏塔絲哼了一聲，重新坐了下去，場面一時沉靜，頗有點尷尬。

巨人格羅塞爾用豎直獨眼環視了一圈，呵呵笑道：「那我也講一下我過去的經歷吧。進入這本書前，我生活在『巨人王庭』，是『衰敗森林』的看守者之一，那裡只有我們的王能進入，據說埋葬著祂的父親和母親，也就是我們巨人一族的源頭。」

「巨人王庭」由很多部分組成，「衰敗森林」是其中之一？那裡埋葬著巨人一族最古老的先祖？克萊恩聽得非常認真，只想詢問更多。

對他來說，這比第四紀的歷史更有價值，因為白銀城的希望高機率就在「巨人王庭」。

可是，他開口之前，艾德雯娜已搶先問道：「格羅塞爾，你拿到這本書的時候，它是什麼樣子的？」

格羅塞爾抬手揉了揉臉頰道：「它什麼都沒有，就像是等待填寫的空白書冊。」

我之前還猜過格羅塞爾可能是完全的書中人物……克萊恩斟酌了幾秒，沒直接打聽「巨人王庭」的細節性情況，轉頭望向莫貝特．索羅亞斯德道：「你知道『瀆神者』阿蒙嗎？」

「『瀆神者』是指阿蒙這整個家族，他們是我們索羅亞斯德的死敵，據說，他們有位非常強大非常恐怖的先祖，就連烏洛琉斯和梅迪奇兩位大人都相當重視，甚至有些畏懼，但沒誰知道祂具體的名字。」莫貝特詳細介紹道。

烏洛琉斯，梅迪奇？嗯，當時「真實造物主」和「救贖薔薇」都在支持所羅門帝國。

克萊恩心頭一動，當即問道：「那你聽說過薩斯利爾這個名字嗎？」

莫貝特愣了愣，緩慢搖頭道：「從來沒有聽說過。」

「暗天使」薩斯利爾的名號在大災變後就消失了？被掩埋了？克萊恩據此確定了一個事實。

就在這時，面對石壁的苦修士斯諾曼沉啞著開口了：「薩斯利爾是『暗天使』，是天使之王的首領，最接近主的那位。」

我就等著你回答……克萊恩將目光投向了苦修士，低沉問道：「除了祂、烏洛琉斯、梅迪奇和阿蒙，還有哪些天使之王？你不用說祂們的名字。」

克萊恩這是害怕引起不必要的反應，就像下午鎮那位「懺悔者」一樣。

艾德雯娜、安德森和達尼茲從剛才開始，就處於一種茫然的狀態，因為格爾曼．斯帕羅和幾位古代人物交流的內容是他們聞所未聞的，他們簡直不敢相信這位瘋狂的冒險家竟掌握了如此多的隱密和知識！

斯諾曼沉默了幾秒道：「還有，『空想天使』，亞當……」

他剛說出這個名字，整座山洞霍然搖晃了一下，那熟悉的瘋狂的暴虐氣息急速降臨！

「北方之王」尤里斯安找過來了！

守在洞穴入口處的前魯恩士兵龍澤爾．愛德華身體剛晃動了一下，就看見一道龐大的身影從天而降，落在附近包裹著厚厚冰層的巨大岩石上，那覆蓋皮膜的雙翼並未就此收起，繼續展開，近乎遮蔽了周圍的光芒。

冰晶凝結般的夢幻甲片，極度狂暴的幽藍龍睛，第一時間就映入了龍澤爾的眼眸，讓他本能就察覺到了危險，當即提著鐵黑色直劍，往旁邊躍了出去，連滾帶翻地遠離了原本站立的位置。

幾乎是同時，「北方之王」尤里斯安這條冰霜巨龍張開嘴巴，往洞穴位置吐出了一道扭曲不定安靜張揚的冰藍色火焰，它所過之處，虛空透明，全部凝結！

剎那之後，冰藍色的火焰就掀起了由夢幻光芒組成的浪潮，瘋狂湧入了黑幽幽的洞穴，將沿途一切，盡數冰封。

克萊恩腦海裡雖然還閃動著「空想天使，亞當」這些單字，並不由自主地聯想起羅塞爾大帝對黃昏隱士會的描述——「宗旨是復活最初的那位造物主，擁有『觀眾』途徑的高位者，甚至是『唯一性』，召集成員的方式是透過一個連通大陸東西兩岸的真實夢境，並且只要本身名字被提及，立刻就能察覺」，但還是本能就對危險的降臨做出了反應。

他一個側撲，飛快閃避到了山洞凹凸不平的地方，試圖借助前方的岩石，遮擋接下來的襲擊。

可是，洶湧的冰藍色光芒如同浪潮，淹沒著每一個地方，冰封著萬事萬物，在山洞這種逼仄的環境下，根本沒給目標留下安全區域。

眼見周圍即將變成冰棺，一道灰藍色的巨大身影出現在了克萊恩的視線裡。

巨人格羅塞爾不聲不響擋在了最前面，左膝跪下，腰背前埋，將寬闊挺直的巨劍插在了身前。

晨曦般的光芒隨之亮起，在格羅塞爾左右鑄成了虛幻的牆壁，將眾人保護在了後面。

冰藍色的「潮水」奔湧而來，先是被豎直的巨劍分開，接著撞到了兩側的晨曦光芒上！

克萊恩等人的視界裡，山洞霍然變暗，繼而恢復了小半光照。

他們可以明顯看到，火堆已然熄滅，外界昏沉的光線穿透一層層冰晶照入，分外黯淡。

此時此刻，格羅塞爾身前，每一寸空間都被冰封，這位巨人彷彿成為了琥珀裡的小蟲！

緊接著，那把插入地面的巨劍綻放出一片片晨曦似的光彩。

它們交匯在一起，籠罩了格羅塞爾，旋即化為光之風暴，席捲往外。

無聲無息間，冰層出現了燒融似的巨大裂口，一直蔓延到了山洞之外，格羅塞爾的灰藍色身影則消失在了原地。

頭髮還未來得及紮起的精靈歌者夏塔絲端著自己的弓箭，在繚繞的狂風簇擁下，一點緩衝都沒有地就衝出了洞穴，穿著不對稱黑色外套的所羅門帝國子爵莫貝特·索羅亞斯德一邊嘟囔「不要急啊」「總算來了」，一邊大步奔跑，緊隨於夏塔絲身後。

面朝岩壁的苦修士斯諾曼此時也站了起來，在胸口點了四下，彷彿畫了個類似十字架的事物：

「願主庇佑！」

嘶啞乾澀的嗓音裡，赤裸著雙腳的他踩著寒冷的冰層，透過裂口，奔向了洞穴之外。

克萊恩同樣沒有猶豫，未拔左輪手槍，空著雙掌，與緊握「死亡短牙」的安德森一起，飛快進入了冰層的裂口。

身穿繁複襯衫的艾德雯娜．愛德華茲則看向在高位者氣息下出現了顫慄的達尼茲，嗓音柔和但不帶感情地說道：「你留在這裡。」

說完，她淺藍色的眼眸霍然變深，周圍當即呼嘯起一圈又一圈的狂風，推動著她飛向外面。

留在這裡……

達尼茲愣了兩秒，下意識環顧了一圈，看見了掛著白霜的岩壁和徹底熄滅的火堆。

山洞內安靜無聲，只有他一個人存在。

達尼茲身體的顫慄一點點平息，嘴巴張了張，卻什麼也沒說出口，只能看著船長的身影消失在洞穴入口。

山洞之外，翻滾避開了第一輪攻擊的前魯恩士兵龍澤爾．愛德華看見「北方之王」尤里斯安雙翼一振，就要騰空而起，與自己等非凡者拉開距離，確保本身的安全，忙穩住身形，斜推出左掌。

緊接著，他用古赫密斯語宣告道：「此地禁止飛行！」

霍然之間，冰霜巨龍遮蔽天空般的雙翼似乎掛上了十倍百倍於牠體重的無形事物，扇動變得極為艱難。

這位「北方之王」當即發出一聲憤怒的嘶吼，巨大的音波一下鑽入龍澤爾的耳朵，讓他不由自主地搖晃了一下。

呼的聲音裡，那遮蔽天空般的雙翼終於扇了一下來，將周圍的積雪與冰霜全部掀起，瀰至半空。尤里斯安雖然艱難，但還是成功地飛了起來。

就在這時「懲戒騎士」龍澤爾表情變得極為肅穆，口中再次發出古赫密斯語單字構成的句子：「違背者當受懲戒！」

話音剛落，他的身影一下彈起，竟比冰霜巨龍尤里斯安的高飛還要迅猛，彷彿獲得了未知力量的增強。

「叮！」

龍澤爾半空展開身軀，揮出手中鐵黑色直劍，以一種必然命中的姿態斬在了「北方之王」脖頸處。

那個地方，片片冰晶似的甲片出現了明顯的裂縫，並往著周圍蔓延了少許，但這並未讓尤里斯安流血受傷。

這條冰霜巨龍甚至可能連疼痛都沒有感受到，幽藍的雙眸順勢鎖定了龍澤爾，神色殘忍而暴虐。牠隨即抬起了前爪，而龍澤爾身在半空，已無處躲避。

關鍵時刻，一股颶風吹來，硬生生將身穿黑色盔甲的「懲戒騎士」推了開來，尤里斯安的拍擊打在虛空處，激起了爆破似的聲響，未能命中目標。

精靈歌者夏塔絲剛一衝出洞穴，就毫不猶豫動手，救了龍澤爾一命。

緊接著，她頭髮再次違背自然規律地張了開來，根根分明，纏繞起電光。

她用箭尖瞄準了半空緩慢飛行目標巨大的「北方之王」，堅定地向後拉動了弓弦。半空一下變得灰暗，彷彿有烏雲在凝聚，有電光在跳躍。

受到「懲戒騎士」影響，飛行動作不是那麼流暢的尤里斯安忽然收斂翅膀，俯衝往下，就像一列高速列車般撞向了夏塔絲。

這時，灰藍色讓人安穩的身影搶了過去，擋在了「北方之王」的俯衝路線上！

巨人格羅塞爾再次單膝觸地，將人類根本無法使用的闊劍插在了面前。

晨曦一樣的光芒浮現，豎立起一面牢不可破的無形牆壁。

「轟隆！」

冰霜巨龍與巨人格羅塞爾的撞擊如同一場可怕的爆炸，將四周的積雪冰層全部粉碎，推向了外圍。

格羅塞爾沒能守住，圓球般彈飛了出去，從夏塔絲身邊滾過，砰的一聲撞在了山壁上，撞落了上方的積雪和冰掛，險些製造出一場雪崩。

而尤里斯安並未倒退，只是停在了原地。俯衝被中斷的牠後面兩條腿踩中了地面，身體前傾，脖子擺動，嘴巴對準精靈歌者夏塔絲張了開來。

所羅門帝國的貴族莫貝特．索羅亞斯德早就來到夏塔絲身旁，見狀忙伸出右手，快速擰動了手腕。

尤里斯安的嘴巴徹底張開，卻似乎忘記了自己要做什麼，一時呆愣在那裡，沒有接駁後續，莫貝特則猛地側過腦袋，對著旁邊，吐出了唾沫。

「呸！」

那些唾沫普普通通，未有任何特異。

抓住這個機會，跟著出來的苦修士斯諾曼抬起了雙臂，彷彿在擁抱神恩。

然後，他對著精靈歌者夏塔絲，用古赫密斯語低沉說道：「神說，有效！」

茲的一聲，夏塔絲頭髮上的銀白閃電明亮了許多，並一下湧出，交纏在了長箭之上。

她的手腕隨即放開，箭矢射了出去。

「轟隆！」

半空烏雲層疊，一道粗大的閃電落下，疊加於那支長箭上。

箭矢徹底變得銀白，就像來自雷神，以難以躲避的速度命中了尤里斯安的額頭。

層層冰晶消逝，夢幻的甲片裂開，這支長箭插入了「北方之王」的頭部，讓牠發出了震耳欲聾的慘叫。

淡藍色的血液流出又飛快凝結，冰霜巨龍醜陋的頭部瘋狂搖晃，銀白亂竄。

這個時候，克萊恩、安德森奔出了洞穴，「懲戒騎士」龍澤爾落在地面，翻滾了幾圈，重新站起，格羅塞爾也從雪堆裡伸出手掌，揉了揉腦袋，似乎沒受什麼傷害。

有這麼多隊友，我不用主動攻擊，可以嘗試操縱尤里斯安的「靈體之線」。從剛才看，牠似乎並沒有半神級的抵禦能力，當然，比序列五強多了。五公尺範圍，這有點危險啊……

克萊恩望著那條冰霜巨龍，心裡迅速有了想法。

「北方之王」尤里斯安的慘叫迅速變成了嘶吼，洞穴之外隨即刮起了讓人看不清五公尺開外情況的暴風雪。

呼嘯的狂風捲著密密麻麻的「鵝毛」，沸沸揚揚占滿了每一寸空間，與此同時，一道冰藍色的光環急速擴張，貼著地面往外延伸，它所過之處，凡是有接觸的事物，都從下往上凝成了冰雕。

視力和聽覺都被暴風雪影響的克萊恩腦海內一下浮現出了相應的畫面，連忙膝蓋一彎，腳踝用力，直直騰了起來，任由冰藍色的光環從下方掠過。

而並不以格鬥見長的莫貝特．索羅亞斯德發現冰藍光環時，對方距離他已是很近，讓他來不及做出起跳的動作。

就在這時，他的肩膀被人抓住上提，腳底則有狂暴的颶風騰空，兩者結合，一下使他被動地高高躍起，避開了冰封的結局。

莫貝特側過腦袋，不出意外地看見了板著臉孔的夏塔絲，這位精靈歌者因為此地禁止飛行，只能駕馭狂風，緩慢滑翔往前。

安德森、艾德雯娜、斯諾曼和龍澤爾也各自做出反應，及時上跳，不算驚險地躲過了攻擊，唯有巨人格羅塞爾剛提著闊劍，從雪堆裡掙脫，就遭遇冰藍色光環，一時閃避不及，被對方觸碰到了雙腳。

一層厚厚的冰晶瞬間上湧，格羅塞爾僵立在了原地，就彷彿凍結萬年的屍體。

——嗚！

誇張的暴風雪遮蔽了眾位非凡者的視線，讓他們徹底失去了對冰霜巨龍尤里斯安的鎖定，只能被動地防備襲擊。

這個時候，還未落地的苦修士斯諾曼又一次張開了雙臂，用古赫密斯語莊重說道：「神說，無效！」

肆掠的暴風雪霍然平息了不少，無論是狂暴的颶風，還是密密麻麻的鵝毛，都憑空減弱了或消失了接近一半。

隱隱約約間，夏塔絲看見了一張蜥蜴般醜陋的巨大臉孔，那支斷折的長箭還有部分插於對方的額頭。

冰霜巨龍尤里斯安已趁剛才的機會，將雙方的距離拉近！

夏塔絲沒有慌亂，狂風忽地變向，推著她和莫貝特往後飄動，與此同時，她因寒冷而發白的嘴唇張開，用古老艱澀的精靈語歌唱道：「礁石必被海浪撕裂；大樹必被風暴擊倒；山峰必被雷霆摧垮……」

因為精靈語每一個單字都含意豐富，構成的句子非常簡短，所以這幾句歌詞並沒有花費夏塔絲多少時間。

而且，從第一個單字開始，從優美剛強的旋律初步湧出開始，暴風雪裡的風就發生了變化！呼嘯的風聲一下混亂，向著四面八方崩散開來，「北方之王」尤里斯安的龐大身軀重新出現於了克萊恩等人眼中。

在夏塔絲唱出第三個單字的時候，「懲戒騎士」龍澤爾已推出了右掌，用古赫密斯語低沉開口道：「囚禁！」

瞬息間，正要衝撞向夏塔絲和莫貝特的冰霜巨龍凝固在了原地，周圍似乎多了一層又一層透明的牆壁。

而在龍澤爾低語出聲的同時，剛站穩的「冰山中將」艾德雯娜淺藍的眼眸忽然轉黑，裡面流淌起了疑似生靈心底所有惡念化成的黏稠液體。

她右掌只是輕輕一握，「北方之王」尤里斯安就嘶吼著人立而起，將囚禁的效果瞬間撕裂。

這條冰霜巨龍的幽藍色眼眸裡充滿了茫然和痛苦，似乎還沉浸在突然爆發的瘋狂與暴虐情緒中！哪怕這是牠一直以來的狀態，被徹底引爆也讓牠很不好受。

毫無疑問，牠是一條情緒控制很差的巨龍！

抓住尤里斯安短暫停滯的機會，安德森．胡德手中凝出了一柄熾白的火焰長槍，然後一個前跨擺背，將牠投了出去。

沒去看結果，最強獵人腳下火焰湧現，凝成了液狀。

「嗖！」

那柄熾白的火焰長槍準確命中了冰霜巨龍半張的嘴巴，飛速融化掉厚實的冰晶甲片，猶有餘力地穿透了上頷。

尤里斯安再次慘叫出聲，牠後腿一蹬，身軀不管不顧地撲出，貼著地面，以恐怖的速度衝向了安德森。

牠它的眼裡只剩下這個讓自己受到不輕傷害的小蟲！

——刺啦！

積雪分開，地表被犁出了一道深而闊的溝壑，這溝壑一直蔓延至安德森剛才所在的地方，並延伸了出去。

「砰！」

冰霜巨龍帶著可怕的慣性，撞到一塊覆蓋厚厚冰層的岩石上，將牠撞得外殼破碎，內層裂開！

如果這一下撞正了安德森，最強獵人必然變成肉醬，即使只是被擦掛了一下，他也很可能當場身亡。

可是，溝壑某個地方，安德森原本站立的位置，卻多了一個豎直往下的幽黑洞穴，大小剛好能供人鑽入。

「啪！」

一隻手搭在洞穴口，用力一撐，頭髮凌亂的最強獵人就跳了出來。

他投出火焰長槍後，並沒有慌亂地躲避，而是直接使用非凡能力，在腳下消融積雪，燒化泥土，無聲無息弄出了一個不算太深的洞穴，接著整個人陷入進去，蹲了一下來，完美避開了「北方之王」的撞擊。

這個時候，一道明淨純粹的光柱落了一下來，打在格羅塞爾身上，飛快將他表層的冰晶融化。

苦修士斯諾曼用攻擊的方法，解除了巨人守護者遭遇的限制！

晨曦光輝隨之爆發，格羅塞爾舉著巨劍，大步衝到了冰霜巨龍面前，發動了瘋狂的劈斬。

「砰砰砰！」

格羅塞爾的身高只比尤里斯安非人立狀態矮一公尺，力量同樣誇張，在與對方前爪的連續碰撞中，雖然出現了明顯的搖晃和後退，但很快就能恢復，再次前跨，纏住對手。

有了巨人守護者擋在正面，其他人都較為從容地做出了各自的應對。

苦修士斯諾曼保持著雙臂張開的狀態，周身出現了一道烈陽般的光環，這光環飛快往外，溫暖著在場每一位同伴，帶來了強烈的勇氣，並且受到精準操控般，避開了「北方之王」。

離他不遠的地方，夏塔絲頭髮張揚，弓弦拉開，射出一支又一支彷彿由風刃或閃電凝成的箭矢，因為目標非常龐大，她每一箭都能命中，而且幾乎在同一個位置，那就是冰霜巨龍的「肩膀」。

莫貝特·索羅亞斯德則配合格羅塞爾，時而偷掉「北方之王」腦海內正要付諸實踐的那個想法，讓牠出現短暫的呆滯，時而嘗試著竊取能力，但在次數不多的情況下，還沒能獲得成功。

安德森拿著漆黑短劍，小心翼翼地繞向側面，似乎想攻擊某個特定的部位，「懲戒騎士」龍澤爾揮舞著鐵黑直劍，利用禁止法令和囚禁等判決，輔助格羅塞爾與冰霜巨龍肉搏，如果沒有他牽制，哪怕巨人是「守護者」，也早就被抽飛出去，遭遇致死的踐踏或噴吐了。

克萊恩則看向艾德雯娜，抬手了一下指了一下自己：「隱身！」

他不知道對方能否模擬這種能力，如果不行，他就要考慮另外的辦法了。

艾德雯娜沒有詢問為什麼，淺藍而清澈的眼眸當即映照出了格爾曼‧斯帕羅的身影，旋即失去顏色，變得透明。

克萊恩的身體隨之淡化透明，消失不見。確認了一下狀態，克萊恩快步奔向了正激烈交鋒的巨龍與巨人，一個翻滾，來到了「北方之王」的左後腿位置。

然後，他一邊注意躲避尤里斯安戰鬥時的踩踏，一邊借助早就開啟的「靈體之線」視覺，蔓延靈性操縱起那根根虛幻的黑色細線。

緊接著，他時而滾動，時而側躍，在冰霜巨龍的身下和周圍尋找安全空間。

「嗖嗖嗖！」

一支支銀白的閃電之箭和純青的風刃之箭落在不大的區域內，擊碎著冰晶甲片，撕扯著堅韌皮膚，很快，冰霜巨龍「右肩」位置就一片淡藍，相應前爪的揮動出現了不明顯的遲緩。

「懲戒騎士」龍澤爾敏銳察覺到了這一點，一個側躍避開冰藍色的吐息後，指著那個位置，用古赫密斯語莊重宣判道：「死亡！」

噗的一聲，尤里斯安的「右肩」位置，流滿淡藍血液的地方瞬間乾癟，撕裂至能看見半透明的骨頭。

艾德雯娜這時也拿出了一面巴掌大小的黃銅鏡子，將尤里斯安那部分軀體映照入內。

她右掌一探，竟然直接抓入了鏡面，捏住了裡面的影像，然後，用力一撕，往外拉扯！

尤里斯安那個傷口一下變得誇張，並不斷蔓延，似乎即將失去一隻前爪。

牠發出淒厲慘叫，猛地上抬身體，人立而起。

淡藍近白的光輝從這條巨龍體內奔湧了出來，周圍一百公尺範圍內，氣溫陡降，伴隨著難以抵禦的感覺。

霍然之間，所有非凡者都似乎遭遇了長久的冰封，身體冷到了極點，變得非常僵硬，並難以遏制地抖動了起來。

夏塔絲是這樣，莫貝特是這樣，艾德雯娜是這樣，克萊恩是這樣，格羅塞爾、安德森和龍澤爾也是這樣，唯有經受過無數次冰寒磨鍊般的苦修士斯諾曼還能勉強行動。

他保持住雙臂的張開，半閉上雙眼，莊嚴開口道：「神愛世人！」

陽光穿透風雪，照了進來，溫暖的意味開始融化凍僵的感覺，

「砰！」

尤里斯安一爪子抽飛了格羅塞爾，打得這位巨人守護者前胸凹陷，受傷不輕。

牠暫時沒去管其他人，對準苦修士斯諾曼，高速衝撞了過去！

斯諾曼沒人保護……要離開我五公尺範圍了……

克萊恩身體還有些僵硬地看著這一幕，產生了轉身奔入洞穴，向自己祈禱，然後去灰霧之上用「海神權杖」響應的衝動。

就在這個時候，一個赤紅的火球搶在冰霜巨龍之前，落到了苦修士身旁，然後毫不客氣地爆炸開來，將對方掀飛了出去。

這來自最強獵人安德森。

此時，艾德雯娜手中也凝出火球，扔向了尤里斯安身後，但似乎沒有命中的打算。

她在為克萊恩營造火焰閃現的通道！

她從達尼茲那裡知道格爾曼·斯帕羅有這方面的能力！

旅行家

詭秘之主

—The Most High—

第四章

故事尾聲

冰霜巨龍尤里斯安衝到了苦修士斯諾曼原本站立的位置，卻什麼也沒有撞中，直接滑了過去，拖出好長一道溝壑。

牠的身後，火球相繼炸開，騰起了一道又一道禮花，克萊恩身體略顯僵硬地藉此閃現跳動，沒有被「北方之王」拉開距離，始終在對方五公尺之內。

等到尤里斯安停止，依舊處於隱身狀態的他忽生不好預感，腦海內有了相應的畫面，連忙往前一撲，近乎貼著地面地鑽到了冰霜巨龍身下。

與此同時，尤里斯安那條粗長有力的尾巴甩了開來，橫掃出去，抽向了就在附近的精靈歌者夏塔絲和所羅門帝國貴族莫貝特。

「嗚！」

風聲乍響，莫貝特被拋飛出去，避過了冰霜巨龍的尾巴，而夏塔絲慢了一拍，雖然有借助狂風，順著橫掃的趨勢後退，以化解力量，但還是有被抽中側面，抽得她浮現的厚厚幻鱗瓦解破碎，抽得她肋骨根根折斷，抽得她倒飛了出去，在風的撐托之下，不算太重地摔於積雪地面。

換做莫貝特、安德森等人，這一擊足以讓他們當場身亡，還好「風暴」途徑有相應的幻鱗保護，且每個序列都會得到相應的提升，夏塔絲只是重傷，並未昏迷，就連行動力也沒有完全失去。

這個時候，「北方之王」尤里斯安的脖子甩動，嘴巴張開，橫吐出了淡藍色的波光。

波光掃過斯諾曼，將這位苦修士凍成了冰雕，艾德雯娜、龍澤爾和安德森或被龐大龍軀擋住，或在使用別的非凡能力，或隔得太遠，都已來不及救援。

「砰！」

冰霜巨龍低跳轉身，踩得地面一陣搖晃。

此時此刻，牠的狀態也已明顯下降，右肩裂口異常猙獰——雖然凍結的淡藍色血液勉強制止了傷勢的惡化，但對應的前爪已近乎癱瘓，不太方便。

牠體表的夢幻鱗片則破碎了不少，變得異常黯淡，彷彿失去了大量的生命力。

但不管怎麼樣，牠也重創或限制了三個對手，狀況比之前好了不少，尤其巨人格羅塞爾的嚴重受傷，更是讓牠不再被糾纏，可以肆意進攻。

目睹這樣的情況，艾德雯娜的淺藍色眼眸再次變得深黑，黏稠的惡念於內緩慢流淌。

她的右掌猛地握緊，「北方之王」尤里斯安再次仰頭嘶吼，極為痛苦，眼角和嘴邊都有淡藍色的液體流出。

這一刻，冰霜巨龍的腦海裡全是衝擊著靈體的爆炸情緒。

抓住這個機會，艾德雯娜眼眸轉亮，變得極為純淨，四周晨曦光芒急速呈現，凝聚成劍。

她要扮演「守護者」這個角色，上去擋住「北方之王」。

她相信格爾曼．斯帕羅隱身至尤里斯安身邊，肯定有他的目的，欠缺的只是時間！

就在這個時候，一道身影籠罩著源於黎明的光輝，衝到了冰霜巨龍身前。

這正是巨人格羅塞爾！

他胸口凹陷，灰藍色的皮膚發白，手中闊劍出現了蜘蛛網般的裂痕，但依舊勇敢地迎向了敵人。格羅塞爾就像在燃燒生命，散發出光與熱，一劍劈向了目標。

「巨人永不退縮！」

怒吼聲裡，格羅塞爾一次次擋下了冰霜巨龍的拍擊，並因為對方一隻前爪被廢，還有餘力躲避冰藍色的吐息。

「囚禁！」「懲戒騎士」龍澤爾奔了過來，開始限制「北方之王」的行動，艾德雯娜也找到了默契，等到尤里斯安憤怒地掙脫束縛，才引爆牠的情緒，讓控制連續，讓高速衝撞不再出現，安德森則時而投出熾白長槍，時而製造凝縮的火球，一次又一次地最大程度創傷對手，莫貝特緩了過來後，繼續竊走想法，偷取能力，干擾那條冰霜巨龍的攻擊。

尤里斯安兩次試圖展開翅膀，扇動冰雪，飛上半空，都被龍澤爾又一次疊加的「禁止飛行」影響，變得艱難遲緩，只能放棄。

牠腳邊身下不斷更換著位置的克萊恩一點點深入地操縱著「靈體之線」，早已達到了二十秒的界限，但依舊未能成功，因為「北方之王」的靈強大而瘋狂！

過了一陣，當的一聲巨響發出，格羅塞爾手中的闊劍在被冰霜巨龍吐息沾染後，又遭前爪拍中，頓時徹底裂開，化成數不清的碎片，向著不同的位置飛濺。

噗噗噗的聲音裡，格羅塞爾身前已近極限的無形牆壁被貫穿，幾塊碎片深深刺入了他的頭部，刺入了他的胸膛。

相隔最近的「懲戒騎士」龍澤爾同樣沒來得及躲避，被擊碎了側面盔甲，相應位置血肉模糊。

「巨人永不退縮！」

格羅塞爾再次高吼，體表晨曦大盛，掌中多了一把純粹的光劍。

臉孔暗紅近黑的血液流淌中，他又擋下了冰霜巨龍一擊。

這個時候，克萊恩彈動琴弦般操縱著「靈體之線」，終於看到了初步控制的曙光。

三秒！兩秒！一秒！

「北方之王」尤里斯安的動作一下卡頓，身體的每一處關節都似乎長滿了鐵鏽。

這條冰霜巨龍立刻警覺，並察覺到危險的源泉來於身下，趁思維還未完全緩慢之際，瞬間有了一屁股坐下的決定。

牠要將那陰險惡毒的傢伙坐成肉醬！

突然，牠腦海一陣恍惚，竟忘記了自己剛才想做什麼，而二十多公尺外的莫貝特．索羅亞斯德雙腳一軟，奇怪地坐了下去，坐到了積雪上。

克萊恩趁機移動腳步，不算太快但也不慢地走到了冰霜巨龍的後腿側外。

他的隱身效果開始退去，畢竟模擬的肯定不如原版，他雙手半伸，靈性跳躍，彷彿在操縱一個巨大的木偶。

「砰！」

思維已然遲緩的尤里斯安找回了剛才的決定，後腿緩慢彎曲，身體山峰倒塌般壓了一下去，但只能激起瀰漫的積雪和塵埃。

不行……不好……必須……那樣……牠念頭次序分明地一個接一個閃過，心臟砰地一下收縮，凝聚起淡藍近白的可怕光輝。

這是源於牠生命的非凡能力，能製造出一片極寒的地獄，之前依靠於此，讓克萊恩等人全部凍僵，若非苦修士斯諾曼的經歷和能力都頗為克制這種狀態，剛才死的非凡者絕不止一個兩個。

然而，此時此刻，在克萊恩的操縱下，尤里斯安做的一切都被明顯放慢了，艾德雯娜藉此敏銳地察覺到了之前無法把握的危險源泉，當即輕握右掌，再一次引爆了冰霜巨龍波動巨大的情緒。

「北方之王」的身體用慢動作的姿態抖了一下，那正要凝聚的淡藍近白光輝不受控制地散開，未能干擾周圍的環境。

「……啊……」

這條冰霜巨龍嘴巴緩慢張開，發出了結巴斷續的慘叫。

精靈歌者夏塔絲稍有恢復，勉強站了起來，見狀立刻忍著疼痛，拉開了弓弦。

她的頭髮又有張開，半空再現沉厚鉛雲，兩種不同的銀白電光交相輝映，湧入弓上，形成了一支電蛇層層纏繞的恐怖箭矢。

夏塔絲臉龐扭曲了一下，放開了弓弦。

那銀白的電光嗖的一下沒入了尤里斯安的胸腹之間，撕出了一道猙獰的傷口，傷口內部，火光四濺，雷蛇亂竄，做著更多的破壞。

這個時候，安德森眼睛一亮，身上覆蓋起了一層熾白的火焰，然後化身為一道「流光」，準確射入了那個傷口。

漆黑的痕跡迅速浮現於冰霜巨龍的胸腹間，就像有人在那裡胡亂塗鴉，尤里斯安的思緒在強烈的刺激下不再那麼緩慢，掙扎著要扇動翅膀，騰空而起。

「此地禁止飛行！」「懲戒騎士」龍澤爾及時補上了更多的限制。

「砰！」

「北方之王」重新落下，胸腹處的漆黑痕跡全部裂開，淡藍的血液和破損的內臟瀑布般湧出。安德森順勢跳離了龍軀，體表火焰已滅，被透明的冰層薄薄覆蓋著。

「好冷……好冷……」他提著「死亡短牙」，僵硬地跳躍往外，身體不斷哆嗦。

剛才險些被冰霜巨龍掙脫束縛的克萊恩又找回了初步控制的感覺，讓尤里斯安想要在場眾人一起殉葬的想法變得緩慢，同時遭遇了盜竊和引爆。

牠修長的脖子緩慢上仰，發出一聲遲緩的悲鳴，身體隨之一寸一寸倒下。

這個過程裡，克萊恩沒有試圖阻止夏塔絲他們繼續攻擊，因為他很清楚，要將冰霜巨龍轉化為傀儡絕不止五分鐘，這中間存在著太多太多可能的意外。

「懲戒騎士」龍澤爾喘息著站直，在體側血肉模糊的狀態下，又一次推出了沒有握劍的那隻手掌，用古赫密斯語莊重宣告道：「死亡！」

尤里斯安的身體抖動了一下，轟隆倒在了地面，彷彿一座冰雪化成的小山。

牠體內一道道淡藍近白的光芒迸發，攪動血肉，飛快游走，很快就將這巨大的龍屍化成了一扇厚沉高大覆蓋白雪的對開之門。

不需要別人提醒，在場所有非凡者都知道了這是通往外界的大門。

「終於、終於……成功了……」巨人格羅塞爾大笑出聲，嗓音越來越低。

「砰！」

他那將近四公尺高的身軀一下前撲，單膝撐在了地面，身上的晨曦光芒隨之飛快散去，氣息瞬間就近乎沒有。

「格羅塞爾！」夏塔絲等人或艱難或快速地靠攏了過去。

格羅塞爾緩慢地環顧一圈，握起拳頭，憨厚笑道：「我們，成功了！巨人永不，退縮……」

他的聲音戛然而止，長著豎直獨眼的腦袋垂了一下去。

「格羅塞爾！」

和巨人最近的「懲戒騎士」龍澤爾奔到近前，扶住了格羅塞爾，然後一點點鬆手，緩慢站直，彷彿做了一場讓人迷茫的夢境。

夏塔絲掙脫莫貝特的攙扶，顧不得在意身體的疼痛，於風的助推下，快步跑到了格羅塞爾的身旁。

她彎下腰去，小心翼翼觀察了一陣，旋即推著對方，聲嘶力竭地喊道：「醒醒啊、醒醒啊！我們該出去了！」

她嗓音漸弱，慢慢無聲。

莫貝特立在旁邊，看到巨人的身體搖搖晃晃，難以保持平衡，最終撲通一聲栽倒在了地上。

他靜默幾秒，緩而長地吐了口氣。

這個時候，安德森和艾德雯娜已跑至冰封的苦修士斯諾曼那裡，一個使用火焰，一個模擬聖光，幫助對方快速解凍，只有克萊恩因為就在附近，直接來到了格羅塞爾旁邊。

他的「靈體之線」視覺告訴他，對方已經死亡，唯有靈還殘存，但也在開始消散，這讓他的傷害轉移能力根本沒辦法發揮作用。

從燃燒晨曦光芒，第二次纏住冰霜巨龍開始，格羅塞爾應該就已經做好了死亡的準備……克萊恩一陣默然。

莫貝特瞄了他一眼，苦澀地笑了笑道：「坦白地講，我見過的巨人也不多，大部分印象來自書本、老師和父母，一直認為這個種族殘忍狂暴，更接近怪物而非智慧生靈，但格羅塞爾不是這樣，他坦率，誠實，樂觀，雖然看起來有點傻，但比誰都清楚什麼是正確什麼是錯誤。」

「他告訴我這是因為他不是最古老的那些巨人，甚至連第二代第三代也不是……殘忍暴虐瘋狂的巨人們同樣擁有交配的本能，會誕生後代，而後代裡三不五時就會出現比較理智的類型，這些後代又繁衍後代，讓整個巨人一族越來越脫離怪物的範疇。」

「呵，我不知道該不該相信他，但他的存在證明了這麼一種可能性……」

莫貝特說著說著，忽然停頓，似乎陷入了對往事的回憶。

此時，艾德雯娜和安德森扶著身體還有明顯僵硬感的斯諾曼靠攏了過來，這位苦修士隨即掙扎著走到了格羅塞爾的身側。

看著那隻緊閉的豎眼，斯諾曼在胸口畫了個類似十字架的符號，半閉上眼睛，低聲做起禱告：

「萬物的父親，偉大的根源，這裡有一個誠實而純淨的靈……願他能進入您的國，得到永恆的救贖……」

夏塔絲張了張嘴，似乎想說格羅塞爾信仰的是巨人王奧爾米爾，但最終沒有開口，沉默地看著斯諾曼完成了禱告。

「我們必須盡快出去，誰也不知道那扇門會維持多久！」這位精靈歌者環顧了一圈道，因為悲傷和疼痛，她顯得頗為暴躁。

她又低頭看了巨人一眼，低沉著補充道：「我們不能讓格羅塞爾的靈消散在這個虛幻的世界，我們必須讓他回歸真實！」

「好。」莫貝特立即贊同，克萊恩等人更是沒有異議。

艾德雯娜轉頭，對著掛有冰雪的山洞喊了一聲：「達尼茲，你可以出來了。」

這個時候，夏塔絲眼眸微轉，似乎想到了什麼，遂側頭對克萊恩道：「你有紙筆嗎？」

「有。」克萊恩拿出了隨身攜帶的吸水鋼筆和便簽紙，這是一位「占卜家」的職業素養。

夏塔絲接了過去，刷刷開始書寫，直至達尼茲跑出山洞，依舊未停。

達尼茲沉默著沒有說話，情緒似乎相當低落，並未因為即將離開書中世界而有明顯的喜悅和激動。

終於，夏塔絲停下了書寫，將紙張和鋼筆同時還給了克萊恩：「你要的配方。」
不是出去才交易嗎？克萊恩疑惑地無聲嘀咕，接過了自己的鋼筆和「海洋歌者」魔藥配方。
似乎察覺到了他的不解，夏塔絲轉過腦袋，望向地上的格羅塞爾，低沉說道：「我們現在是同伴。」
因此可以直接給魔藥配方？
克萊恩收好物品，微不可見點頭道：「出去之後，我會把酒杯給妳。」
夏塔絲沒有接話，推了莫貝特一把：「去抬格羅塞爾。」
莫貝特低頭看了眼自己不算健壯的身體和尖端高翹的皮靴，無奈地苦笑一聲，走到了格羅塞爾一條大腿旁。
「懲戒騎士」龍澤爾沉默跟隨，彎腰抱住了巨人的左肩。
安德森左右看了一眼，嘖了一聲道：「你們傷的傷，弱的弱，還是我來吧。」
他隨即抱住了格羅塞爾另外一邊的肩膀。
克萊恩正要去剩下那條大腿處，達尼茲已快步過去，搶占了位置。
見狀，他停下腳步，看著安德森等人將格羅塞爾抬了起來，走向那扇覆蓋白雪的虛幻大門。
他、艾德雯娜和腳步踉蹌身體搖晃的夏塔絲、斯諾曼則沉默地跟在旁邊，抵達了冰霜巨龍尤里斯安屍體衍化成的出口位置。
這個時候，克萊恩環視了一圈，發現「北方之王」先前流出的淡藍色血液已全部不見，似乎從未存在過。

果然，一個具現出的，近乎真實的怪物……克萊恩落在後方，看著艾德雯娜上前幾步，略彎腰背，將雙掌按在了門上。

然後這位「冰山中將」猛地發力，將那覆蓋白雪的大門一下推開。

無聲無息間，眾人看見的一切都變得虛幻，旋即透明，消失不見。

他們眼前很快浮現出了一排排棕黃色的書架，浮現出了窗外已落至海平線的橘黃太陽，浮現出了一張擺有鋼筆、墨水瓶和紙張的桌子。

這是「冰山中將」艾德雯娜的船長室！

克萊恩他們迅速將目光投向了桌子的中央，那裡攤放有一本黃褐色羊皮紙訂成的書冊。

這書冊因無形的風而翻動，來到了最後一頁，克萊恩等人隨之看見了結尾：「在瘋狂冒險家、強大獵人的幫助下，格羅塞爾完成了他的承諾，帶領隊友們殺死了『北方之王』，但是，他也長眠在了冰霜之國。」

「都沒有給出我們的結局……夏塔絲，妳接下來想去哪裡？」莫貝特放下格羅塞爾的大腿，側頭詢問精靈歌者。

夏塔絲的目光霍然迷茫了好幾秒，旋即堅定地說道：「尋找我的族人……」

她話音未落，突然看見莫貝特亞麻色的頭髮在飛快變白，看見對方原本光滑的臉龐出現了明顯的皺紋。

只是一個呼吸的時間，她眼裡的莫貝特就已衰老至垂死。
夏塔絲心中一緊，就要猛撲過去，但卻愕然發現自己的雙腿不知什麼時候已變得無力。
撲通一聲，她摔倒在了地板上，發現自己的手背也布滿了老者才有的斑痕。
她一下明白了是怎麼回事，眼中的淚水頓時止不住地滑落，身體則努力著，掙扎著，試圖爬向莫貝特。
莫貝特同樣已軟倒於地，同樣在向她蠕動，並往前伸出了右掌。
夏塔絲將自己的右掌遞了過去，握住了那隻乾癟枯瘦的手。
他們艱難抬頭，眸子裡映照出了對方現在的樣子。
他們的嘴角同時向上勾動，又無力鬆開，眼皮垂落下來，遮住了光線。
克萊恩、艾德雯娜、安德森和達尼茲對這樣的變化完全反應不及，也不知道能做點什麼，只能眼睜睜地看著格羅塞爾的屍體飛快腐爛，血肉蒸發，只剩骨骼和析出的非凡特性，看著莫貝特、夏塔絲、斯諾曼和龍澤爾在短短幾秒內就衰老垂死，然後失去呼吸，重複起格羅塞爾屍體上發生的一切。
他們的衣物或消失或變成了朽灰，他們的靈消逝速度超乎尋常，很快就已沒有。
「最短的那位也已經在裡面活了超過一百六十五年……」艾德雯娜低聲自語了一句，轉頭望向了那具正眺望外界海面和太陽的白骨。
這正是「懲戒騎士」龍澤爾，他坐在椅上，眺望的是西面，是貝克蘭德的方向。

斯諾曼則盤坐於旁邊，屍骸保持著祈禱的姿態。

是啊，他們在書中世界活了幾百年，上千年，從外部世界的規則來說，連半神都不是的他們，早該死去……我應該想得到這個問題的……我為什麼會一點警惕都沒有？難道……

克萊恩突然想起了書中世界對莫貝特、格羅塞爾等人的心靈層面影響，隱約有了判斷。

他又一次低頭看向那本羊皮紙裝訂成的書冊，相信它的祕密還有很多很多。

「這傢伙挺有趣的，就這樣死了……」安德森望著莫貝特的屍骸，撇了一下嘴巴。

此時，所有的非凡特性都在緩慢凝聚，但「懲戒騎士」龍澤爾並沒有析出類似的東西，艾德雯娜審視了一陣，以平淡的口吻說道：「他服食的魔藥是虛假的，他獲得的力量也是，就像那條冰霜巨龍。」

應該是書中世界的具現，這近乎以假為真了……克萊恩無聲嘆息，一時竟不知該說點什麼，只好保持格爾曼·斯帕羅式的沉默。

接下來的十分鐘內，「黃金夢想號」的船長室裡，再無人說話，直到四份非凡特性各自成形。

它們一份有拳頭大小，彷彿心臟，上面布滿孔洞，閃爍著晨曦般的光輝，一份如同水母，透明的外層包裹著蔚藍的海水，裡面時而有風捲起漩渦，時而閃過銀白，並隱隱約約傳出悠揚的歌聲，一份是純淨發亮的晶石，充滿神聖的感覺，一份像是嬰兒的手掌，細小的五根指頭張開，因環境的不同而不斷改變著膚色。

「唉，我們也不能一直這樣看著啊。」終於，安德森打破了沉默，說道，「把這些非凡特性分一分吧。」

就在艾德雯娜淺藍色的眼眸都染上了一抹怒火時，這位獵人聳了一下肩膀，苦澀笑道：「我想這應該也是他們的意願，因為我們是一起戰鬥過的同伴。」

見艾德雯娜的目光緩和了一下來，安德森勾勒嘴角，搖頭嘆息道：「妳啊，總是這麼死板，所以一輩子都無法成為藝術家。」

隨口感慨了一句後，他望向地上椅上的屍骸道：「我們不能一直這麼看著，總得做點什麼。夏塔絲不是想尋找她的族人嗎？就把她埋葬到蘇尼亞島的精靈遺蹟附近。莫貝特看起來想跟夏塔絲一起，那就放到同一個墓穴裡。」

「龍澤爾不是想回貝克蘭德嗎？燒成骨灰，裝進盒子，順路帶到那座大都市，如果有空，還可以找找他的後裔。」

「至於斯諾曼，他信仰的也不知道是遠古太陽神，還是最初的造物主，或者兩者等同，呵，這對我們來說都一樣，肯定找不到相應的教堂或祭壇，所以，只能把他葬在格羅塞爾旁邊。」

「格羅塞爾……他應該想回『巨人王庭』，但這是神話傳說裡才有的城市，現實根本找不到，不過嘛，南北大陸都有些巨人遺蹟，可以把他葬在那些地方，讓他真正地安眠。」

「巨人王庭」……貝克蘭德……克萊恩默然聽完，斟酌了幾秒道：「格羅塞爾、斯諾曼和龍澤爾的骨灰給我。」

他認為不短但也不會太長的一段時間後，白銀城應該就會探索「巨人王庭」，到時候可以把格羅塞爾和斯諾曼的骨灰交給小「太陽」，讓他順路安葬這兩位古代人物，而貝克蘭德是克萊恩自己要返回的地方，是他這段旅行的終點，正好能將離開家鄉一百六十五年以上的龍澤爾帶回去。

艾德雯娜跟著說道：「『黃金夢想號』經常去蘇尼亞島，夏塔絲和莫貝特的屍骸我來負責。」

「好的，等下妳來負責火化。」安德森轉頭望向達尼茲，半笑半嘆了一聲，「你看，每個人都有自己發揮作用的地方，沒必要自卑。」

他本以為達尼茲會理解不了自己的寬慰，又怒視起自己，誰知這位知名大海盜只是表情霍然黯淡了幾分，就沉默著點了一下頭。

「咳，作為一起面對過『北方之王』的同伴，我們一人挑一份吧，算是繼承他們的遺志。」安德森用下巴指了指地板上閃爍微光的物品們，「呵呵，這些非凡特性裡肯定有殘餘他們的少量精神，不知道會帶來什麼樣的影響，無論是調配成魔藥服食，還是找工匠煉製成物品，應該都有一定的特異，前者還能透過『扮演法』消化掉，後者就沒什麼辦法了，啊，你看起來似乎不懂『扮演法』，那當我沒說。」

他最後那句話是對達尼茲講的。

克萊恩沒心情腹誹安德森，看了看那四份非凡特性道：「夏塔絲的給我。」

這正是「海洋歌者」的主材料！

艾德雯娜想了想道：「我拿斯諾曼的。」

這對應「光之祭司」，克萊恩已經有一份，因此並沒有選擇。

安德森掃了剩下的兩份非凡特性一眼，目光停留在了那嬰兒手掌般的詭異事物上：「我說過，這傢伙很有趣，也許能製成一件可以和我聊天的神奇物品，這樣大家都不再寂寞。」

這時，還剩下「巨人的心臟」沒有歸屬，克萊恩看了達尼茲一眼，淡漠說道：「你的。」

「我？我什麼都沒做，我沒參加戰鬥……」達尼茲非常意外。

克萊恩簡潔說道：「你探了路，冒了風險。」

對克萊恩來說，這其實是一種補償，因為達尼茲誦念了「愚者」的尊名，知曉了格爾曼．斯帕羅的祕密，所以必須強制成為「愚者」的信徒，否則會留下極大的隱患。

雖然這屬於達尼茲自願承擔的風險之一，但克萊恩還是想要彌補一二，當然，他希望達尼茲將這視作「愚者」的恩賜。

而無論是拿格羅塞爾的非凡特性換成金錢，購買相應的配方和材料，還是製成防禦類型的神奇物品，對達尼茲來說都非常有用。

「收下吧。」艾德雯娜也看向達尼茲道。

「……好。」達尼茲默然幾秒，重重點頭。

分配完畢，克萊恩上前幾步，彎腰撿起了夏塔絲遺留的非凡特性，看到透明薄膜內的蔚藍海水在輕輕搖晃，隱約又聽見了那位精靈的優美歌聲。

他剛有站直，就看見達尼茲點了一下頭，似乎在回應誰的提問，但剛才沒誰說話！

克萊恩的目光隨之掃過了艾德雯娜沒什麼表情的臉龐，懷疑這位「祕術導師」在用旁人聽不到的聲音與達尼茲溝通。

見達尼茲給出肯定的答案，艾德雯娜伸手將桌上的《格羅塞爾遊記》合攏，遞給了克萊恩。

「這是我的感謝。」

「沒有我，你們也能戰勝冰霜巨龍。」克萊恩沒有伸手，看著那本黃褐色羊皮紙裝訂成的書冊道。

「不，會一起死亡，我們沒有辦法擋下『北方之王』最後的瘋狂，而且，你進入書裡，也是冒著很大風險的。」艾德雯娜就像一位教師，認真地講解了原因，「我唯一的請求是，如果你研究出了它的來歷和原理，告訴我答案。」

克萊恩對《格羅塞爾遊記》蘊藏的祕密本身就非常好奇，聞言不再推辭，伸手接過了這本神奇的書籍：「好。」

這個時候，因為「巨人王庭」的重要性越來越突顯，他還想順勢買下那把價值五千鎊的屬於巨人的黑鐵鑰匙，但他沒有立刻提出這個請求，免得艾德雯娜以為自己在挾恩敲詐。

他準備等幾個小時後，或者明天，再找「冰山中將」借那把鑰匙，先去灰霧之上占卜，確認價值，然後出錢買下。

見安德森和達尼茲也分別撿起了屬於自己的非凡特性，艾德雯娜看了眼漸漸黑下來的天色，對克萊恩道：「你們接下來去哪裡？」

「拜亞姆。」克萊恩坦然回答。

艾德雯娜點了一下頭：「你們可以乘坐『黃金夢想號』過去，我們有很多空餘的房間。」

克萊恩微不可見頷首，答應了下來。

免費的船誰不喜歡坐？

處理好骸骨，收拾了一下船長室，艾德雯娜這才走向門口，打開了房門。

外面頓時響起一陣驚喜的聲音，走廊內的氣氛很快就有了沸騰的感覺。

「好了，沒事了。」艾德雯娜環視了一圈，清冷的表情裡不知不覺多了些笑意。

轟的一聲，船員們歡呼了起來，巨大的聲浪讓安德森忍不住撇了一下嘴巴，皺起了臉龐。

「比我想像得還誇張……」他的話語毫無疑問被淹沒在了狂歡般的動靜裡。

等到這一切平息下來，克萊恩和安德森在達尼茲的引領下，離開了船長室，前往同一層另外一邊的房間。

半轉身體望了眼原本所在，安德森忽然嘆息道：「就這樣結束了嗎？雖然和他們認識還不到半個小時，但一起戰鬥過的傢伙總是讓人印象深刻，結果，他們就這樣莫名其妙死了，都死了……」

克萊恩沉默了兩秒道：「這個世界本來就充滿了莫名其妙的死亡。」

「……也是。」安德森一下露出了笑容，「所以得樂觀點，好好享受生活，如果哪一天我面對了死亡，我一定要從容，瀟灑，不遺失風度，用最帥的姿態去迎接它。」

不要給自己立旗幟……克萊恩沒有開口，進入了達尼茲打開的房間，安德森則住在他的對面。

房間內，克萊恩站在窗口，沉默地望了越來越黑的海面近十分鐘，然後才前往盥洗室，洴走四步，誦念咒文，進入灰霧之上。

坐至屬於「愚者」的那張高背椅，他直接具現出「世界」的身影，讓他擺出祈求的姿態：「偉大的『愚者』先生，請轉告『太陽』，我已經拿到了他想要的序列六『公證人』魔藥配方，『光之祭司』的配方和主材料也有了線索。他可以暫時不給報酬，算作欠帳，等將來一併支付。」

克萊恩這是在為自己晉升序列四做準備——白銀城擁有豐富的資源，可能會存在某種主材料或當前難以尋找到的輔助材料，所以，在暫時沒急需事物的情況下，他打算讓小「太陽」先欠著。

他之所以沒說「光之祭司」的魔藥配方和主材料也已到手，是因為覺得這太過誇張，準備等小「太陽」消化得差不多了再告訴他。

審視了具現出的影像兩遍，他將這些化成流光，投入了「太陽」對應的深紅星辰。

下午鎮，剛巡邏完新建營地邊緣的戴里克眼前突然一花，看見了無邊無際的灰白霧氣和深紅光芒內祈禱的模糊身影。

緊接著，他聽到了「世界」的聲音，知道自己的「公證人」魔藥配方有了。

「『世界』先生的效率好高，承諾多少天就是多少天，而且還額外拿了『光之祭司』魔藥配方和主材料的線索！」戴里克一陣驚訝，伴隨喜悅。

他忍不住有些崇拜「世界」，希望自己將來也能具備這樣的能力和風格。

而灰霧之上，忙碌的「世界」在「愚者」先生確認「海洋歌者」魔藥配方無誤後，又一次開始了祈禱：「偉大的『愚者』先生，請轉告『倒吊人』，我已經拿到『海洋歌者』的魔藥配方和相應的主材料，將在下次塔羅會上給他，請他考慮好可以用什麼來交換。」

波浪起伏的大海上，古老晦暗的帆船內。阿爾傑．威爾遜正站在窗口，思考這次回帕蘇島述職該注意什麼，眼前就出現了無垠的灰霧和高踞一切之上的身影。

他旋即看見深紅的光芒，看見疑似「世界」的模糊身影，耳畔則響起了對方平靜淡然的話語。

認真聽完，阿爾傑眼眸一點點睜大，心裡既有著難以遏制的喜悅，又湧現出了強烈的詫異和愕然。

他記得很清楚，上次塔羅會時，「世界」只承諾三天內幫「太陽」拿到「公證人」魔藥配方，根本沒說「海洋歌者」相關的事情，結果這才幾天過去，這位先生就拿到了少有流通的序列五配方，而且還收穫了主材料！

「他究竟做了什麼？」阿爾傑無聲自語，腦海裡不由自主地回想起了格爾曼．斯帕羅那副冷峻剛硬的樣子，越來越覺得對方讓自己無法看透。

這就是成為眷者的好處嗎？嗯，我昨天剛收到消息，格爾曼．斯帕羅上週在拿斯登上了「未來號」，這一方面說明「星之上將」確實是「隱者」，另一方面是否也表明「世界」上週做的事情非常重要，比如，進入東面那片危險海域，拿到什麼物品，所以才不得不尋求「隱者」的幫助？他因此得到提升，成為了序列五的強者？

這可以解釋他短短幾天內就拿到「海洋歌者」魔藥配方和主材料的問題……可他究竟做了什麼？不會殺了一位教會的準高層吧？阿爾傑忍不住皺了一下眉頭。

他迅速平復心情，將重點轉移到了另外的事情上：雖然一下拿到配方和主材料，確實讓他異常欣喜和激動，並由衷地覺得成為「塔羅會」成員是自己人生的轉折點，但相應地，他也必須付出足夠的代價！

「我能給『世界』什麼呢……」阿爾傑陷入了沉思，可悲地發現自己身上並沒有等價的物品或金錢。

他下意識來回踱步，在窗口位置轉了一圈又一圈。

灰霧之上，忙碌的「世界」消失，克萊恩將目光投向了剛才帶入灰霧之上的《格羅塞爾遊記》。這本由黃褐色羊皮紙裝訂成的書冊安靜擺放於青銅長桌最上首，一點奇特的地方都沒有，普通到只有喜歡研究歷史的人才願意注意它。

克萊恩具現出紙筆，謹慎地寫下了第一條占卜語句：「這是『觀眾』途徑的唯一性。」

他最擔心的就是這一點，因為這意味著沒辦法將這本「遊記」封印在灰霧之上──它很可能會帶來預想不到的意外，而隨身攜帶的話，克萊恩說不定什麼時候又被吸進書裡去，那會非常麻煩。

取下左腕袖口內的靈擺，克萊恩平復了一下心情，嘗試起占卜。

當他睜開眼睛的時候，黃水晶吊墜正在做逆時針旋轉，這意味著否定。

「看來這本奇怪的書不是『觀眾』途徑的唯一性，那我就不用太過害怕了……」克萊恩思考了幾秒，又試著占卜了一下《格羅塞爾遊記》是不是「觀眾」途徑序列一或序列二對應的物品，誰知收穫了失敗的結果。

嗯……他沉吟許久，落筆寫下了新的占卜語句：「它的來歷。」

克萊恩之所以敢於做這樣的占卜，是因為他很清楚「觀眾」途徑的序列〇早已隕落，唯一性又高機率掌握在「黃昏隱士會」手裡，目前有對應真神的可能幾乎可以忽略不計。

放下鋼筆，握住紙張和書籍，克萊恩向後靠住椅背，邊低念語句，邊借助冥想，進入了夢境。

灰濛濛的天地霍然裂開，高空變得極為黯淡，彷彿有狂風正捲著烏雲四處亂舞。

這樣昏暗的環境之下，天邊先是出現了一個光點，接著越來越大，越來越清晰。

那是一片漂浮的大陸，能容納數座正常城市的大陸！

這大陸外圍呈灰白色，一塊塊巨大岩石展現出了它們的輪廓，而在此上方，豎著一根又一根幾十根且為一百公尺高的宏偉石柱，它們或孤單地屹立著，或撐起了一座座巍峨的古拙宮殿。

一條條或灰白，或赤紅，或黃銅鑄就，或冰晶凝聚的巨龍飛舞於這片大陸，這座異類城市的上空，時而落到一根石柱頂端休息，俯視萬方，時而進入高大恢弘的宮殿裡，消失於克萊恩視線內。

它們之中，最小的那條都能和「北方之王」尤里斯安等同，最大的則達到了一百公尺。

畫面飛快拉近，一座可能超過兩一百公尺高的宮殿開始占據克萊恩的視界。

它的內部，石柱屹立，撐住穹頂，空間大得足以讓任何巨龍在這裡自由行動。

「鏡頭」不斷往內，克萊恩很快看見了一本黃褐色羊皮紙訂成的書冊，它封皮空白，浮於半空，與周圍的環境比起來，小得不可思議。

書冊正對的背後，一團巨大的陰影呈現了出來。

這陰影的輪廓剛有勾勒，克萊恩腦袋裡的思緒和念頭瞬間爆炸！

他的眼珠帶著血水噴了出去，他的耳朵位置只留下了兩個黑洞，他的嘴巴裡，他的鼻孔內，染著鮮紅的乳白事物正不斷湧出。

灰霧之上的神祕空間隨即輕輕晃動，撫平了這一切，克萊恩迅速恢復正常，齜牙咧嘴地抬手揉了揉腦袋：「痛！真他媽痛！這不比『永恆烈陽』差啊，我甚至都沒有看清楚祂的樣子，未能收穫任何知識……」

「祂就是『空想之龍』安格爾威德吧？根據小『太陽』的資料，祂在第二紀末尾就已隕落，我隔了幾個紀元，兩三千年的時光，僅僅窺視了一下，也變得這麼悽慘，如果不是有灰霧隔絕和幫忙，肯定已當場去世……這印記也太強了吧？」

「沒辦法具體比較，因為傷害不如『永恆烈陽』那次，但一個早已死亡，一個目前還活著，就讓人不得不懷疑古神要比現在的真神強一點……」

用了近一分鐘的時間從疼痛的陰影裡緩過來後，克萊恩重新將目光投向了《格羅塞爾遊記》，手指輕敲著斑駁長桌邊緣，無聲自語道：「這本書的『作者』是『空想之龍』安格爾威德？一位古神書寫下的，可以自動演繹結局的故事書？」

「祂的目的是什麼呢？這本書成形的時候，『空想之龍』應該還沒遭遇遠古太陽神，沒出任何問題，畢竟，書籍要從『奇蹟之城』利維希德傳播到『巨人王庭』必須有不短的時光，而格羅塞爾被書吞進去前，巨人王明顯還健在。」

「純粹的惡作劇？無聊打發時間的玩物？或者，『空想之龍』這位古神預見到了一定的未來，專門創作了這本書，給自己或巨龍一族留下復甦的後路，但因為錯估了遠古太陽神的強大和可怕，隕落得徹徹底底，讓這本書幾千年都未能發揮作用，只是自然地吸入人物，演繹故事？」

克萊恩做了些猜想，但都無法獲得進一步的證實，只能考慮著之後再找機會進入書裡，一點點蒐集線索。

「之後可以在灰霧之上用靈體的形態進入了，一旦遭遇意外，立刻就能返回……嗯，等和艾德雯娜、安德森他們分開後再嘗試，必須足夠地小心和謹慎……」克萊恩點了點頭，嘗試著占卜了一下《格羅塞爾遊記》是否會對灰霧之上這片神祕空間帶來不好的變化，結果依舊失敗。

至於原因，他其實有點明白，那就是這裡的本質高於靈界，涉及這裡的事情自然無法利用占卜的手段從靈界獲得啟示。

決定接下來幾天經常到灰霧之上看一看，瞧一瞧，防止意外發生之後，克萊恩將《格羅塞爾遊記》丟入了雜物堆，揮手招來了一個被部分壓扁的黃金酒杯。

這酒杯有著繁複精緻的花紋，銘刻著「天災，高希納姆」這兩個精靈語單字，並沒有特殊的地方。

拿著它，克萊恩靜靜摩挲了幾秒。

「咚咚咚！」

克萊恩有禮貌地敲響了船長室的房門。

「有什麼事情嗎？」已將頭髮放了下來的艾德雯娜看著外面的格爾曼·斯帕羅道。

克萊恩將精靈王后的黃金酒杯遞了過去道：「放進夏塔絲的墓穴裡。」

「……好。」艾德雯娜先是沉默了兩秒，接著點頭接過。

她習慣性地研究了一下黃金酒杯上的銘文和符號，旋即不太好意思地收回了目光，偏頭望向窗外道：「他們要舉行篝火晚會，你參加嗎？」

「不。」克萊恩搖了搖頭。

「我理解，我也不會去參加，不是每個人都像安德森一樣，可以迅速擺脫自己的低落情緒。」艾德雯娜抿了一下嘴唇道。

其實，這未嘗不是好事……克萊恩一時不知該怎麼回應，而艾德雯娜除了「上課」，也不是擅於交流的人，兩人頓時相顧無言。

十幾秒後，克萊恩無聲吸了口氣，打破了這種沉默：「那把源於巨人的鑰匙，妳還出售嗎？」

「出售。」艾德雯娜想了想，瞄了眼收藏室方向，補充說道，「我可以先借給你研究，離船之前你再決定要不要買。」

第五章

達尼茲的請求

……都不用我自己提了……我原本還有點不好意思開口呢。

克萊恩暗中鬆了口氣，揣摩一下格爾曼．斯帕羅的人設，平淡地說道：「我不占別人便宜。」

話音剛落，他就有點後悔，害怕「冰山中將」真的改口。

艾德雯娜淺藍色的眼眸微轉道：「唯一的條件是，如果研究出什麼，告訴我答案。」

呼……克萊恩不再囉嗦，輕輕頷首道：「好。」

幾十秒後，他抱著那個足有七弦琴大的鐵黑色鑰匙，返回了自己房間。

而這個時候，前甲板位置傳來了一陣亢奮熾烈的歌聲：「你的眼睛多麼迷人，彷彿那清晨的陽光；每當夜晚，黑暗降臨，我獨自徘徊，心中悲涼，執著地等待光芒；噢，你的眼睛多麼迷人，彷彿那清晨的陽光……」

克萊恩下意識來到窗邊，探頭望向外面，看見篝火已燃，「黃金夢想號」的空閒船員們圍繞於旁邊，或烤肉烤魚，或咕嚕喝酒，或跟隨「歌唱家」奧爾弗斯的歌聲跳著不規範但足夠熱鬧的舞蹈，氣氛極為歡快。

油脂烤灼的誘人香味瀰漫而出，一縷縷偏向上方，克萊恩看見安德森．胡德也在那群海盜裡，喝得興高采烈，吃得開開心心，三不五時還吼上兩句，講幾個笑話，似乎已成為了「黃金夢想號」的一員，完全不像之前那樣受到排斥。

反倒是達尼茲，並沒有出現於外面，至少克萊恩沒在「鐵皮」和「水桶」旁邊發現他。

只要不挑釁，安德森這傢伙的交際能力還是挺強的啊……這或許屬於「陰謀家」的蒐集訊息能力？嗯，他可能把仇恨都轉移到了我身上。

不知道達尼茲會不會因為這次的事情奮發圖強，如果他能一步步提升，獲得更強的實力，那我這個「愚者」的手下就不再只有自己了，不用再時常表現三位一體的狀態。

呵呵，我這個隱密存在總算有了現實的信徒，有了可以直接吩咐的辦事員，雖然暫時只有達尼茲一個人……不得不說，還是比較寒酸。

克萊恩一邊感慨，一邊就要準備儀式，將「巨人鑰匙」獻祭到灰霧之上。

就在這時，他靈感忽有觸動，本能就開啟靈視，望向了旁邊，

一根根白骨拋出，凝聚成了眼窩燃燒黑焰的信使。

信使大半個身軀在下面一層，所以與格爾曼．斯帕羅近乎平齊，未再穿出天花板，不過，它抓著信的手掌依舊巨大，似乎能直接包裹住克萊恩的腦袋。

阿茲克先生這次回信挺快嘛……克萊恩一邊禮貌點頭，一邊接過信紙，展了開來。

他正要閱讀內容，忽然發現白骨信使還停留在原地，沒像往常那樣，送到信後就直接消失。

「有什麼事情嗎？」克萊恩詫異地問了一句。

他剛有開口，腦海裡突地閃過了一個想法，連忙又補充說道：「如果需要回信，我會再召喚你的。」

白骨信使巨大的腦袋點了點，身體霍然崩解，瀑布般下落，回歸了冥界。

「上次蕾妮特．緹尼科爾女士就有等著回信，這次白骨信使也是……這難道是『信使界』的新

規範新章程？呸，根本沒『信使界』這種東西啊，都是自己招自己的，而且絕大部分信使屬於『兼職』……嗯，剛才白骨信使給我一種它有點委屈的感覺……」克萊恩搖了搖頭，沒去多想，將注意力轉移回了阿茲克先生的信上。

「簡單來說，從獲得神性，晉升序列四開始，就是一個逐漸向神話生物衍變的過程，這個過程直到序列二才結束，所以天使和聖者有著本質的區別，在遙遠的古代，前者甚至能被稱為從神。」

「每一位半神，包括聖者和天使，都有自己的神話生物形態，這是一種糅合了複雜知識、神性特質和隱密符號的非人類形態，普通人即使只是看上一眼，就會遭受嚴重的傷害，甚至精神失常，而半神的位格越高，類似的傷害越強，越無法抵禦，所以，這個層次的生物都必須時刻控制自己，不展露相應的形態，否則僅是本身的存在，都會給周圍帶來災難。」

「對半神來說，失控的一大特點就是，失去理智，再也無法收斂自身的神話生物形態。不過，聖者的神話生物形態並不完整，還有明顯的原本種族特點，嚴格來講，必須達到序列二，才能算真正的神話生物……」

也不知道「隱者」女士想要的血液是真正意義上的神話生物血液，還是可以寬鬆一點……呵，不知道威爾．昂賽汀出生後留下的臍帶血算不算，祂是序列一的「命運之蛇」，絕對的神話生物，但狀態又不是太對……等積攢的事情多了，可以寫在紙鶴上一併問問祂，嗯，只剩兩次書寫的機會了，必須足夠慎重，不過，我也快返回貝克蘭德了。

想到這裡，克萊恩默默算了一下威爾．昂賽汀這條「命運之蛇」什麼時候會出生。

他沒去準確地回憶，憑印象認為威爾．昂賽汀是在去年十一月分被懷上的，而現在已經是四月中旬。

所以，祂七月分就會出生？也可能早一點……

克萊恩不是太有把握地想道，畢竟他上輩子沒有女朋友，沒有老婆，更不可能有孩子。

他迅速收斂思緒，將這件事情暫時放到了一旁，開始布置儀式，將「巨人的鑰匙」獻祭給了自己——之所以不用靈體攜帶的方式，是因為鑰匙太重，克萊恩現在還搬不動。

很快，他來到灰霧之上，讓鐵黑色的巨大鑰匙飛到了青銅長桌表面，並認真檢查了幾遍。

確認沒什麼異常後，他具現出紙筆，寫下了占卜語句：「這把鑰匙對應的地方。」

握著紙張，抱住鑰匙，克萊恩靠著椅背，在低念裡沉沉睡去。

這一次，灰濛濛的天地裡最先呈現的是扭曲不定的半透明屏障，接著畫面拉近，一下就出現了超過十公尺高的沉重大門。

這大門以藍灰色為主，兩側銘刻著彼此對稱的諸多符號、標識和花紋，既莊嚴，又神祕。

黃昏的光芒模糊映照過來，讓這扇對開大門染上了明顯的衰敗感，就像是整個世界的白日已盡，永恆的黑暗即將來臨。

緊接著，克萊恩注意到門縫左側，三四公尺高的地方，有一個漆黑的孔洞，相當於成年人類的拳頭。

場景很快破碎，夢境隨之結束，克萊恩睜開了雙眼。

「和黑色修道院類似但顏色不同的大門……黃昏的光芒……我的解讀是，這代表『巨人王庭』的某一扇門……嗯，最早那層扭曲的半透明屏障應該是『神棄之地』與外界隔絕的象徵，所以，沒有灰霧排除干擾的情況下，無論怎麼占卜，都沒辦法看到想要的畫面……」克萊恩手指輕敲起斑駁長桌邊緣，在心裡做出了一定的判斷。

他已經決定買下這把「巨人的鑰匙」！

忙碌著將五千鎊現金帶回現實世界後，克萊恩收拾好桌上的物品，手拿那厚厚的巨款，又一次離開房間，走向了船長室。

「呵，吉爾希艾斯這個『欲望使徒』的賞金就等於一把鑰匙加一千金鎊啊……」克萊恩瞄了眼手中的鈔票，又一次敲響了「冰山中將」的房門。

吱呀一聲，艾德雯娜出現於門口，她看了看格爾曼．斯帕羅拿著的現金，眉毛微動，眼睛睜大，霍然明亮道：「你有結果了？」

克萊恩「嗯」了一聲：「我已經得到答案，它疑似與『巨人王庭』有關。」

「神話傳說裡的『巨人王庭』？」艾德雯娜眸光閃亮地反問了一句。

克萊恩輕輕頷首，表示肯定。

艾德雯娜嘴唇微啟，似乎還想詢問點什麼，但最終什麼也沒說，直接接過了那五千鎊現金。

她回頭望了眼船長室內那一排排書架，沉吟幾秒後，對克萊恩道：「如果你對這些書感興趣，白天隨時可以來借。」

我唯一的請求是……克萊恩默默在心裡猜測起「冰山中將」接下來要說什麼。

「我唯一的條件是，你有空閒的時候，和我交流一下歷史。」艾德雯娜頓了頓，眼眸晶亮地補充道。

克萊恩暗笑一聲，想了一下道：「好，但我不會回答所有的問題。」

與此同時，他在心裡無聲祈禱一句：希望「冰山中將」的收藏裡，有更高級的符咒製作方法。

「沒有問題。」艾德雯娜嘴角微動，表情竟生動了不少。

「明天見。」克萊恩隨即摘帽按胸，行禮告辭。

艾德雯娜也認真回禮道：「明天見。」

貝克蘭德，鐵門街，「勇敢者酒吧」外，埃姆林．懷特離開馬車，推開木門，走了進去。

他旋即被裡面混雜的氣味刺激到，嫌棄地抬手捏了捏鼻子。

在狩獵「原始月亮」信徒的競賽裡，他還沒有太大的進展，所以打算到夏洛克．莫里亞蒂經常提及的「勇敢者酒吧」，尋找消息似乎很靈通的黑市武器商人伊恩——後者的名字是埃姆林來之前從別的渠道打聽到的。

側過身體避開一個橫衝直撞的醉鬼後，埃姆林皺眉彈了彈自己的衣物，繼續往吧檯位置擠去。

這個過程裡，他看似什麼都沒有做，但卻總是能讓周圍的酒客們碰不到他，無論速度，敏捷，還是身體的平衡與協調，都達到了相當可怕的程度。

終於，埃姆林來到了吧檯位置，屈指敲了敲木板：「伊恩在哪裡？」

酒保瞄了他一眼，一句話也沒說，繼續低頭擦拭玻璃杯。

埃姆林愣在原地，覺得自己應該是做錯了什麼，才沒有收穫預想的答案，這讓他有點惱羞成怒，很想向前探手，一把將酒保拉出來。

不過他認為這有失紳士的風度，強行按捺住情緒，左右看了幾眼，發現所有人都在喝酒。

想了想，埃姆林試探著開口道：「一杯奧爾米爾紅葡萄酒。」

酒保擦酒杯的動作停住，抬起腦袋，用古怪的眼神看著面前黑髮紅瞳的俊美男子，說道：「沒有。」

這可是全世界最頂級的紅葡萄酒，價格非常驚人！

埃姆林並不愚蠢，從對方的眼神裡意識到自己點了不該點的酒，仔細回憶了一下道：「一杯南威爾啤酒。」

「五便士。」酒保終於把杯子和抹布都放了一下去。

埃姆林直接掏出一蘇勒的紙幣道：「不用找零。」

「謝謝。」酒保指了指左側道，「伊恩在一號紙牌室。」

埃姆林頓時勾勒出了笑容，因自己解決了一個實質難題而高興和驕傲，他沒去拿那杯南威爾啤酒，直接轉身，走向了一號紙牌室。

「咚咚咚！」他很有禮貌地敲響了房門。

「請進。」一道略顯青澀的嗓音傳了出來。

埃姆林理了一下領口，推門而入，發現裡面的場景與自己預料得不太一樣。

在他想來，既然是紙牌室，那肯定有一堆人圍在長桌旁，玩著德州等項目，誰知人是有七八個，卻沒出現撲克，每位參與者面前都放著張白紙，亂七八糟地不知道記錄著什麼，除了這些，擺在桌上的只有鋼筆和多面骰子。

埃姆林直覺地將目光投向了這裡面年齡最小的那位，那是一個同樣有著鮮紅眼眸的清秀大男孩，看起來只有十五六歲。

「伊恩？」埃姆林確認般開口道。

伊恩點頭笑道：「是的，這位先生，你有什麼事情嗎？或者你想加入我們這個遊戲？」

「遊戲？」埃姆林本能反問了一句。

伊恩呵呵笑道：「對，遊戲，我並不喜歡玩牌，也不愛桌球，但每天待在這裡，總得找些事情做，我從羅塞爾大帝的傳記裡找到了靈感，那就是組織一些人，坐在一起，嘗試紙面的冒險。

「在這場遊戲裡，只要遵循規則，你可以做任何人，一位醫生，一個喜歡吃蔬菜的冒險家，一個總是隨身攜帶扳手和煙斗的私家偵探，或者一個喜愛突發奇想的考古學家，然後一起去某座古堡，尋找隱藏在歷史裡的故事，與各式各樣的怪物戰鬥。」

「聽起來有點意思。」埃姆林莫名覺得這樣的遊戲很適合自己。

「哈哈，要參與嗎？我們這次捲入了一場陰謀，將要面對一位強大的古代吸血鬼，他看似有著英俊的臉龐，但皮膚底下全是滾燙血液燒灼出的膿泡。」伊恩熱情地邀請道。

血族，謝謝！埃姆林臉皮微不可見地抽動了一下，直接說道：「我有事情想委託你。」

「好吧……我們去隔壁的房間。」伊恩拿著自己的圓頂帽子和陳舊挎包站了起來。

隔壁是桌球室，並沒有人在裡面，動作嫻熟姿態老練的大男孩關上房門，檢視了一圈後，望向埃姆林道：「先生，我並不認識你，不知道是誰介紹你來的？」

埃姆林微抬下巴，噙著笑容道：「夏洛克．莫里亞蒂。」

他話音剛落，忽然左右看了一眼，抬手捏了捏鼻子。

「原來是莫里亞蒂大偵探。」伊恩沒有掩飾地鬆了口氣道，「那我就放心了，對了，他不是去迪西海灣度假了嗎？什麼時候回來的？」

埃姆林放下右手，表情不變地說道：「他並沒有回來，我去他租住的地方找過他。坦白地講，正常度假在一月中下旬就該結束了，而現在已經是四月分。」

「他，會不會出了什麼意外？」伊恩有些擔憂地問道。

埃姆林想了想夏洛克．莫里亞蒂表現出來的能力和神祕之處，搖了搖頭道：「或許只是捲入了一場複雜的案件。」

伊恩沒再多說，轉而問道：「我該怎麼稱呼你？你有什麼委託？」

「你叫我懷特先生就行了。」埃姆林拿出類似通緝令的紙張道，「幫我找出這五個人。」

伊恩接了過去，仔細翻看了一陣道：「一條有效線索二十鎊，確定位置一百五十鎊，可以接受嗎？」

「沒問題。」埃姆林覺得這個價格簡直太便宜了。

和這比起來，他在塔羅會上的開價顯得太過誇張。

伊恩折好那些紙張，最後問道：「懷特先生，如果有線索，該去哪裡找你？」

「大橋南區，豐收教堂。」埃姆林早已想好答案。

伊恩聞言，詫異地審視了他幾眼道：「你是『大地母神』的信徒？這在貝克蘭德很少見啊。」

「不是！」埃姆林堅決地搖了搖頭，「我只是在那裡做義工。」

不等伊恩開口，他搶先問道：「你的紅眼睛遺傳自誰？」

剛才看見伊恩的時候，他就想問這個問題，因為在古老的年代裡，紅眼睛屬於血族的標誌特徵，不過，第四紀那會，人類和血族曾經有過漫長的雜居，都是屬於帝國的居民，於是，有了廣泛的聯誼，誕生了不少後代，鮮紅眼睛的「混血兒」逐漸增多，並一代一代遺傳了下來，成為人類中不算常見的瞳色之一。

簡單來說就是，每一位紅眼睛的人類祖上都有一位血族。

伊恩有些發愣地回答道：「我的父親……再往上我就不知道了，因為我是一個流浪兒。」

看來不屬於還與血族有聯繫的那種……

埃姆林略感失望地給了二十鎊預付，轉身離開了桌球室。

等到他遠離，伊恩並沒有立刻返回紙牌室，而是重新關上房門，對著空氣開口道：「莫里亞蒂偵探還沒回到貝克蘭德，我有點擔心他。」

桌球室的虛空裡突然浮現出一道身影，她臉色蒼白，容貌精緻，戴著黑色小巧軟帽，穿著同款的哥德風宮廷長裙，正是「怨魂」莎倫。

「他過得很好。」莎倫沒什麼情緒起伏地回答道，身影旋即虛化，消失不見。

「每次都這麼說，難道妳和莫里亞蒂偵探一直有通信……」伊恩小聲嘀咕著，隨手拿起了桌球室一角放著的報紙。

擺在最上面的是《塔索克報》，下面壓著份《海上新聞》，後者原本以報導魯恩王國不同殖民地的情況和海上發生的事情為主，但因為當前科技條件下，傳到貝克蘭德的海上新聞都已經嚴重過時，對有需要的人用處不大，所以銷量不佳，越辦越差。

之後，在新任總編提議下，報紙風格有了變化，多了不少海上的流言，以及關於海盜關於冒險家的各種奇怪事蹟，顯得更像故事匯編，而非新聞報導。

出人意料的是，這種風格竟頗受歡迎，尤其一些涉及鬼魂、幽靈、海怪和寶藏的內容，成為各個酒吧之內，認識單字的少數人向大多數文盲吹牛的首選，畢竟這雖然看起來很假，但足夠有趣。

伊恩隨意翻了翻各份報紙，沒找到需要注意的內容，只對《海上新聞》的一篇報導印象深刻：

「據聞，三月二十五日晚間，『不死之王』的艦隊襲擊了一艘從東拜朗返回弗薩克的船隻，劫走了所有貨物和錢財，而『屠殺者』吉爾希艾斯如同他的稱號那樣，完成了一場血腥的『葬禮』……」

這些海盜真是囂張啊……伊恩搖了搖頭，放下報紙，返回至紙牌室，繼續自己的遊戲。

酒吧外面，埃姆林登上了馬車，靠著廂壁，看著路燈緩緩倒退。

他又捏了一下鼻子，無聲自語道：「一位『怨魂』？伊恩這個武器商人確實很有渠道啊……不錯！」

埃姆林隨即閉上眼睛，對自己的委託有了更多的期待。

窗外的陽光照入，將船長室染得一片金黃。

艾德雯娜坐在椅上，拿著書本，望向對面道：「所以，你也認為所羅門、圖鐸、特倫索斯特三大帝國曾經並存？」

「這正是『四皇之戰』的必要條件。」克萊恩簡單回應道。

他手裡正抓著一本《三世界之書》，這來源於一位生命學派的成員，後落入「冰山中將」手裡，它在講述物質世界、靈的世界、絕對理性世界之外，有附帶一些符咒學的內容，其中不乏高深的地方，克萊恩今天的重點就在研究這塊，希望能找到更好利用「海神權杖」和那條「時之蟲」的辦法。

克萊恩其實有發現，「冰山中將」蒐集的書籍都是不成體系的各種古代文獻，這與她背靠「知識與智慧之神」教會的特點不符，所以，他猜測，在「知識與智慧之神」教會內部，正統的，成體系的神祕學知識是禁止公開給非本教會人士的。

艾德雯娜剛要再問，忽然發現「黃金夢想號」的行駛速度逐漸變緩，遂抬頭望向窗外，看了幾眼，清冷開口道：「拜亞姆到了。」

拜亞姆到了？克萊恩聞言站起，往外眺望，看見了那個熟悉的反抗軍私港。

他沒表現出詫異，卻坦然說道：「比我想像得快。」

這比他預計得提前了至少三個小時！

「也比我預想得快。」艾德雯娜收回視線，認同了格爾曼．斯帕羅的話語。

不過，這都是無關緊要的細節……克萊恩低下腦袋，故作不經意地快速翻閱了《三世界之書》的剩餘內容，然後遞給「冰山中將」道：「交流到此結束。」

艾德雯娜沉默地看了眼書籍，張了張嘴，又重新合攏。

她接過《三世界之書》，順手將它放在了桌上，隨即起身行禮道：「期待以後還有和你交流的機會，你在古代歷史方面的造詣讓人敬佩。」

如果是克萊恩自己的性格，他肯定會謙虛兩句，並讚美「冰山中將」有著同樣廣博的知識，但現在他是瘋狂冒險家格爾曼．斯帕羅，只能微微點頭道：「我們是合作者。」

意思就是以後會有機會的。

他不再多說，離開「船長室」，返回自己房間，輕鬆收拾好行李箱，等到「黃金夢想號」入港，一路下至甲板。

此時，甲板上已聚集了不少船員，包括「美食家」布魯．沃爾斯、「歌唱家」奧爾弗斯、「花領結」約德森等賞金不菲的海盜團高層。

他們露出真誠的笑容，衝著克萊恩不斷揮手，顯得非常熱情，其中，「水桶」和「鐵皮」等人，更是充滿激動的神情，並唱起了歡送賓客的歌曲。

我和他們什麼時候這麼熟了？克萊恩腹誹了一句，越過這些海盜，行至舷梯旁邊。

安德森．胡德倚在那裡，衣物整潔，髮型不亂地笑道：「他們大概想說，再見，不，永遠不要再見。

「格爾曼，你知道你這段時間有多麼危險嗎？差點成為所有船員的敵人，他們恨不得只用五分鐘就把『黃金夢想號』開到拜亞姆。」

克萊恩正要回應，卻看見披著黑色斗篷的達尼茲小跑了過來。

這傢伙真的發憤圖強，準備離開「黃金夢想號」單幹了？這有點不符合我的想法啊，在「冰山中將」周圍，在「知識與智慧之神」教會附近，他這個「愚者」信徒才能價值最大化。

不過，也無所謂啦，達尼茲如果能成長起來，比這個更有意義……克萊恩習慣性地衡量了一下，旋即將多餘的想法拋去，漠然注視達尼茲，等著他自己開口。

達尼茲表情正經地張了張嘴，卻什麼都沒能說出，只好乾笑兩聲，對安德森道：「你有『陰謀家』的魔藥配方嗎？」

「有。」安德森嘿嘿一笑道，「但我不打算賣給你。」

達尼茲的臉瞬間就黑了一下來，而安德森卻渾不在意地繼續說道：「你現在拿到『陰謀家』的魔藥配方有什麼意義？你現在嘗試升級，肯定失控！」

「朋友，你重新再扮演下『獵人』吧，接著是『挑釁者』和『縱火家』，呵，那枚『巨人的心臟』，你最好找『工匠』弄成防禦性質的神奇物品，要不然我怕你什麼時候就被人打死了。」

「等到確信自己有了把握，再找你們船長要『陰謀家』的魔藥配方，她有。不過嘛，嘿，我覺得你就到此為止了，『陰謀家』的要求很高的。」

達尼茲一邊被嘲諷得臉皮抽動，一邊認真記憶著安德森說的每一句話，因為這是個號稱最強獵人的傢伙，在這條途徑上有著豐富的經驗，而且他也隱約明白了關鍵是「扮演」，懷疑船長之前的教導也在指向這方面，只是不那麼明確。

「總有那麼一天，我會讓你知道，什麼叫真正的陰謀家！」達尼茲嘴硬了一句，轉而看向格爾曼．斯帕羅。

他清了清喉嚨，不敢直視對方眼睛地說道：「我已經向船長申請過了，以後會頻繁地聯絡反抗軍，會經常出現在拜亞姆。」

意思就是，不想離開「黃金夢想號」，但會經常找機會鍛鍊自己？呵，怎麼一副向頂頭上司彙報工作的感覺？克萊恩暗笑兩句，「嗯」了一聲。

達尼茲頓時鬆了口氣，整個人都自在了不少，如果不是同伴們都在身後看著，他肯定會殷勤地去幫格爾曼．斯帕羅提行李箱，一路送到碼頭。

目送格爾曼和安德森離開後，謹慎的他決定從今晚開始，每天向「愚者」做一次禱告，展現自己的虔誠，免得出現不好的意外。

反抗軍的私港內，安德森看到格爾曼・斯帕羅不假思索就拐入了一條新修的道路，然後以最短距離走出了叢林。

「你對這裡很熟悉啊？我上次來的時候，還沒有這條路。」安德森半是感慨半是無聊地隨口閒扯道。

當然，每天都會有很多人向我祈禱並報告自己做了什麼，而我偶爾會給予回應，比如，指導他們修了這條路……克萊恩內心得意了兩秒，表情淡漠地說道：「你那位朋友住在哪裡？」

「就在拜亞姆城外的一個莊園裡。」安德森加快腳步，開始在前面引路。

一個小時過去，他帶著克萊恩來到了一個莊園外面，這裡各類香料的味道濃郁疊加，混雜出了一種難以描述的異域風情。

向看門者告知了來訪的目的後，兩人沒有等待多久，就看見一位個頭中等，不到一百七十五公分的男子走了過來，身邊跟隨有管家和男僕。

這男子膚色偏黃，又帶著點曬黑般的感覺，輪廓較為柔和，但眼窩比魯恩人橦要凹陷很多。對克萊恩來說，已能藉此初步判斷對方的來歷，那就是費內波特王國有高原人血統的民眾。

這男子已有點發胖，臉蛋圓圓的，頗為和藹，他一看見最強獵人，立刻哈哈笑道：「安德森，你還沒有死嗎？」

「我等著參加你的葬禮。」安德森毫不客氣地回應了一句，旋即側身對克萊恩道，「奧克法・康納克里斯，我曾經團隊的醫師。」

他沒對奧克法介紹格爾曼．斯帕羅，只是笑嘻嘻道：「我給你帶來了一筆好生意。」

奧克法秒懂了安德森的意思，沒當著男僕和管家的面詢問，領著兩人，走向了莊園主屋。

沿途之上，克萊恩有看見風車磨坊，麵包房，釀酒房，民兵訓練營等建築，整個莊園就像一個小型的王國，除了沒有鐵匠鋪，完全可以自給自足——絕大多數鋼鐵製品去市場買比自己造划算。

「這就是田園牧歌式的生活啊……」克萊恩無聲感慨了一句，跟著奧克法進入主屋，來到他的書房。

奧克法沒讓女主人過來，也沒抱自己的孩子來見安德森和克萊恩，明顯不希望他們與危險的神祕世界有一點接觸，因此，關上房門後，他直捷了當就看著安德森道：「什麼生意？」

「你不是想把那左輪賣掉嗎？他有意向。」安德森指了指克萊恩道，「格爾曼．斯帕羅。」

「格爾曼．斯帕羅？輕鬆獵殺了『巧言者』米索爾的那位強大冒險家？」奧克法略感驚訝卻不畏懼地開口道。

他雖然已遠離冒險生活，但很清楚自己不能疏忽大意，所以，身處拜亞姆的情況下，他會主動地掌握一些必要的消息，避免遭遇意外禍端。

安德森聞言嗤笑道：「你的消息太陳舊了！這位先生現在的戰績是，成功狩獵『屠殺者』吉爾希艾斯，並且活到了今天。」

「吉爾希艾斯？『不死之王』的二副？」奧克法的表情一下改變，既驚愕難掩，又暗藏戒備。

「對！」安德森自嘲一笑道，「在海盜的樂園，他才是公認的最強獵人。」

奧克法吞了口唾液，看著克萊恩，不自在地露出笑容，說道：「我相信你有能力買下『喪鐘』了。」

「喪鐘？」克萊恩頗感興趣但表面不顯地反問道。

「那把『左輪』的名字，它是陪伴了我十年的老夥計。唉，如果不是它與我身上另外一件神奇物品的功能重疊，又相對我現在的情況沒太大的用處，我都捨不得賣掉它。」奧克法嘆息回答。

這時，安德森在旁邊嘖嘖笑道：「你以前不是這麼說的，你說你更喜歡耕種的工具。」

一位「耕種者」……克萊恩結合安德森的話語和奧克法的外表，做出了相應的判斷。

與此同時，他腦海內閃過了相應的魔藥名稱：序列九「耕種者」，序列八「醫師」，古稱「治療牧師」，序列七「豐收祭司」。

難怪安德森介紹他是以前團隊的醫師……克萊恩想了一下道：「你認識弗蘭克．李嗎？」

「哈哈，不認識。我雖然是費內波特人，但是我的配方和材料都是自己一點一點存起來的，與『大地母神』教會無關，所以，我完全不敢回費內波特，不過，我聽說過弗蘭克．李，他是一名讓教會相當頭疼的傢伙。」奧克法坦然回答道，「只是序列六的『生物學家』，就能讓教會如此重視，有的時候我真的很想見見他。」

不，你會後悔這種想法的……克萊恩從奧克法的回答裡看出他信仰著「大地母神」，並很可能是序列五的強者。

他旁邊的安德森，在聽到奧克法的話語後，臉龐明顯抽動了一下，心有餘悸般地說道：「那確實是個讓人頭疼的傢伙，某種程度上可以稱為惡魔，他的能力他的想法都超過了序列六的程度……好了，不要提他，一提他我就會想起那噴出來的牛奶。」

奧克法有些疑惑不解地看了看對面兩人，克制住好奇心，走到桌旁，打開抽屜，取出了一把比正常左輪槍管要長一點的鐵黑色手槍。

「它就是『喪鐘』。」奧克法莊重地介紹道。

第六章

艾爾蘭的提醒

喪鐘？每開一槍都是為敵人敲響的喪鐘？這個名字我喜歡……克萊恩控制住臉部表情，不見期待和激動地靠攏過去，伸手接過了那把槍管稍長的鐵黑色左輪。

他原本很擔心自己表現出非常想要的意願，會被對方臨時提價，這是買賣之中常見的事情，可想了想格爾曼．斯帕羅已是名聲在外，又有安德森這個迷霧海最強獵人作證，奧克法．康納克里斯雖然曾經可能是序列五的強者，但已退出冒險家圈子，只想過安穩的生活，肯定不敢得罪自己，害怕瘋狂冒險家當面不發作，回頭就趁夜摸進了莊園。

所以，他努力保持平淡的態度變成了純粹的維持人設需要。

見格爾曼．斯帕羅在認真審視和研究「喪鐘」，奧克法詳細地介紹道：「它的能力其實很單一，就是收割別人的生命，這一共有三種方式。」

「一是弱點攻擊，無需開啟條件，直接灌注靈性，扣動扳機就能使用，它能讓你從神祕學角度發現目標的弱點，也就是防禦薄弱的地方，並提供相應的精準，從而造成超越正常的可怕傷害。」

「二是致命攻擊，你必須在射擊前扳動一下擊錘才能使用，它的特點是，讓你不管打在目標哪個位置，都等同於弱點攻擊，而如果確實命中了真正的弱點，那麼，對防禦不是太強的敵人，可以做到一槍致命，對擅長防禦的目標，三槍內能夠解決，這包括『守護者』，當然，前提是三次命中的間隔不能太長，最好不超過五秒。」

「三是『屠殺』，在弱點攻擊的基礎，額外提供超過一倍的靈性，這能讓正常的子彈產生霰彈效果，同時攻擊槍口瞄準方向的大量敵人，屬於範圍殺傷，要想增強傷害程度，則在致命攻擊的基礎上，額外提供超過兩倍的靈性，這對使用者來說是不小的負擔。」
「它還能與不同特性的子彈配合，針對不同類型的敵人。」
聽起來對應「獵人」途徑的序列五「收割者」啊……
克萊恩瞄了眼旁邊的安德森，若有所思地問道：「如果目標是肉體強度達到序列四的巨龍，致命攻擊要多少槍才能擊殺牠？」
奧克法愣了一秒，有些呆滯地搖了搖頭：「我沒遇到過巨龍。」
更別說肉體程度達到半神級的巨龍！
格爾曼．斯帕羅難道想拿這把槍去屠龍？還是半神級的巨龍？這會不會太瘋狂了一點？奧克法忽然覺得現在的冒險家和自己活躍那會的完全不一樣，簡直不考慮會不會死的問題！
安德森咳了兩聲，清了一下喉嚨道：「這得看運氣，真的，相信我，運氣是非常重要的！如果遇上的是已經被別人打到瀕死的巨龍，那一槍就能解決，如果不是，我的建議是趕緊逃跑，嗯，活著更重要。」
「當然，要是半神級巨龍不做防禦，站著讓你打，那五槍左右的致命攻擊應該就能擊殺牠。」
奧克法看了看安德森，又看了看格爾曼．斯帕羅，決定不繼續這個話題，他轉而說道：「安德森告訴過你『喪鐘』的負面影響了吧？每次使用後，你會獲得一個原本不存仕的弱點，或者加強已經存在的弱點，讓它變得更加極端。」
「這種效果將維持六個小時，有一次，我變得非常怕貓，以至於剛獵殺完知名海盜的我，在一隻剛出生沒多久的小貓面前，雙腿發軟，跪倒在地，大聲呼救，痛哭求饒。」

「只是攜帶的話，問題不大，僅僅容易口渴，多喝水多去盥洗室就能解決。」

總感覺多一個弱點的負面影響會弄出很多意外來。不過相對來說，也算是可以承受的事情……

克萊恩斟酌了一下道：「開價。」

「九千鎊，安德森應該提過了，這是我的底價。」奧克法看著格爾曼．斯帕羅手裡的「喪鐘」左輪道，「這已經足夠便宜，如果不是我擔心認識更多的非凡者會對我現在的生活造成不好影響，積極地推銷它，那一萬兩千鎊是絕對能賣到的。」

確實，這種層次的神奇物品，只要負面效果不太嚴重，遇到合適的買家，很可能賣出天價……正常來說，1萬到1萬兩千鎊是合理的……克萊恩雖然有心再還個價，但對方給的價格低到他都有些不好意思再占便宜了，遂「嗯」了一聲道：「我試一下，如果沒什麼問題就成交。」

他當然不是要真的試槍，這會讓他憑空多上一個弱點，他的方法是用靈性探索結合占卜測謊的手段來檢查，做得相當坦然，一點也沒有在意奧克法和安德森的目光。

等等再到灰霧之上做個確認……不過，奧克法應該不敢騙我，他肯定很害怕瘋狂冒險家事後的報復，畢竟他已經回歸安穩平靜的生活，有妻子有孩子……克萊恩將「喪鐘」放到桌上，提起行李箱，從裡面取出了預先從灰霧之上帶到現實世界「散味」的九千鎊巨款。

奧克法接過這些錢，快速點數了一下，初步確認了真假和總額。

「不愧是最近最出名的冒險家，能一次拿出九千鎊現金的人並不多見。哪怕一些富豪，也沒這麼多流動資金。」他一疊疊收起鈔票，由衷感慨道。

我之前還花五千鎊買了把鑰匙……克萊恩看著那九千鎊鈔票進入奧克法的抽屜，心裡突然一陣空虛。

我在海上折騰了這麼久，存了這麼多錢，結果短時間內就沒了……現在只剩下二千六百八十三鎊鈔票加六枚金幣，連個稍微好點的莊園都買不起……克萊恩莫名唏噓，從腋下槍袋內取出那把普通左輪，將裡面子彈取出，一枚枚塞進了「喪鐘」。

安德森旁觀了交易全過程，嘖嘖說道：「奧克法，你變了，你以前會一張一張查看鈔票真偽的，如果你嫌麻煩，我可以幫忙！」

「完全沒問題，但我擔心格爾曼會給你一槍。」奧克法顯然很了解最強獵人的挑釁天賦。一張張點數鈔票，對著光芒驗證真偽，動作緩慢，姿態欠揍，是他能想像得到的畫面。

說的很對！克萊恩無聲贊同了一句，將鐵黑色的長管左輪放入了腋下槍袋。

原本那把，則被他丟入了行李箱內。

「感謝你的慷慨，讓我不用再煩惱這件事情。」奧克法笑著指了指門口，「我讓我的男僕送你們離開。」

安德森張了張嘴，嘿了一聲：「奧克法，你都不留我們共進晚餐？」

「等你結婚，有了孩子，我請你去最豪華的餐廳共享美食。」奧克法一點也不在意同伴指控地笑道。

出了莊園，安德森瞇眼抬頭，看了看快要下落的太陽，輕笑了一聲道：「我認識奧克法的時候，他還只是一個擅於在船上種植奇怪植物改善大家生活的醫師，我以為他會很早就在冒險中死去，沒想到，他運氣一直不錯，後來甚至成為了『德魯伊』。」

為什麼你感慨的話語，也那麼欠揍……克萊恩故意說道：「確實不錯。作為你的同伴，存活下來需要足夠的運氣。」

安德森略感詫異地側頭，審視了格爾曼．斯帕羅幾眼道：「你也會嘲諷人了？這是被我感染了嗎？」

他並沒有太在意這件事情，理了一下衣物，摘掉帽子，含笑說道：「好了，你需要的神奇物品到手了，如果沒其他事情，我也該踏上自己的旅途了。」

「不要忘記那位半神的任務。」克萊恩只用了一句話，就成功地讓安德森的表情變得苦澀。

「我心裡已經有一種衝動，讓我盡快去完成那件事情，好了，不用說再見，也許有一天真的會再見。」安德森自嘲一笑，搖了搖拿著帽子的手，轉入了通往拜亞姆的另一條道路。

平靜目送這位最強獵人遠去，克萊恩緩慢吐了口氣，提著自己的行李箱，在晚霞的火紅裡，在很有特點的棕櫚般樹木掩映下，沿原本的道路，一步步走向拜亞姆。

拜亞姆城內，找了個普通旅館住下的克萊恩開始考慮接下來該做什麼：「終於有空閒了，可以嘗試扮演『祕偶大師』，並提煉相應的守則了，這對我來說，是當前最重要的事情之一。」

「嗯，『祕偶大師』，重點應該在『祕偶』之上，我還沒有真正製作過傀儡，操縱它戰鬥，先從這方面入手。」

「這件事情得在回貝克蘭德前完成，那裡不僅非凡者都躲躲藏藏，難以遇到，而且不管做什麼，都有可能惹出教會，惹出哪位大人物，必須足夠地謹慎和小心，不是挑選和製作傀儡的好地方，還是海上好，等一下就去酒吧轉轉，找一個罪行足夠被絞死的海盜來試驗試驗。」

有了想法，克萊恩立刻起身，離開房間，就像拿著存單去銀行取錢一樣，直奔附近的「海藻酒吧」，這裡經常有知名海盜出沒。

很快，他來到了酒吧門口，整理了一下衣物，推開了沉重的木門。

一道道目光下意識掃過他的臉龐，先是沒什麼異常地自然移開，接著，有人低喊了一聲：「格爾曼．斯帕羅！」

刷地一下，酒吧內多條身影迅捷地跑向了後門，克萊恩還沒來得及反應過來是怎麼回事，這裡就冷清了不少。

看著安靜到能聽見部分人呼吸聲的酒吧，克萊恩愣了兩秒，才邁步進入，像是什麼事情都沒有發生一樣，直接走向了吧檯。

下次過來得換個樣子了……他懊惱地在心裡想道，只差伸手掩面。

之前奧克法不知道格爾曼．斯帕羅已經成功狩獵「屠殺者」吉爾希艾斯之事，讓克萊恩以為自己最新的情況還沒有傳到「慷慨之城」，因此放心大膽地就來到了「海藻酒吧」，誰知，問題出在奧克法遠離冒險家圈子，消息較為滯後，瘋狂冒險家的凶名其實已經在羅思德群島附近的海盜之中傳開。

無聲嘆了口氣，克萊恩坐到吧檯前，屈指敲了敲木板道：「一杯南威爾啤酒。」

「……六便士。」酒保艱難地吞了口唾液。

克萊恩拿出幾枚銅便士放在面前，表情沒什麼變化地問道：「最近有什麼情況？」

酒保收下便士，小心翼翼將啤酒送到格爾曼．斯帕羅面前，然後才擠出笑容道：「艾彌留斯．利維特上將被調回了貝克蘭德，羅伯特．戴維斯上將接替他的位置，成為了王國在這片海域的海軍最高統帥，整個群島的局勢都有點緊張，不少海盜團都派人來打聽消息。」

艾彌留斯上將最終還是被他弟弟牽扯，丟掉了現在的職務啊……不過，只要他沒有直接參與，以半神的身分，不會有更差的情況發生了，至少上將的待遇可以保住，家族也不會出什麼問題，等事情平息，說不定還有機會繼續擔任海軍的高層。

克萊恩咕嚕喝了口啤酒，隨口問道：「羅伯特．戴維斯是哪個家族的？」

「不，他並非貴族出身，他是少有的從底層軍官一步步走到上將位置的人，在狂暴海，在蘇尼亞島，在東拜朗，獲得了數不清的功勳。」酒保回憶著最近報紙上對羅伯特．戴維斯上將的讚頌，頓了頓道，「不過我聽說他有受到多位貴族的資助。」

嗯，在當前的皇家海軍，出身王室、貴族，或與王室、貴族有密切聯繫的將軍，至少占百分之八十，剩餘那百分之二十也基本集中在準將和少將這個層次。

克萊恩早就從艾彌留斯・利維特那裡的文件知曉這種狀況，相比起來，陸軍就要好很多。

見格爾曼・斯帕羅沒再提問，狀似專心地喝酒，酒保轉而說道：「這兩三個月裡，反抗軍很活躍，一直在嘗試破壞鐵路，或阻斷公路，讓總督府非常頭疼，不得不大量地派出軍隊，保護交通，可反抗軍又很少與他們正面衝突。」

這我知道，都是按照我計畫來的……在　個土著和混血兒的人口比例高達百分之八十的地方，反抗軍要想得到準確的情報並不是一件太困難的事情，加上外部的資助，短時間內存活下去，問題不大，他們之所以過去處境危險，全是因為卜維圖瓦這條海蛇沒什麼理智，總是讓他們進攻城市占據要點，與魯恩王國的海軍和陸軍正面戰鬥……克萊恩咕噥了幾句，心情不錯地又喝了口啤酒。

他還有告誡反抗軍，讓他們不要太過活躍，如果將總督府逼到非常難堪的境地，魯恩王國很可能會派遣擅於追蹤尋找的序列五，甚至半神級非凡者來輔助，以反抗軍的實力根本不可能對抗，克萊恩以「海神」名義給他們的指示是，維持並小幅度改善現狀，等待世界局勢發生變化。

這不會太遙遠，根據「正義」小姐回饋的各種情況，「倒吊人」有做出肯定的判斷，那就是只要魯恩王國完成內部的官僚系統改革，讓原本的和新增的鐵甲艦隊形成戰力，　場針對南大陸殖民地的戰爭不可避免。

安靜喝酒，聽完酒保的講述，克萊恩戴上帽子，起身離開吧檯，一路返回居住的旅館。

沿途，他又看見了膚色古銅頭髮微卷的小孩，看見了棕夾克闊腳褲打扮的土著居民，這些人或惶恐避讓，不敢抬頭，或縮到旁邊，用複雜的眼神注視克萊恩。

克萊恩無奈地勾了勾嘴角，沉默著回到了旅館房間。

他沒有立刻變化模樣，再去各個酒吧尋找海盜，因為那些傢伙今晚肯定都會躲藏起來，不會再出現。

就在克萊恩打算去《格羅塞爾遊記》裡探索一下時，他的房門突然被咚咚咚敲響。

沒有詢問，只是握住把手，他的腦海內就自然浮現出了來訪者的樣子：中年，男性，穿暗紅外套和白色長褲，戴著船形帽，眼角、額頭、嘴邊都有明顯皺紋，正是「白瑪瑙號」的船長，軍方人員，公正的艾爾蘭。

很厲害啊，我出現在拜亞姆的消息剛有傳開，就查到了我住在哪家旅館哪個房間。當然，也是因為我沒有掩飾，直接用身分證明文件登記的。

克萊恩擰動把手，後拉房門，禮貌開口道：「晚安。」

「晚安，很高興你又回到了拜亞姆。」艾爾蘭摘掉帽子，一點也不拘束地進了房間。

「有什麼事情嗎？」克萊恩拉過椅子，坐了一下去。

艾爾蘭隨即坐到對面，輕笑了一聲：「拜訪朋友不就是最重要的事情嗎？」

真會說話啊，可惜安德森已經離開，否則得讓他來學習學習！克萊恩莫名感觸道。

他保持著一貫的姿態，看著艾爾蘭的眼睛道：「好了，你已經拜訪過了。」

艾爾蘭似乎已預料到這樣的回答，笑笑道：「還記得堂娜嗎？」

當然，她和她的弟弟都很可愛，不知道有沒有從被我「恐嚇」的陰影裡走出來，從此丟掉對神祕世界的好奇心……克萊恩平靜回應道：「我沒有健忘症。」

「忘記一些不重要的事情，有利於我們心靈的健康，呵呵，這句話不是羅塞爾大帝說的。」艾爾蘭簡單解釋道，「你不是告訴堂娜的父親，如果需要幫忙，就在《蘇尼亞早報》上，連續三天刊登求購達米爾特製醃肉的廣告嗎？他這段時間這麼做了，可惜你不在拜亞姆，不在附近海域。」

「然後呢？」克萊恩見艾爾蘭姿態輕鬆，直覺地相信堂娜一家並沒有遭遇太嚴重的事情。

艾爾蘭呵呵笑道：「我當時有聽到你們的交談，發現廣告後，就按照地址，過去拜訪了他們一家，你知道的，堂娜是個可愛的小姑娘，總是讓我想起我的女兒。」

「事情並不複雜，烏爾迪，也就是堂娜的父親，有一批價值很高的貨物被『瘋船長』劫走，這讓他的經濟狀況變得很不好，雖然不至於就此破產，但生活肯定會艱難很多，所以想委託你把貨物拿回來。」

「我知道你那個時候不在拜亞姆，只好透過自己的渠道，讓烏爾迪以不算太大的代價拿回了貨物。」

「瘋船長」？克萊恩先是覺得這個綽號耳熟，旋即就想起了在哪裡聽過。

據紅髮的伊蓮講，「疾病中將」特雷茜幫魔女教派運送的奴隸都交給了「瘋船長」康納斯·維克托，後者似乎與魯恩王國的很多奴隸商人、人口販子有密切聯繫。

而這牽扯到殖民地人口失蹤案件和貝克蘭德大霧霾背後隱藏的真相！

我一直都想追查這件事情，當初襲擊特雷茜，就有一半的目的在這上面，可惜，沒能成功，後來又忙於扮演消化和尋找美人魚，暫時放棄了調查。

克萊恩念頭急轉，表面不動聲色地問道：「『瘋船長』現在在哪裡？」

「烏爾迪已經拿回貨物了。」艾爾蘭嘶了一聲，強調事情已經解決。

克萊恩看著他，重複道：「康納斯．維克托現在在哪裡？」

艾爾蘭無奈地搖了搖頭：「我不知道，不過他有手下還在拜亞姆打聽消息，你知道的，艾彌留斯上將回貝克蘭德了，戴維斯上將來了，很多事情都會有變化，海盜們也需要掌握最新的情況。」

「所以，我猜測康納斯的船應該就在附近哪個島嶼的陰影裡停著，但這只能是猜測，完全無法確認。」

克萊恩雙手交握地安靜聽完道：「謝謝。」

艾爾蘭吐了口氣，看了眼窗外，表情迅速變得嚴肅：「我今天來找你，是想告訴你，你表現得太突出，上面開始重點關注你了，一位可以輕鬆擊殺吉爾希艾斯的強者不會被忽視！你最好不要再用這個身分登記住宿，否則很可能會有一些難以應對的麻煩。」

克萊恩認真點頭道：「好的。」

他心裡很感激艾爾蘭船長的提醒，但卻沒有表現出來。

等到艾爾蘭船長離去，克萊恩立刻就變化樣子，改換了旅館，確保自身行蹤沒被軍方鎖定。

做完這一切，他開始思考尋找「瘋船長」康納斯．維克托的事情。

對其他人來說，這非常困難，但克萊恩有取巧的辦法。

那就是利用「海神權杖」，溝通附近海域的海底生物！

只要康納斯·維克托在羅思德群島海域，那就瞞不過克萊恩的眼睛！

當然，前提是有足夠的時間來尋找。

進入灰霧之上，克萊恩伸手從雜物堆裡招出「海神權杖」，瀏覽起這件封印物周圍繚繞的無數光點。

這每一個光點都對應一位信徒的祈禱，輝芒流轉，神聖空靈。

很快，克萊恩用意念進行了初步的篩選，目標集中在源於海上而非島內的部分——他將「海神權杖」隔絕於灰霧之上後，已無法直接利用這件「神器」感應周圍海洋，做出有效操作，必須借助信徒的祈禱畫面，才能以此為基點，向四周拓展五海里，影響相應的海底生物。

克萊恩靈性蔓延，觸碰向其中一個光點，看見了傍晚時分，一艘漁船回港前，上面土著的日常祈禱。

隨著克萊恩意念的變化，這畫面的視角飛快拔高，周圍層雲累積，海浪起伏的晦暗場景被納入得越來越多。

「幾個小時前，就有暴風雨在醞釀的徵兆了？也是，之前出去的時候，就感覺環境挺壓抑的。所以艾爾蘭才說『瘋船長』康納斯的船應該正停在附近哪個島嶼的陰影裡，這是要躲避風暴啊。」

克萊恩手指輕敲斑駁長桌的邊緣，無聲自語道。

有了這樣的推斷，他接下來的「尋人」工作將輕鬆很多，因為不需要搜查廣袤無垠的大海，只用注意這片海域不同島嶼的附近。

念頭一動，克萊恩手中的「海神權杖」頂端，一顆青藍色的寶石霍然亮起。

已經沒有了漁船的那片海洋上，緋紅月光照耀下的深藍近黑波浪正幅度不小地起伏著，忽然，水花無聲上湧，海面隱約出現了一對望著天空的誇張眼睛，眼睛之下，是龐大的陰影輪廓。

與此同時，一條條海魚浮到了水面附近，種類各不相同。

牠們承接了憑空灑落的濛濛光輝，轉了一圈，又各自沉下，向著不同的地方出發。

十多秒後，五海里範圍內的水域恢復了之前的狀態，深藍近黑的波浪一次高過一次，等待著最後的爆發。

呼……這樣消耗有點大啊……克萊恩抬起左手，揉了揉額角。

他剛才不是簡單地驅使海洋生物，有賦予牠們一定的超凡靈性，讓牠們發現停在島嶼附近的船隻後，能將看到的畫面，以祈禱的方式傳遞迴來。

這對「海神權杖」來說，並非什麼太困難太複雜的事情，但對操縱者克萊恩而言，負擔極大，消耗不小。

然後，克萊恩挑選了群島不同島嶼周圍的祈禱者，用同樣的方式向相應區域的海洋生物下達了「命令」。

做完這一切，他顧不得將「海神權杖」扔回雜物堆，直接返回現實世界，脫掉外套，倒在了床上。

靈性消耗到極點的他本以為自己會昏睡過去，誰知腦袋空虛疼痛，讓他睜不開眼睛，又進不了夢境。

克萊恩能明顯感覺到，自己的皮膚就像過敏一樣，長出了顆顆凸起，而隱藏在它們下面的肉芽更是數之不清。

果然，正如「倒吊人」先生說的那樣，如果連續兩天讓自己的靈性處於乾涸狀態，就肯定會產生幻聽，出現失控的徵兆，我只是一次極限，還沒維持多久，身體都有點異常了。當然，這也是因為我剛晉升沒多久，還沒怎麼消化，且有服食多餘的前面序列魔藥。

克萊恩一點點找回思緒，嘗試著冥想層疊的光球，以此平復身和靈的疲憊。

狀態稍有舒緩後，他終於沉沉睡去，一覺就到了半夜。

這個時候，外面風聲激烈，大雨如注，醞釀許久的風暴終於降臨。

而這在拜亞姆並不是太少見的事情，除了這些，夜晚相當安寧。

克萊恩去盥洗室解決了一下個人衛生問題，洗了洗手，逆走四步，再次進入灰霧之上。

他拿起就放在青銅長桌上首的「海神權杖」，開始瀏覽海洋生物們傳回來的「畫面」。

這些場景裡有一艘艘的船隻，分別位於不同的港口，不同的碼頭，以及不同的島嶼陰影裡。

克萊恩雖然沒見過「瘋船長」康納斯．維克托，但之前有了解過對方的特點，了解過他海盜團的各種標誌，所以此時不怕無從分辨。

一幅幅畫面閃現，他耐心地審視起那些船隻的細節。

十幾分鐘後，他眸中流露出難以掩飾的欣喜，讓其中一幅畫面飛快放大，並拉近了視角，他找到了疑似目標的船隻！

那條船停泊於羅思德群島最遠端的西彌姆島背風處，身後是高聳的石崖，下方是起伏不定的波浪。

它的風帆和旗幟已經收起，但船舷兩側各有一個戴單眼眼罩的白色骷髏頭圖案，這正是瘋船長海盜團的標誌！

克萊恩隨手解下左腕袖口內的靈擺，用占卜的方法進行起確認。答案讓他欣喜，那確實是康納斯·維克托的船，而這位「瘋船長」只有這麼一條船！

「難怪海上的大部分冒險家都知道『瘋船長』與王國的人口販子、奴隸商人有聯繫，可風暴教會對殖民地人口失蹤的調查卻沒有指向他，一個本身賞金只有三千三百鎊，海盜團也只有一條船的傢伙怎麼看都僅能做點『小生意』，承擔不起那麼大規模的人口貿易……接下來該怎麼做呢？」克萊恩先是無聲感嘆了一句，接著開始考慮如何調查。

他第一反應是直接召喚龐大的海底生物，乘坐類似「鯨船」的東西，趁著暴風雨來臨，直奔西彌姆島，然後偽裝潛入，依靠「祕偶大師」的能力，不造成太大動靜地控制住「瘋船長」康納斯·維克托，但仔細思考後，覺得這個辦法太過魯莽。

對付其他不是將軍級的海盜，這沒問題，但既然「瘋船長」康納斯·維克托牽扯進了貝克蘭德大霧霾這麼可怕的事件，那就必須考慮到他平時表現出來的只是偽裝，考慮到他其實另有身分，並且，他的船上很可能藏著不小的祕密，所以有較高機率存在足以對付海盜將軍的陷阱，如果貿然潛入，哪怕克萊恩已武裝到牙齒，也未必能活著走出來。

「自己召喚自己，用靈體的形式，拿著海神權杖過去？這倒是避免了意外，一有問題，可以直接結束召喚返回，但是，『海神權杖』本質是『風暴』途徑高序列的非凡特性，只要出現在現實世界，就很可能與海王亞恩·考特曼彼此吸引……這就會讓事情無法進行下去……」克萊恩看著畫面內的暴風雨，心裡初步有了個想法。

在此之前，他又一次具現出紙筆，寫下占卜語句：「對付康納斯·維克托會很危險。」

拿起靈擺的銀製鍊條，克萊恩收斂思緒，專注地開始了占卜。

很快，他睜眼看見黃水晶吊墜在做順時針旋轉，速度飛快，幅度極大。

這意味著對付康納斯·維克托會非常危險！

「果然，和我預想的一樣，還好沒莽撞地過去……」克萊恩拿起「海神權杖」，決定執行自己剛才想好的方案。

那就是趁著暴風雨遮掩，借助剛才的祈禱畫面，直接用「海神權杖」隔空襲擊康納斯·維克托的船隻，打草驚蛇，逼出他的祕密！

等到掌握了相應的情況，就搶在「海王」亞恩·考特曼感應到不正常波動前，或抵達目的地前，結束襲擊。

如果康納斯．維克托不幸落入「海王」手裡，克萊恩不會失望，因為他調查清楚貝克蘭德大霧霾事件的真相後，也得想辦法將情報傳遞給三大教會。

若「瘋船長」成功逃脫，克萊恩就會利用打草驚蛇窺探出的祕密，制定後續的襲擊方案！

「呼……」

克萊恩緩慢吐了口氣，望著在深黑波浪裡搖搖晃晃的船隻，舉高了手裡的「海神權杖」。

權杖頂端，那環繞了一圈的青藍色寶石相繼迸發了明亮的光芒。

西彌姆島，背風之處，高聳的石壁下，幽深的海水被周圍的波浪影響，同樣做著幅度不小的起伏。

「瘋船長」康納斯．維克托的「單眼骷髏號」上，幾名海盜披上斗篷，拉起帽子，淋著打到身上讓人隱隱發痛的雨水，迎著能推動小孩般的狂亂之風，走出船艙，四下檢查，避免遭遇意外。

他們的斗篷用亞麻製成，但表面塗抹有已經凝固的黏稠液體，雨水無法滲入，只能向下流動，落至甲板。

那種液體是多寧斯曼樹的樹汁，產自南大陸的雨林內，是天然的避雨材料，因較為常見，價格原本非常低廉，但去年有研究小組懷疑它具備明顯的促進毛髮生長作用之後，已有了較大幅度的增長。

「這種天氣，就適合在『紅劇場』內，喝著烈酒，抽著大麻，摟著女人！」一位海盜探頭望了眼船舷之外，抱怨地說道。

他的同伴附和地拉了拉斗篷帽子，說道：「我聽說『紅劇場』最近來了批新貨，真想去嘗一嘗啊。」

「你怎麼知道的？」另一位海盜隨口問道。

剛才那個海盜嘿嘿笑道：「我聽頭兒講的，你們又不是不知道船長做的是什麼『生意』？所以頭兒認識不少人口販子，哈，他們喜歡自稱奴隸商人。」

「說到這個，我想起了那次。」最早說話的海盜露出回味的表情，「送來的『貨物』裡面，竟然有一個離家出走的貴族小姐，那皮膚，那身材，那模樣，嘖，簡直、簡直，我也不知道該怎麼說，反正我到今天還沒辦法忘記，可惜，她竟然自殺了！」

說話間，他們感覺眼前明亮了一些，下意識抬頭望向半空，只見急促打落的暴雨裡，反常地有銀白電光在遮蔽著紅月與星星的烏雲裡遊走徘徊。

霍然之間，一道照亮了周圍海域的巨大閃電劈下，直奔「單眼骷髏號」的船艙上層！

「轟隆！」

電蛇開始亂竄，木製結構的船艙騰起火焰時，震耳欲聾的雷聲才迴盪於海盜耳中。

緊接著，一道又一道張揚著爪牙的銀白閃電密密麻麻落了下來，「單眼骷髏號」這體積不小的帆船一瞬間進入了雷霆的森林。

就在這時，幾乎快交織在一起的粗大閃電們忽然分開，違背自然規律地分開，沒能命中「單眼骷髏號」，貼著它的四周擊在了漆黑的水面，讓附近的海洋一下被點亮，到處都能看見茲茲作響的細小電蛇。

剛才甲板上的海盜有受到波及，一個已然焦黑，就像燒過的木頭，兩個倒了下去，渾身抽搐。

「果然有問題！」

灰霧之上的克萊恩透過畫面，看到自身「閃電風暴」被化解的這一幕，忍不住在心裡感慨了一句。

——他肯定這是半神級的力量！

如果他貿然潛入「單眼骷髏號」，哪怕有「蠕動的飢餓」，有「喪鐘」左輪，有《格羅塞爾遊記》，也無法在這種詭異的力量下做出有效的反抗，而那個時候，已經沒有時間向自己祈禱，併到灰霧之上用「海神權杖」響應了！

深深吸了口氣，克萊恩讓白骨權杖頂端的青藍色寶石全部而非相繼亮起！

「單眼骷髏號」周圍，暴風的聲音忽然分成了兩種，一半尖銳，彷彿能刺破耳膜，穿透大腦，一半低沉，似乎在敲打心臟，叩問靈體。

這給海盜們帶來了極為不好受的體驗，一個兩個都有嘔吐出鮮血的衝動，但這只是前奏，嘩啦的水聲一下劇烈，石壁對著的那個方向，深黑的海浪湧了起來，接近十公尺！

這海浪就像一堵神靈製造的牆壁，被無形之手推動著，湧向了「單眼骷髏號」！

這就是克萊恩製造的海嘯，這已經能稱為天災了！

嘩啦的聲音如同爆炸，船只內部的海盜們看著外面深黑的天空、亂捲的烏雲和巨大的浪潮，彷彿來到了神話傳說裡的末日，全部喪失了自救的意志。

在他們絕望等待最終審判的時候，海嘯製造的巨浪內部，出現了根本不符合邏輯和科學規律的混亂，一個無法形容的漩渦迅速成形，撕扯著整體，讓恐怖的海浪因此以飛快的速度轟然坍塌！

山峰崩解般的轟隆之聲裡，繼發性的浪潮將「單眼骷髏號」高高拋了起來，丟向了半空，而之前巨浪瓦解產生的部分水花飛濺到船上，將桅桿拍斷了一根，將船艙弄得破破爛爛，將甲板徹底淹沒。

「嗚！」

一道狂風突然激烈，自發裹卷了周圍的同伴，化作超越本身極限的颶風，硬生生將半空的「單眼骷髏號」推往了外海方向。

然後，這艘船就那樣乘著狂風，在空中飛行，一次就衝出了好幾海里，而且並未就此落至波浪起伏的水面，彷彿自身是飛空艇，繼續平穩地前行著。

克萊恩一邊詫異於「單眼骷髏號」內那位半神或對應層次封印物破解海嘯的辦法，並嘆息於自身序列不夠，哪怕調動了灰霧之上神祕空間的些許力量，也沒能製造出卡維圖瓦當初那種能毀滅港口的海嘯，一邊就要掌控颶風，讓「單眼骷髏號」失去憑依，直接下墜，免得它逃出自身能影響的五海里範圍。

他此時的目標不是要擊毀「單眼骷髏號」，也不是想抓住「瘋船長」康納斯·維克托，而是要逼船內那位半神或對應層次的封印物現身。

這種位格的強者和物品，哪怕以整個世界來看，也是可以數清的，看見了他們的樣子，遲早能知道他們是誰，屬於哪個組織！

而這就是貝克蘭德大霧霾事件後續調查的方向！

只希望不要是「占卜家」途徑的，否則誰知道是不是他真正的臉……不過，這也是好事，既能調查大霧霾慘案的真相，弄清楚因斯·贊格威爾在做什麼，為之後復仇做準備，也能順便尋找「詭法師」的魔藥配方和主材料。

克萊恩無聲感嘆之餘，讓「海神權杖」頂端的一顆寶石發出了純粹的青色光芒。

嗚的一聲，「單眼骷髏號」的飛行出現了變化，它像石頭一樣往下急墜，連滑翔都無法辦到！

突然，它變得很輕很輕，落在海面的動作就像一根羽毛拂過了人類的臉龐。

這個時候，靈性已消耗極大的克萊恩正要鼓起餘力，再造海嘯，忽地聽見畫面內傳來一聲爆炸般的巨響。

那是可怕的音爆！

而且它與正常的音爆不同，似乎還夾雜著風領域的嗚咽聲。

這來自「海王」亞恩·考特曼！雖然他和這裡還有很長一段距離，但能掌控這片海域的他，可以在趕來的途中，隔空施加影響！

這就是序列三，接近天使位階的聖者！

恐怖的音爆一下將「單眼骷髏號」掀飛了出去，根本沒問它是不是受害者，反正打海盜不會有錯！

而與此同時，克萊恩感覺到一股強大到可怕的精神在「掃視」周圍，尋找每一個可能具備異常的地方，以至於自己眼前的場景都受到影響，變得模糊。

克制住再來一擊的衝動，克萊恩冷靜而理智地結束了響應，關閉了對應的祈禱畫面，然後隨手就將「海神權杖」丟入了雜物堆。

「差的不只是一點啊，如果『海王』不出現，我也沒有完全的把握能逼出那位半神，還是自身序列較低啊，應用權杖總有些困難，負擔很重……不過，在海上，『風暴』途徑真的好強，簡直就是移動的天災……

「剛才那位半神表現出來的能力，有扭曲，混亂，借用，違背常規等要素，這很像『黑皇帝』途徑的啊，別人或許沒這個感覺，但我是有對應『褻瀆之牌』的！這肯定不是只有序列五的『混亂導師』。」

「一位『墮落伯爵』？嗯，軍方有『黑皇帝』途徑的一部分魔藥配方，但似乎僅限於前面五個序列，沒有序列四及以上的……」

克萊恩雖然沒能逼出那位半神或對應層次的封印物，但也從對方的表現裡，把握到了一定的線索，懷疑王室某個派系除了與魔女教派、因斯．贊格威爾有合作，還祕密接洽了掌握著「黑皇帝」途徑大部分序列的某個勢力。

所羅門，或者特倫索斯特的後裔？「五海之王」納斯特有沒有捲入這件事情？克萊恩正在認真思考，耳畔忽地響起層疊迴盪的祈禱聲。

這一下打斷了他的思緒，讓他本能蔓延靈性，觸碰向座椅旁邊的光圈。

然後，他看見了達尼茲，這位知名大海盜正閉著眼眸，虔誠地向「愚者」禱告。

克萊恩有些呆滯地掏出懷表，按開反覆看了幾眼，確認現在就是半夜兩三點。

腦袋有問題吧？大半夜的做什麼祈禱？還讓不讓人睡覺了？克萊恩好氣又好笑地仔細再看，發現達尼茲一副醉醺醺的樣子，而外面隱約還有歌聲在迴盪。

「黃金夢想號」的船員們又在舉行篝火晚會？這次是慶祝格爾曼．斯帕羅終於滾蛋了？竟然一直弄到半夜！克萊恩一下明白了達尼茲為什麼現在才做禱告。

他吸了口氣，將意念蔓延入光圈，低沉開口道：「誦我之名應在心中。」

「海王」亞恩．考特曼飛抵了西彌姆島，尋找起剛才出現不正常海嘯的地方，以及那艘不知道屬於哪個海盜團的船隻。

他很確信，那艘船內有一位半神！

這位身材高大魁梧，頭髮深藍粗壯的風暴教會樞機主教、「代罰者」高級執事拳頭一握，半空的烏雲就隨之裂了開來，緋紅的月光灑向了海面。

辨別了一下繁星的位置，亞恩．考特曼往著一個方向飛了過去。

突然，他的速度放緩了，因為前面的海上正飄蕩著那艘有「單眼骷髏」標誌的海盜船。這艘船無人控制，在風中隨波流蕩，上面多處燃著赤紅的火焰，焦黑的屍體遍地都是。其中一根桅桿的中段，綁著位頭戴三角帽和黑色眼罩的中年男子，他獨眼圓睜，滿是驚恐，胸口被一根木棒深深插入，鮮血染紅了一片。

他的生命和靈體都已徹底消散。

旅行家

—The Most High—

詭秘之主

第七章

三個問題

「黃金夢想號」處於風暴之外，緋紅的月光照透稀薄的層雲，灑入上面沒有燭火的黑暗房間。

達尼茲站在床邊，一動不動，就像遭遇了美杜莎的凝視或石化類型的非凡能力。

他牙關止不住地作響，雙腿微不可見卻又難以遏制地顫慄著，腦海裡迴盪的盡是那無邊無際的灰白霧氣、高踞一切之上的模糊身影和「誦我之名應在心中」的低沉威嚴之聲。

「這、這真的會有回應……真的會有回應！」達尼茲嘴唇翕動，無聲自語，只覺自己的小腿肚已明顯發軟。

他還是第一次遇見祈禱獲得回應的情況，這讓他嚇得差點靈魂離體！

雖然他早就知道「愚者」是一位未知的存在，是格爾曼．斯帕羅背後那個隱密組織信奉的對象，並且因為自己誦念過對方的尊名，已經有了聯繫，一旦有不崇敬或背叛的舉止，立刻就會莫名其妙地暴斃，但這些理解都源於「冰山中將」艾德雯娜教導的知識，他實際並未遭遇過類似的事情，也從來沒有想過一位未知的存在會回應自己。

當霧氣、身影和聲音突然出現於他眼前耳畔時，他才第一次知道真的會有偉大存在直接回應信徒這種事情！

是的，達尼茲已不知不覺在心裡將未知存在改成了偉大存在。

震驚駭然的感覺稍有平復，他連忙做起了深呼吸，然後試圖來回踱步，化解內心殘餘的驚恐，可是，他剛邁出右腳，就發現自己真的已經腿軟，只能順勢倒向床邊，勉強轉身坐下。

「是真的偉大存在，是真的……」達尼茲喃喃低語，清晰認識到自己真的攤上大事了。

他在書中世界的時候，由於僅是誦念了尊名，並未發現別的異常，所以，只因了解後果會怎樣而恐懼，現在，他面對的則是終於呈現出輪廓的隱藏危險，以及更多更無法看清楚的未知，這讓他如何不陷入極端的害怕裡無法自拔？

不知過了多久，達尼茲吐了口氣，在心裡安慰自己道：「這不一定是壞事，至少格爾曼．斯帕羅不僅活著，還活得很好！」

想到這裡，他強行笑了笑，無聲說道：「我以後也是隱密組織的一員，是有偉大存在庇佑的人了……」

思緒轉動間，達尼茲決定以後早上起床也要做一次禱告，他相信沒有哪位存在是不喜歡信徒虔誠的。

當然，他會謹記神諭，平常禱告只在心裡。

第二天上午，消耗不小的克萊恩睡到了自然醒。

他慢慢悠悠起床，看見窗外天空青碧，地面溼漉，房屋殘留水漬，整個世界彷彿被水洗了一遍，異常清新，但淩亂的樹葉，斷折的枝條，各式各樣的垃圾又說明昨晚並不平靜。

洗漱完畢，克萊恩頂了一張普普通通的魯恩臉孔，要了一杯源於西彌姆島的「咕嚕樹樹汁」，和一份相對早餐來說較為濃重的「特亞提瓦」，以彌補昨晚的消耗。

喝著味道類同加糖加奶檸檬水的飲料，吃著鮮美奇香並有水果甘甜微酸感的魚羊混雜之肉，克萊恩愜意地拿起旅館提供的幾份報紙，從《蘇尼亞早報》《新聞報》開始，一版一版瀏覽。

早餐的尾聲，他翻開最後那份頗受冒險家們歡迎的《奇聞報》，看見了一條醒目的報導。

暴風雨裡的血腥內訌：

據有效消息源稱，昨天深夜，「瘋船長」康納斯．維克托的「單眼骷髏號」上，海盜們發生了激烈的內訌，處死了「瘋船長」，殘殺了彼此，似乎無人倖存。

這一切的罪惡被恐怖的風暴遮掩，無人知道真相，甚至直到「單眼骷髏號」飄至西彌姆碼頭附近，事情才被發現。

報導下方有附送一張不算清晰的照片，這似乎源於碼頭位置的偷拍。

照片上，「單眼骷髏號」特徵分明，一眼就能被認出，它受損嚴重，處處焦黑，只有一根桅桿還算完好，但中端位置有釘著一位戴三角帽的人影。

「是康納斯．維克托……他就這樣死了？」克萊恩瞳孔微縮，凝重想道，「現在幾乎可以肯定，昨晚船上有一位半神。他見『瘋船長』已經被人盯上，或者被『海王』追得只能顧及自身，帶不走康納斯，所以果斷滅口，毀掉了所有證據？」

原本還打算繼續追蹤「瘋船長」的克萊恩一陣低落，發現線索雖然還未完全中斷，但也沒剩下多少。

他目前唯一掌握的情況是，那位半神高機率屬於「黑皇帝」途徑！

「以昨晚暴風雨的烈度，『單眼骷髏號』應該是『海王』亞恩·考特曼送到碼頭的，以便做後續的調查，不知道他們有沒有額外的收穫……嗯，可以讓『倒吊人』先生在風暴教會內部打聽一下。這不用轉達，下午就是塔羅會，『世界』直接提出委託就行了。」克萊恩迅速有了想法，將最後一點「咕嚕樹樹汁」一口喝掉。

然後，他返回房間，準備取出在灰霧之上放了很久的那臺無線電收報機，以聯絡「魔鏡」阿羅德斯，看它是否知道「詭法師」魔藥配方的其他線索。

——離開奧拉維以東海域，也就是之前被極光會半神盯上的地方後，克萊恩已敢於使用有灰霧氣息的東西，但是，他很清楚不能太過頻繁，每次也不能維持太久，否則有被「真實造物主」捕捉到的可能。

基於這個原因和對「魔鏡」阿羅德斯的戒備之心，他打算能自己做的都自己做，能請教他人的都請教他人，實在沒有辦法，才玩問答遊戲。

反抗軍私港，「幽藍復仇者號」停靠入內，阿爾傑打算在返回帕蘇島前，最後做一次補給。

吩咐好船員們要採購哪些物品，他換上土著風格的衣物，路進入拜亞姆，繞了幾圈，來到「海浪教堂」，準備向教區主教喬戈里彙報最近做的事情。

雖然他這次返回是去帕蘇島，向教會高層述職，但他很清楚地知道，自己目前的頂頭上司是誰，知道該做的姿態必須做足，不能讓對方產生手下要繞過他，和上面直接建立聯繫的感覺。

喬戈里精神依舊矍鑠，對阿爾傑主動的彙報非常滿意，聽完之後，語速頗快地說道：「這次是正常述職，你不用擔心什麼，我已經告知考特曼閣下，你對主虔誠，對教會忠誠，是最值得信賴的『船長』之一，而考特曼閣下會轉告樞機會議的。」

他頓了頓，沒給阿爾傑說話的空間，繼續講道：「另外，還有個任務，調查與『瘋船長』康納斯·維克托有密切聯繫的那些人。這是考特曼閣下直接交待的任務，你必須重視。」

調查「瘋船長」有關的人？阿爾傑略感疑惑，但沒有詢問，直接握右拳擊左胸道：「是，喬戈里閣下。」

頭髮花白的喬戈里點了點頭，想了兩秒，轉而問道：「你認識格爾曼·斯帕羅嗎？」

這個問題如同晴天霹靂，聽得阿爾傑瞳孔暗縮，險些當場失控，還好，他心理素質極佳，勉強維持住了正常的狀態。

「聽過，他最近名聲很響，不僅狩獵了『巧言者』米索爾，重傷了特雷茜，而且還登上了嘉德麗雅的『未來號』。」阿爾傑用絮叨的話語掩飾著內心的波動。

喬戈里「嗯」了一聲道：「你在海上，消息有些滯後啊。格爾曼·斯帕羅上週在托斯卡特擊殺了吉爾希艾斯，領取了賞金，呵，那個海盜果然是惡魔，序列五的惡魔。」

「吉爾希艾斯？阿加里圖的二副？」阿爾傑情緒非常真實地反問道。

他知道吉爾希艾斯疑似序列五，但不清楚對方屬於「惡魔」途徑，而「序列五」和「惡魔」兩者相加，就意味著強大，意味著難以圍殺，也就是說，格爾曼·斯帕羅很可能是在突然遭遇的情況下，擊殺吉爾希艾斯的！

這代表格爾曼·斯帕羅在序列五里已經站在了頂層！

如果不是他還在求購序列四的魔藥配方，我都懷疑他成為半神了……阿爾傑內心一點也不平靜地想道。

他愕然發覺，也就一週的時間，「世界」弄到了序列五「海洋歌者」的魔藥配方和主材料，殺了位序列五的惡魔，而且很可能已經到手序列六「公證人」的魔藥配方！

這是怎麼做到的？阿爾傑發現自己竟有點害怕「世界」格爾曼·斯帕羅了。

當然，他也不是不能接受這些事情，因為他清楚明白「世界」是「愚者」先生的眷者代表，而「愚者」先生的眷者很顯然不可能只有一個，如果一位負責「公證人」魔藥配方，一位負責「海洋歌者」相關，那格爾曼·斯帕羅也就只是擊殺了吉爾希艾斯而已。

雖然這也同樣讓人畏懼，但至少不會顯得像在編故事。

喬戈里鄭重點頭道：「對，阿加里圖沒有做出反應，這說明了一些問題。你注意蒐集格爾曼·斯帕羅的情報。」

「好的，喬戈里閣下。」阿爾傑恭敬行禮的同時已決定這個任務儘量糊弄。

旅館內，克萊恩將無線電收報機擺到了桌上。

沒過多久，噠噠噠的聲音就急促地響了起來。

噠噠噠，無線電收報機內吐出了一張虛幻的白紙，上面用魯恩文寫道：「偉大的主人，您忠誠的謙卑的僕人阿羅德斯終於、終於又追趕上您的腳步了！」

……不要這麼激動……嗯，「魔鏡」阿羅德斯的說話技巧一如既往的專業啊，沒有表達長時間聯絡不上的「幽怨」，也沒有詢問我這麼久不找它的原因，直接將問題歸罪於自身，認為是自己沒有追趕上我的步伐……弄得我都有點愧疚了，不過，該防備的還是得防備。

克萊恩一時竟不知道該怎麼回應。

阿羅德斯並沒有等待，利用那臺無線電收報機，噠噠噠在虛幻的白紙上弄出了個小心翼翼探頭張望的表情：「偉大的主人，靈界之上的支配者，您的僕人感覺到您距離回歸聖座又近了一步，是嗎？」

這傢伙進化得好快，已經從使用顏文字衍變為了構建表情包的雛形……在阿羅德斯的認知裡，我是一個在一步步找回自己的真神？所以，它雖然明確地查知到我現在只有序列五，但還是沒有一點輕慢，反而更加地謙卑？克萊恩明白「魔鏡」在故意提問，坦然點頭道：「是的。」

「您已經回答了我的問題，作為交換，作為我必須遵守的規則，您可以向我提一個問題。」阿羅德斯「打字」飛快地回應著，並在最後附了個「笑臉」。

克萊恩沒有猶豫，直接問道：「可以在哪些地方弄到『詭法師』的魔藥配方？」

虛幻的白紙一下被吐出好長一截，上面充滿數不清的複雜符號，然後形成了一個鏡面，呈現出一幕真實的場景：那是一座沒有白然光源的幽深殿堂，裡面有一團巨大的蠕動的事物，它是如此的模糊，以至於就像被橡皮擦抹掉的鉛筆畫，根本沒辦法看到任何具體的細節。

不過，「魔鏡」阿羅德斯在這幕場景下方有附送一大段文字：「這是查拉圖，祂在晉升序列一『詭祕侍者』的過程裡失控，變成了怪物，不過，偉大的主人您要小心，祂是一個非常狡詐的傢伙，也許這一切表現都是祂故意弄出來的。」

「我無法直視祂，這會給我帶來傷害，除了祂，您無法在密修會任何半神那裡得到魔藥配方，因為查拉圖當初是直接提供的高序列魔藥，而這幾乎沒有辦法透過非凡特性反向占卜出來。」

回答得好詳細，而且還讓我額外知道了「占卜家」途徑對應的序列一是「詭祕侍者」。

它的意思是侍奉詭祕的天使？看來密修會這條路，只有面對查拉圖才可能得到魔藥配方，而我連直視祂都無法辦到。難怪「命運之蛇」威爾．昂賽汀只說找瘋掉的查拉圖，沒提密修會。

克萊恩竟被「魔鏡」阿羅德斯的態度感動了一下，如果不是覺得自己還沒有位格和實力駕馭這件封印物，他都打算真正地將對方視作自己的僕人了。

清脆的噠噠之聲裡，虛幻的白紙又長出了一截，展現出另一幕場景：那是一座巍峨的山峰，上面有一片破敗的宮殿，宮殿內隱約可見一張巨大的石製座椅。

克萊恩對這幅畫面再熟悉不過，無需「魔鏡」阿羅德斯註解，就知道它象徵著什麼：霍納奇斯山脈主峰藏著的安提哥努斯家族寶藏！

白紙繼續被吐出，新的場景呈現於上，並如同電影一樣，有了鏡頭視角的變化：最先映入克萊恩眼簾的是一座高高聳立的哥德式鐘樓和它周圍成片的華麗宮殿。

前者代表「秩序之鐘」，後者代表索德拉克宮，它們都是貝克蘭德的標誌性建築。

鏡頭移動，白紙上很快有了新的建築，那是一座有兩個對稱鐘樓的純黑色教堂。

這教堂在場景內越來越大，很快展現出了內部，並定格於地底某個位置的鐵黑色對開大門。

大門異常沉重，銘刻有七枚黑暗聖徽，就如同深黯天國的守衛。

「查尼斯門……聖賽繆爾教堂……」克萊恩認出了那風格熟悉的大門，並根據建築特色確定那座教堂是黑夜女神教會貝克蘭德教區的總部——聖賽繆爾教堂！

白紙吐出，畫面一轉，深沉的黑暗裡，一個由根根白骨組成的空盪書架上，靜靜地擺著一本古老的筆記，它的封皮由硬紙製成，染著黑色。

克萊恩一眼就認出了這本筆記：它是導致身體原主死亡的安提哥努斯家族筆記！

兜兜轉轉，一切又回到了原點。

克萊恩靜靜注視了一陣，等到畫面消失，才找回了屬於自己的思緒：「也是，當初極光會的人都從這本筆記裡看到了『小丑』的魔藥配方，得到它認同的我，再翻看它的時候，上面呈現的內容肯定會與以往截然不同，應該就有『詭法師』的魔藥配方，只是欠缺材料或特性。」

「原來這本筆記一直被封印在聖賽繆爾教堂的查尼斯門後，要想從這種地方拿到它，難度不會比尋找查拉圖並面對祂低多少。當初有高序列強者參與的貝克蘭德大霧霾事件，在我透過『正義』小姐舉發給教會貝克蘭德教區後，都很快就被平息，這足以說明貝克蘭德教區力量的強大，無論是半神，還是封印物，必然都不缺乏……嗯，不管怎麼樣，先回貝克蘭德，看有沒有機會，相比較起來，我更不想去霍納奇斯山脈……」

收斂住思緒，克萊恩看向那臺已變得幽暗深沉的無線電收報機道：「昨晚，『瘋船長』康納斯．維克托船上的那位半神是誰？」

噠噠噠的聲音輕快跳動，前面的虛幻白紙消失，新的又被吐了出來。

白紙上的內容同樣是一幕真實的場景：黃銅製成的精美燈架上，五根蠟燭高低分明地散發著光與熱，一位戴三角帽和黑色眼罩的中年男子立在放葡萄酒、香檳和蒸餾酒的櫃子前，謙卑地看著對面。

他的對面，有一個披黑色斗篷的高大人影，臉龐完全藏在了帽兜之下。

這人影似乎沒有真正的頭部，只有一團深沉的扭曲的黑暗鑲嵌於脖子上。

借助懸賞令上的畫像，克萊恩認出那獨眼男子是「瘋船長」康納斯——他頭髮散亂而油膩的披下，剛好蓋住了脖子。

對面應該就是那位半神，不過他有刻意地偽裝自己的樣子，並做了相應的反占卜，阿羅德斯能得到這種程度的圖像已經相當了不起了。

克萊恩並沒有太過失望，反倒認真地記憶起那道人影的身材：一百八十五公分以上，但不到一百九十公分。手臂略長，雙手垂下的時候幾乎達到膝蓋位置，肩膀寬厚，撐起了斗篷……雙腿有一定程度的外偏……

作為偽裝領域的專家，克萊恩認為一個人在遮掩了樣子，進行了一定程度的反占卜後，有很大可能不會再注意身材的偽裝，尤其那本身還不存在很特別的地方。

所以，這能提供一定的線索，有助於克萊恩將來看到目標時，感覺熟悉！

「很好，該你提問了。」

記住之後，克萊恩不再打量，饒有興趣地等待「魔鏡」阿羅德斯提問。

他很好奇對方這次還能不能突破自己的想像。

噠噠噠的打字聲變得有些遲緩，透出幾分猶豫，虛幻的白紙隨之一點點吐出：「偉大的主人，我、我能對你說一句話嗎？」

「可以。」克萊恩略感詫異地回答了問題，並期待起阿羅德斯會說什麼。

噠噠噠的聲音一下變快，透著明顯的熱情。

虛幻白紙上，一行行單字相繼出現：「偉大的主人，生日快樂！這是遲來的祝福，您現在的身體是一三二七年三月四日出生的，我原本想在當天凌晨第一個祝福您，但沒能跟上您的腳步。」

……果然是突破我想像的話題……我都忘記生日這件事情了。

克萊恩嘴角微抽，不知該說點什麼。

他有接收原主的記憶碎片，獲得了他的部分情感，對生日還是知道的，只不過孤身一人漂泊於外，哪還會記得這些事情。

阿羅德斯這傢伙竟然是第一個祝我生日快樂的……班森、梅麗莎他們在這一天，更多應該是難受吧……二月分的時候，面試就結束了，不知道班森有沒有順利成為政府雇員。

克萊恩一陣感慨，看無線電收報機的眼神都柔和了不少。

他想了想，冷靜地開口道：「第三個問題，你的來歷。」

噠噠噠的聲音停了兩秒，旋即又響了起來。

白紙一截截吐出，上面浮現出新的場景：地面的孔洞湧出了大量的黑色黏稠液體，它們扭曲地向外伸張，長出了不同數量的手臂和腿腳，隨之變成一個個奇異的怪物，衝向了前方。

這個過程裡，一個光點伴隨著黑色的液體被噴出，落到了一塊石頭上，迅速與對方結合，衍變為了一面花紋古老，兩側有黑色寶石裝飾的銀鏡。

這是什麼奇怪的場景……阿羅德斯就是這樣誕生的？那光點又是什麼，來源於哪裡？有點疑似非凡特性啊……克萊恩初步解讀起看到的場景。

那噠噠的聲音並未停止，又吐出了一行單字：「偉大的主人，您還有別的問題嗎？」

算了算時間，克萊恩搖頭道：「沒有。」

「您完成了回答，我也該離開了，偉大的主人，靈界之上的支配者，您謙卑的忠實的僕人阿羅德斯期待著再次為您效勞，期待著能一直追隨您的腳步，再見！」虛幻白紙上最後呈現出一個揮手的表情。

安靜的旅館房間內，幽暗深沉的無線電收報機瞬間恢復了正常，周圍的光線也不再陰森。

克萊恩忙碌著準備儀式，將它獻祭到了灰霧之上，然後才有心情思考剛剛獲得的答案。

根據「魔鏡」阿羅德斯提供的線索，結合阿茲克先生和「命運之蛇」威爾·昂賽汀的回答，克萊恩初步有了一下一個階段的計畫。

那就是不僅僅因為想稍做休整重返貝克蘭德，而是將這座大都市視作很長一段時間內的主要活動地點，看能否從黑夜女神教會的聖賽繆爾教堂內偷出那本安提哥努斯家族筆記。

如果確定沒有辦法，則嘗試轉到相近非凡途徑，若這個還不行，就不得不走最後一條路，前往霍納奇斯山脈主峰。

「嗯……回貝克蘭德肯定不能光明正大地用夏洛克·莫里亞蒂這個身分，除非想釣出因斯·贊格威爾或隱藏於暗處的王室某個派系，不過，聯絡熟人或借助蒸汽教會資源的時候，可以變回夏洛克·莫里亞蒂的樣子。」

「總之，又得用新身分了，並且得與格爾曼·斯帕羅有徹底的區分，呃，這次不直接回普利茲港，從迪西海灣那邊繞一圈，務求讓人查不到來歷。」克萊恩念頭電轉，很快就有了清晰的想法。

初步確定方向後，他本想提取血液，去灰霧之上用靈體探索《格羅塞爾遊記》，可考慮到下午還有塔羅會，又躺回了床上，寓休息於放鬆。

「未來號」平穩地行駛於起伏的海浪裡，「星之上將」嘉德麗雅立在窗邊，眺望著那開闊到看不見邊際的風景，而前甲板位置，三不五時傳來妮娜氣急敗壞的聲音，她在怒罵弗蘭克·李弄出了一堆繁殖極快喜愛吃魚的牛肉味蘑菇。

嘉德麗雅無聲嘆了口氣，抬手推了推鼻梁上架著的沉重眼鏡。

這時，她的靈感忽有觸動，低頭看向了書桌，只見那裡不知什麼時候多了幾張發黃的紙張。

「大帝的日記……她終於派信使過來了……」嘉德麗雅欣喜轉身，拿起那數量不多更像是初期試探的紙張。

等到下午三點，已強行記住那些符號的她看見虛幻的深紅光芒潮水一樣將自己的淹沒。

一根根石柱撐起的高聳穹頂下，「隱者」嘉德麗雅看見了一道道類似的深紅光芒騰起，化作模糊的身影。

她沒去細瞧，發現鼻梁上已自然呈現出那副熟悉的眼鏡，似乎是外界狀態的完美復刻。

然後，她眼角餘光瞄到「正義」小姐優雅起身，語氣輕快地向青銅長桌最上首問候道：「午安，『愚者』先生！」

奧黛麗最近的心情確實不錯，在返回家族城堡後，她以乖巧女兒的姿態順利幫母親凱特琳大人解決了一些源於實際年齡和身體狀態的心理問題，得到了非常好的回饋。

這讓她總結出了更多的「心理醫生」扮演守則。其中，最重要的一條是幫助別人解決心靈方面的問題，她懷疑這就是魔藥名稱叫「心理醫生」而非「心理學家」的原因。

「正義」小姐很開心嘛……克萊恩似被感染，含笑點頭，算是回應。

這個過程裡，他發現「倒吊人」先生顯得心事重重，似乎還在猶豫和掙扎，還沒拿定主意。

咦，這意味「倒吊人」先生買得起「海洋歌者」魔藥配方和主材料，只是會付出極大的代價，我還以為他會申請分期付款的……「愚者」克萊恩毫無異常地收回目光，環視了一圈。

等到「正義」小姐的問候結束，「隱者」嘉德麗雅望向青銅長桌最上首道：「尊敬的『愚者』先生，我有蒐集到三頁羅塞爾日記。」

來了，不知道「神祕女王」專門挑選出的三頁日記會不會有價值很高的訊息，比如，對應「占卜家」途徑的那張「褻瀆之牌」的下落，這能為我提供另外的可能性。

克萊恩內心頗為期待，外表冷靜自然地開口道：「很好，妳可以想一個請求了。」

「是，『愚者』先生。」

嘉德麗雅態度挑不出一點毛病地回應道，然後申請具現出日記的內容。

看到她這樣的表現，再想想她夢境裡的樣子，克萊恩竟頗感欣慰，就像班導師成功讓一位學生變得乖巧懂事一樣。

「『隱者』女士第一次提供羅塞爾大帝日記耶，以她表現出的水準和能力，之前不應該沒有辦法蒐集……嗯，過去她更多是在觀察，上次被『愚者』先生懲罰後，真正融入了我們塔羅會？」

「正義」奧黛麗結合「隱者」嘉德麗雅上週的表現，做出了一定的判斷。

與此同時，她也察覺「倒吊人」先生今天狀態不是太對，似乎在期待著什麼，又不捨著什麼，一時頗為好奇。

克萊恩沒有等待太久，那三頁日記就具現完畢，來到了他的手裡。

「太陽」戴里克等成員本能就安靜下來，不打擾「愚者」先生的閱讀。

二月九日，今天是博諾瓦的生日，他已經是個健康，結實，誠實，善良的年輕人，他是如此的虔誠，受到了教會的重視。

所有人都在恭賀我，說博諾瓦肯定能成為眷者，成為聖靈，稱讚他的信仰是那樣的純粹，那樣的無暇。

我應該很高興，但我心裡卻有著難以遏制的悲涼，我希望我的孩子能更人性一點，能更有感情一點，能更多地做自己，而非神靈的信徒。

可是，幾乎所有人都發自內心地認為博諾瓦現在的狀態很好，瑪蒂爾達是這樣，夏爾是這樣，我的貴族們我的大臣們也是這樣，只有貝爾納黛與我有著同樣的感受，她私下告訴我，她認為人應該更自我一點，只要不傷害誰。

想到查拉圖在博諾瓦出生時的那些話語，以及我踏入半神領域後，越來越多的預感，我的心情更加沉重，可愛的天使，呵呵，真的是可愛的天使。

這就是你對我的防備嗎？

這就是你試圖控制我的辦法嗎？

不，你大概無法理解我內心的驕傲，在我看來，神靈又如何？我可取而代之！

二月十一日，再次聯絡查拉圖未果。

自從拿到那本安提哥努斯筆記，這位密修會的首領出現的頻率就越來越低，不知道在祕密謀劃著什麼，反正祂肯定不會告訴我。

二月十二日，給貝爾納黛製作了一件很適合她的神奇物品。

這能讓她有效避免「隱匿賢者」的嘮叨，只要不主動祈禱，主動索取回應，嗯，這東西似乎還能幫助聖者們進入蘇尼亞海最東面那片神戰遺蹟，不受「真實造物主」囈語的影響，那裡高機率藏著「神棄之地」的祕密啊。

哈，我只是隨便做個送女兒的小禮物，就有這麼強大的效果，貝爾納黛，你老爹我果然是世界上最出色的「工匠」！

最出色的「工匠」，這是否意味著大帝寫這頁日記的時候，已經走到了「通識者」途徑的序列二，成為了一位天使？在有「蒸汽與機械之神」存在的情況下，這個位階是「工匠」能達到的頂點。難怪「神祕女王」能自由進出神戰遺蹟，原來是有大帝送的禮物，果然，有家長的孩子像塊寶。

克萊恩內心一陣感慨。

另外，他也從第一則日記的字裡行間讀出了羅塞爾大帝的壓抑和憤懣，並用上輩子鍛鍊出來的閱讀理解能力，品出了一些隱藏於內容之下的訊息：成為天使後，大帝似乎受到了蒸汽教會的鉗制和防備，那位「蒸汽與機械之神」有對他的小兒子博諾瓦施加一定的影響，讓他成為了最虔誠的信徒，將來可以進入「完美之地」成為天使的那種。

而這不僅沒讓羅塞爾大帝屈服和顧忌，反倒激起了他的抗爭之心。

「大帝後來成為世界公敵，正是源於這種抗爭？」克萊恩在心裡點了一下頭。

與此同時，他有注意到查拉圖的事情，懷疑這位「奇蹟師」正是在得到安提哥努斯家族筆記後，才開始衝擊序列一這個位階，為此謀劃了不少事情，結果晉升的時候出了狀況，變成了怪物，當然，正像「魔鏡」阿羅德斯說的那樣，也許查拉圖並沒有失控，只是在隱藏什麼，圖謀什麼。

快速瀏覽之後，克萊恩翻過這一頁，看向了後面，這並不連續，屬於新的內容。

十月五日，幾個「原始月亮」的信徒被我建立的黑衣人組織抓獲，沒能完成相應的獻祭儀式。他們表現出的一些東西讓我很好奇，他們得到的力量似乎真的直接源於緋紅之月。

可惜，大量的數據表明，這紅月真的是衛星，真的在繞著我們的星球轉動，那麼，它又是如何將物理與神祕結合在一起的？

以我現在的能力，要想前往紅月之上，不是不可能，頂多比較麻煩比較困難，但似乎沒這個必要。

十月七日，我終於下定了決心。

我將嘗試轉到相近的「窺祕人」途徑，只有這樣，我才能成為序列一。

我一直懷疑「隱匿賢者」原本是概念化的唯一性，後來因某些意外，產生了靈智，並徹底甦醒，所以，這條途徑的序列一位置高機率還空著！

我早就從那個最古老的組織拿到「知識皇帝」的魔藥配方，現在，是時候尋求相應的材料了，它也許已經屬於一位天使，也許與周圍的事物結合，變成了扭曲邪惡的怪物或混亂恐怖的「〇」級封印物，總之，必須足夠的小心，最好能找到合適的幫手。

「知識皇帝」，這序列一魔藥的名稱真的有趣，如果不是直接看了「褻瀆石塊」，我會以為它屬於「閱讀者」途徑，屬於「知識與智慧之神」教會，更為奇怪的是，這兩條途徑並沒有互換的關係。

我曾經和那位神祕的首領以及赫密斯老先生討論過這件事情，我們基本達成了共識，認為「閱讀者」途徑代表的是「全知全能」裡的「全知」，而「窺祕人」、「通識者」對應的是知識本身，分屬兩個方面，一個更偏神祕，一個更接近現實。

呵，等我成為了「知識皇帝」，貝爾納黛就更不用擔心「隱匿賢者」的灌輸了，也不用害怕知識的追逐。

第八章

晚年瘋狂

大帝最後是轉向了「窺祕人」途徑啊，不知道他有沒有順利成為「知識皇帝」……或許正是因為這件事情，他才和蒸汽教會徹底決裂，以至於後來舉世皆敵找不到幫手，竟寄希望於「黃昏隱士會」……克萊恩半是感慨半是揣測地想道。

在此之外，他對大帝解釋「閱讀者」途徑無法和「窺祕人」、「通識者」互換的觀點相當感興趣，認為再深化下去，或許就能找到非凡途徑互換的規律和原理。

「在一般的非凡者看來，『閱讀者』、『窺祕人』和『通識者』都屬於『知識』領域，彼此間應該有很強的關聯，結果前面是個異端……」

「『閱讀者』屬於『全知全能』裡的『全知』，那『祕祈人』……也就是『牧羊人』途徑，是『全知全能』裡的『全能』？然後兩者又存在一定的交叉，比如，因博學而多能，因多能而博學，所以，它們可以互換。」

「從這個角度出發，『風暴』途徑海陸空全能就可以理解了，『觀眾』對應的心靈領域，則是對『風暴』的有力補充。那麼，『太陽』為什麼可以和它們互換呢？考慮到上一個有『全知全能』稱號的是遠古太陽神，是否意味著『太陽』是容納『全知全能』的基石？」

「嗯……根據這樣的思路，『窺祕人』和『通識者』是『知識』本身的不同方面，所以能互換，那麼『刺客』和『獵人』又是什麼的分化？『黑夜』、『死神』和『戰神』途徑呢？」克萊恩一下想了很多，但既沒有時間，也缺乏足夠的訊息去深入分析，只能暫時將相應的問題拋諸腦後，用意念把第三頁日記弄到了上方。

一眼掃去，克萊恩的精神突然集中，因為當前這篇日記和以往那些大不相同。

它沒有日期，字間距很大，因為是原版，還可以明顯看出落筆的重量超乎尋常！

克萊恩目光一掃，泛黃紙張上的內容就映入了他的腦海。

不！不可能！

怎麼會這樣！

如果我的猜測沒有錯，當初有那樣遭遇的應該不止我一個！

不、不！怎麼會這樣！

我看見的東西在告訴我，所有的所有都將毀滅，我締造的一切同樣如此！不！我不接受這樣的結局！

必須努力自救，不再寄幻想於七神！

只有登上序列〇的寶座，我自己和我所重視的那些，才能保存！

我是不是要嘗試將『門』先生拉回現實世界？不！祂雖然自稱只有序列一，但我認為，祂絕不是普通的序列一！很大可能給我帶來意料之外的災難！

比前面兩頁大了不少的漢字以稀疏凌亂的姿態占據滿了泛黃的紙張，實際內容不多，卻看得克萊恩腦袋一陣一陣抽痛。

寫這篇日記的時候，羅塞爾大帝很可能已經是序列一的「知識皇帝」，他帶著激烈情緒書寫的內容有著強大的神祕色彩，也就是說，如果克萊恩在現實世界閱讀這些內容，很可能會精神失常，當場瘋掉，甚至失控！

還好「隱者」女士不懂中文，否則她之前強行記憶內容的時候，已經變異……就算不懂，她應該也會覺得特別累，消耗特別大……如果長久接觸，長久注視，幻聽與幻覺不可避免，並高機率會出現失控的徵兆……克萊恩略感慶幸地想道。

他的注意力迅速轉回了日記本身，疑惑隨之浮現：「大帝究竟看到了什麼，讓他情緒如此激烈，態度也偏激了不少？不，字裡行間的激盪感和衝動感有點不太正常，不符合一位久居高位者的人物形象，更不符合一位天使的位格，即使最後那段日子，大帝說出我死後哪管洪水滔天的時候，他也沒有這樣失態，這樣激動。」

「他被誰影響了？或者被什麼事物汙染或侵蝕了？還有，他提到有那樣遭遇的應該不止他一個，是指什麼事情？穿越嗎？當初在地球之上因莫名其妙的事和物穿越的，確實不止他一個，還有我……甚至更多？」

一個個想法電閃而過，克萊恩沒浪費時間讓那三頁日記消失，含笑望向「隱者」嘉德麗雅道：

「想好請求了嗎？」

嘉德麗雅早有準備般行了一禮，開口說道：「我想知道羅塞爾大帝晚年為何瘋狂。」

同一排的「正義」奧黛麗眨了一下眼睛，懷疑自己聽錯了，她完全沒想到「隱者」女士一開口就是這麼重磅的問題。

而且她怎麼知道羅塞爾大帝晚年瘋狂了？還有、還有，她只提交了三頁日記，就問這種層次的問題，不符合等價交換的規律呀！奧黛麗內心湧現了各種想法，但卻沒有阻止「隱者」女士提問，反倒很感興趣並莫名激動地等著「愚者」先生回應。

「倒吊人」阿爾傑、「月亮」埃姆林、「魔術師」佛爾思同樣屏住了呼吸，將目光投向了青銅長桌最上首，只有「太陽」戴里克和「世界」對此不太在意。

「愚者」克萊恩想了想，輕笑一聲，說道：「首先，我們確定一個事實。我並非全知，也不全能。」

他以自嘲般的輕鬆口吻說出了這句話，但「隱者」等人卻沒有一點異常，甚至表現得更恭敬了一點。

對他們來說，「愚者」先生不全知也不全能是顯而易見的事情，即使不提他們各自對「愚者」先生狀態的揣測，僅是這位隱密存在尊名上沒有類似描述的現實，也足以說明這個問題。

而且，目前所有的真神、邪神都沒有全知全能類型的尊名！

不著痕跡鋪墊好基調後，克萊恩開始回答「隱者」的提問：「我也想知道羅塞爾晚年遭遇了什麼。目前可以肯定的是，因某些未知緣由的刺激或影響，羅塞爾將目光投向了序列〇。」

他沒去解釋序列〇對應什麼，在塔羅會裡知道的比不知道的多，不知道的也能隱約猜到一點。

序列〇……大帝想要成神？難怪說他晚年瘋狂了……「正義」奧黛麗知曉序列〇代表什麼，一時頗為感慨，「倒吊人」阿爾傑同樣如此。

「隱者」嘉德麗雅顯然也明白序列〇的含意，若有所思地表示了感謝，收回了目光。

序列〇……「月亮」埃姆林和「魔術師」佛爾思各自咀嚼著這兩個單字，似乎這才知道序列一之上還有一個位階，而這屬於真神！

「太陽」戴里克則懵懂地看著「愚者」先生，不明白那個存在感很強的羅塞爾大帝試圖衝擊序列〇有什麼問題，在白銀城內，如果有機會，每一個居民都想成為序列〇的真神，以便為大家創造一個更適合生存的環境，或者引領所有人離開那片被遺棄的土地。

克萊恩沒再多說，後靠住椅背，環顧一圈道：「你們開始吧。」

說完，他就操縱「世界」望向「太陽」戴里克，低沉地笑道：「你要的『公證人』魔藥配方有了。」

「謝謝您，『世界』先生，按照約定，我會記下這筆欠債，等待您提出要求。」「太陽」戴里克誠懇地說道。

「好。」克萊恩邊操縱「世界」回答，邊讓他裝模作樣向「愚者」先生提出了具現的請求。

沒用多久，那份魔藥配方就來到了小「太陽」的手中。

戴里克欣喜接過，如飢餓似口渴地快速瀏覽了一遍羊皮紙上的內容：「序列六，『公證人』。主材料：長者之樹的根莖結晶一份，契靈鳥的尾羽五根。輔助材料：光輝契靈樹的汁液一百毫升，金邊太陽花一朵，白邊太陽花一朵，水蕨汁液五滴。」

沒等其他人說話，「世界」看著「倒吊人」阿爾傑，又一次開口道：「你知道的，你要的『海洋歌者』魔藥配方和主材料有了。」

啊？「正義」奧黛麗等人一時都有點傻眼。

「隱者」嘉德麗雅更是難掩驚訝地望向了「世界」，她記得很清楚，格爾曼‧斯帕羅上週才狩獵了「屠殺者」吉爾希艾斯，這又是從哪裡弄來的「海洋歌者」魔藥配方和主材料？

他不會又殺了位「海洋歌者」吧？這在風暴教會內，都算得上準高層了……這才一週啊！嘉德麗雅覺得這一點也不現實。

「世界」先生還拿到了「海洋歌者」的魔藥配方和主材料，真是好厲害啊！「太陽」戴里克將目光從手中的羊皮紙上拔起，望向了青銅長桌最下首的那位先生。

在他的心裡，「世界」的強悍程度又躍升了一個級數，已經可以和「六人議事團」內較弱那幾位媲美了！

「魔術師」佛爾思也有類似的驚嘆，並且感觸越來越得深。

她記得自己剛加入塔羅會的時候，「世界」先生給自己的直觀印象是陰沉內斂，除了這個，沒什麼別的特點，之後聚會裡，他陸續表現出了經驗的老練，見聞的廣博，以及應該還算不錯的能力，一看就是那種經歷過很多事情的資深非凡者，是塔羅會裡僅次於「倒吊人」先生的成員。

原本這樣的形象就快在佛爾思心裡定型，結果最近幾個月來，「魔術師」小姐發現「世界」一次又一次刷新了自己的認知。

他先是打聽到了相當重要的消息，接著又間隔很短地販賣了不少非凡特性，讓人不由自主懷疑他是個活躍在神祕世界的非凡殺手，發自內心地感覺畏懼，並伴有一定的欣喜，因為這意味著某些委託找「世界」先生有很高的成功率。

等到新的成員「隱者」出現，「魔術師」佛爾思還以為「世界」先生的光芒會被那位強大的女士徹底掩蓋，誰知，他不聲不響就奪回了「風頭」，讓大家都有點不敢直視。

一周內連續拿到「海洋歌者」魔藥配方、相應主材料和「公證人」魔藥配方，簡直不像是人類能夠完成的事情！

確實很厲害，我就欣賞這種看似沉默寡言，普普通通，實際非常有能力的類型。唉，不知道什麼時候才能成為子爵，這次獵殺競賽之後，獲勝者能得到的獎勵應該就是足以讓一位血族獲得本質提升的饋贈……「月亮」埃姆林．懷特很快就把思緒轉回了自己的事情上。

「正義」奧黛麗感慨讚嘆之餘，越來越對之前一件事情感覺不解。

這麼厲害的「世界」先生為什麼從來沒蒐集過羅塞爾大帝的日記？唔，他不像是「隱者」女士，加入塔羅會已經很久，還需要觀察……他也不是沒有需求，沒必要蒐集羅塞爾大帝的日記從「愚者」先生那裡換取相應的事物……那他為什麼不蒐集呢？

難道他私下裡已經提交？可為什麼要私下？

隱隱約約間，奧黛麗覺得「世界」先生與「愚者」先生存在一定的聯繫，可又無法確定，畢竟還有不少的可能性。

這個時候，「倒吊人」阿爾傑沉默了幾秒後，側身望向青銅長桌最上首道：「尊敬的『愚者』先生，我請求和『世界』單獨交流。」

來了……克萊恩頗為期待地頷首，隨即屏蔽了其他人的感官。

阿爾傑等待了兩秒，回頭看著「世界」格爾曼．斯帕羅道：「我用一個不被他人所知的原始島嶼坐標來交換。」

「上面不僅有很多南北大陸已經滅絕的非凡生物，還藏著一片不知具體年代的古老遺蹟。當初，呼，我是和齊林格斯一起發現的，那時，我們還沒有能力深入探索，不過他有發現一些痕跡，懷疑遺蹟裡藏著非常珍貴非常重要的某樣事物，認為它的價值不會比羅塞爾大帝製作的那副紙牌之一差。」

「我的實力不如齊林格斯，深入的程度也不如他，無法知道他究竟看見了什麼，只能從他不經意說出的一些話語裡猜測情況。」

「倒吊人」先生這些話訊息量很大啊，看來他和「颶風中將」齊林格斯很早就認識，還一起探過險，發現了原始島嶼和古代遺蹟，而之前想趁齊林格斯離開大海解決這位海盜將軍的，也是他。「倒吊人」不是簡單的風暴教會成員啊，他的過去似乎很複雜，藏著不少祕密。

嗯，一個原始島嶼的價值確實不小，對一個隱密組織來說，這才是支撐人員成長的基石……克萊恩操縱「世界」擺出沉吟的姿態，試圖從「倒吊人」那裡獲得更多的訊息。

見「世界」沒拒絕，但也沒答應，已平復下來的「倒吊人」阿爾傑冷靜說道：「上面有半神級非凡生物存在的痕跡，對你來說，這應該有很大的價值。這一點，我可以向『愚者』先生起誓，保證沒有撒謊。」

等我拿到了「詭法師」的魔藥配方，就得考慮相應主材料的獲得了，到了半神這個層次，金錢能發揮的作用會少很多，以物易物才最有可能得到想要的東西……半神級非凡生物的所在很重要，那片遺蹟也有點意思。

「世界」不再猶豫，低笑了一聲道：「成交。」

「倒吊人」阿爾傑沒立刻索取「海洋歌者」的魔藥配方，轉而說道：「我有一個前提條件，我希望你第一次探索那個原始島嶼時，同伴是我，有『愚者』先生注視這一切，我想你不用擔心我有什麼不好的圖謀。」

克萊恩考慮了一下，讓「世界」點頭道：「沒問題，去危險地方的時候，我會需要一些同伴，希望你有足夠的能力跟上。」

阿爾傑沒有因對方的口吻而惱怒，鬆了口氣道：「所以，我希望你的第一次探索在我成功晉升之後，當然，如果我因魔藥而失控，這個約定自然作廢。」

「可以。」「世界」不甚在意地回答道。

「倒吊人」阿爾傑不再囉嗦，徵得「愚者」先生同意後，具現出了寫有那個原始島嶼情況的羊皮紙。

就在羅思德海域邊緣啊……整體面積也不小，相當於一個藍山島了。

克萊恩接過紙張，快速瀏覽了一遍，大致弄清楚了那個原始島嶼在什麼地方。

他很快抬頭道：「魔藥配方和主材料在聚會結束後一起給你。」

「好。」做出取捨的阿爾傑已不再有任何糾結，聞言內心一陣澎湃，但表面卻沉穩有加。

兩人的單獨交流到此結束，「隱者」嘉德麗雅收回望向「世界」的目光，側頭對「魔術師」佛爾思道：「隕星水晶已經拿到，六十克六百鎊。」

好快……「隱者」女士效率很高！佛爾思一陣驚喜一陣為難。

上週結束聚會後，她就已經收到拉瓦章魚的血液結晶，為此支付了六百鎊，存款只剩下兩百三十鎊，算上這週剛拿到的一百五十鎊稿酬，也還差兩百二十鎊。

先向休借些錢來應急，她應該有這麼多了。等晉升成功，就抓緊賺錢、抓緊賺錢！

「魔術師」佛爾思無聲吸了口氣道：「好，明天這個時候交易。」

「隱者」嘉德麗雅「嗯」了一聲，毫不拖泥帶水地看向了「正義」奧黛麗：「黑狩巨蜥的脊髓液已經確認，一千八百鎊，迷幻風鈴樹的果實暫時沒有線索。」

「這已經很好了，比我預想得好，謝謝妳，『隱者』女士。」奧黛麗真誠地感謝道，完全沒去在意價格的問題。

她最近才發現建立「古物蒐集保護基金」還有一個作用，那就是可以讓自己資金的動用變得更隱蔽更不引入注目，讓父親和母親都沒辦法察覺問題。

確定了兩筆交易後，嘉德麗雅展現融入姿態地環顧了一圈，說道：「神話生物的血液有線索了嗎？」

克萊恩當即操縱「世界」，低啞笑道：「是指純粹的神話生物嗎？」

——純粹的神話生物？還有不純粹的神話生物？

「正義」奧黛麗等人聽得既迷惑不解，又很感興趣。

「隱者」嘉德麗雅愣了一秒道：「純粹的，也就是天使的血液，一滴就夠了。」

她當初沒詳細介紹，是認為塔羅會內暫時不會有這麼高端的事物出現，除非「愚者」先生願意提供幫助，而很顯然，「愚者」先生是不需要別人解釋神話生物是什麼的。

「我有一定的線索，但不肯定能拿到，而且還得等待至少三個月。」克萊恩操縱「世界」給出回應。

塔羅會其他成員一下沉默，沒想到「世界」連天使的血液都有線索！

他究竟還有什麼是做不到的？

「正義」奧黛麗、「魔術師」佛爾思等人又一次刷新了自己對「世界」先生的印象。

「倒吊人」阿爾傑則懷疑「世界」是要向「愚者」先生的天使借一滴血液。

短暫的靜默後，忽然發現自己的提升未必如塔羅會其他成員那麼明顯的「月亮」埃姆林有氣無力地問道：「我上次的委託，你們有線索了嗎？」

「魔術師」佛爾思當即開口道：「有疑似的情況了，我會追查下去的。」

背負上債務的她做事充滿了動力。

交易的尾聲，「太陽」戴里克提出了購買長者之樹根莖結晶的請求，而契靈鳥的尾羽在白銀城的特殊倉庫裡就有。

另外，他還求購了金邊太陽花等輔助材料，這是外界常見而神棄之地缺乏的事物。

「長者之樹的根莖結晶和那些輔助材料都問題不大。」「月亮」埃姆林精神一振道，「那麼，你能用什麼來交換呢？」

他上次向「正義」小姐提供長者之樹的果實時，就知道了根莖結晶在哪裡。

「太陽」戴里克想了想道：「一個對應序列五的吸血鬼的非凡特性？」

這在黑暗深處並不是什麼太少見的怪物。

「血族！」埃姆林咬牙說道，「你不用著急，等我想好了要什麼，再告訴你。」

他不想讓交易來的物品與獵殺競賽的獎勵重複。

「好。」已經欠了「世界」一屁股債的戴里克相當坦然。

又是一陣沉默後，「愚者」克萊恩輕敲了一下斑駁長桌的邊緣，示意自由交流環節開始。

聳立於灰霧之上的古老宮殿內，「倒吊人」阿爾傑沒急著提「瘋船長」康納斯．維克托的事情，側過腦袋，看向旁邊的「太陽」道：「你們還在下午鎮嗎？」

戴里克老實點頭道：「是的，我們用了很長一段時間建立起營地，然後以小組聯合的方式，一條街道一條街道地清除殘餘的怪物，尋找可能存在的各種古老痕跡，雖然這會很緩慢，但足夠安全。」

他回答得非常詳細，並且表現出了「倒吊人」先生如果想了解得更多也沒有問題的態度。

「正義」奧黛麗饒有興致地聽著，小幅度抬了一下手道：「你們在下午鎮這麼久，是依靠什麼作為食物？附近有黑面草嗎？」

她很早前就聽小「太陽」提過，白銀城是靠周邊區域種植的黑面草作為主食才延續下來的。

「我們有攜帶一部分黑面草磨成的粉，但主要的食物來源是獵殺的那些怪物，它們之中有很大部分，只要析出了非凡特性，被剝去了皮毛，用火焰燒灼，就能夠食用，不過，它們都存在一定的汙染，會導致精神方面出現問題，不能持續性地攝入，需要足夠的間隔。」「太陽」戴里克認真回答了「正義」小姐的提問。

「正義」奧黛麗回憶了一下小「太陽」提過的幾種黑暗深處怪物，想了想白銀城所在區域陰森晦暗的恐怖風格，忍不住追問了一句：「這不會很噁心嗎？」

正專注聽著其他成員對話的「魔術師」佛爾思受這個問題啟發，故意沒去看「月亮」埃姆林，頗為好奇地向「太陽」戴里克問道：「我記得你說過，黑暗深處的怪物包含吸血鬼，牠們渾身流膿，醜陋無比，那麼，擊殺了這樣的吸血鬼後，你們會將牠作為食物嗎？」

聽完這個問題的埃姆林完全忘記了要糾正對方是血族不是吸血鬼，臉色一綠，竟莫名有了幾分難以描述的驚悚感。

戴里克沉默了兩秒道：「有的怪物確實很噁心，非常噁心，就像『魔術師』小姐提到的吸血鬼那樣，但我們沒有選擇的餘地，只要能吃都會吃。」

他的嗓音逐漸低沉，似乎又一次深刻感受到了籠罩整個白銀城的被詛咒般的悲劇。

巨人居所般的宮殿內又一次靜默，就連想反駁「太陽」戴里克某些說辭的「月亮」埃姆林都沒有開口，只是撇了一下嘴，縮了縮手臂。

幾秒之後，「世界」打破了沉默，低笑一聲道：「讓我們回到海上，最近有件事情值得關注，『瘋船長』康納斯．維克托的『單眼骷髏號』在一場暴風雨後飄到了碼頭附近，上面桅桿被折斷，到處是燒焦的痕跡，所有的船員，包括康納斯．維克托本人都已經死亡，無一倖免。」

「正義」奧黛麗等人並不清楚「瘋船長」是誰，對這個消息不是太感興趣，只是有點好奇為什麼會發生這麼一場滅船慘案。

「倒吊人」阿爾傑的感受卻與他們截然不同。

「世界」竟然關注了「瘋船長」事件，這背後藏著不小的祕密啊！難怪考特曼閣下會鄭重下達命令，讓「代罰者」和「船長水手」們調查相關的情況。

阿爾傑眼眸微動，略作思考道：「在拜亞姆，風暴教會正積極地調查『瘋船長』康納斯．維克托相關的人和事。」

呵，都不用我另行委託了……克萊恩暗笑一聲，讓「世界」直接問道：「風暴教會掌握了哪些線索？」

「我不知道，我會儘量了解一下。」「倒吊人」阿爾傑坦然搖頭。

他相信「世界」聽得懂自己的言外之意，那就是我現在確實不清楚，但我會在內部打聽的。

好奇旁聽的「正義」奧黛麗越來越覺得「瘋船長」的事情不簡單，試探著開口道：「『世界』先生，這不是常見的海盜內訌嗎？」

克萊恩正想隨意敷衍「正義」小姐兩句，不透露更多，忽然考慮到了一個問題。

「貝克蘭德大霧霾事件和人口失蹤案的背後也許藏著王室某個派系以及一些軍方人士，而『正義』小姐在情感和立場上天然偏向貴族偏向王室，如果將來有一天，我針對那些該受詛咒該被絞死的傢伙，向她委託相應的任務，她未必會樂意接受，甚至可能因此陷入內心的矛盾裡。」

「所以，現在就得一點點給她灌輸王室和軍方有不少壞人的印象，潛移默化地改變她的立場和情感偏向，為此可以承擔『世界』部分訊息暴露的風險。」

克萊恩思索了片刻，讓「世界」語氣輕鬆裡帶著點譏諷地說道：「『瘋船長』與『倒吊人』先生之前調查的殖民地人口失蹤案有關。」

「魔女教派將誘騙或掠奪來的人口交給『疾病中將』特雷茜等外部勢力，由他們運送到北大陸東海岸附近，借助『瘋船長』康納斯．維克托完成最後的一段距離，這位海盜與魯恩許多人口販子、奴隸商人有密切聯繫。」

「我一月分的時候告訴過『倒吊人』先生一個消息，有人目睹失蹤案相關的巴倫與效忠於王室的軍情九處人員碰面。」

「還有，貝克蘭德最大的人口販子卡平身邊有『仲裁人』途徑的保護者。這麼多事情加在一起，你們還認為『瘋船長』的死亡是一起簡單的海盜內訌嗎？」

「呵呵，我一直在想，幕後那位要這麼多奴隸做什麼？」

線索間清晰的關聯呈現於了「正義」奧黛麗和「倒吊人」阿爾傑等人心中，讓他們忽然明白了不少事情。

「世界」先生離開貝克蘭德，前往海上，就是在追蹤線索，他一直在調查大霧霾事件和埃德薩克王子死亡的真相！根據他提供的這些內容，可以明顯發現，真正的凶手還沒有得到懲罰，還隱藏在王室內部，並有一部分軍方人士為他效勞，真是可惡啊！這種人就應該被丟入地獄！

唔，「世界」先生怎麼會知道卡平身邊的保護者是「仲裁人」途徑的非凡者？他們打過交道？

奧黛麗思緒翩飛間，突地有了聯想：卡平是被俠盜「黑皇帝」殺死的，後者明顯很清楚卡平的保護者們屬於哪條途徑；俠盜「黑皇帝」是「愚者」先生的眷者；「世界」先生疑似與「愚者」先生有一定的聯繫，他從來沒蒐集過羅塞爾大帝的日記；所以，「世界」先生就是俠盜「黑皇帝」，就是「愚者」先生的眷者？

他不提交羅塞爾大帝的日記，是因為私下就提交過了？他之前的一些表現是為了隱藏眷者的身分？這是「愚者」先生的考驗？真的很難把「世界」先生和俠盜「黑皇帝」聯繫起來啊，後者更像是一個英雄……

奧黛麗覺得自己找到了真相，開始好奇「世界」先生，也就是俠盜「黑皇帝」，現實裡究竟是怎樣的一個人。

「倒吊人」阿爾傑和「隱者」嘉德麗雅則一下子明白了格爾曼．斯帕羅為什麼要襲擊「疾病中將」特雷茜。

這位眷者在追查貝克蘭德大霧霾事件的真相，而這後面隱藏的東西是「愚者」先生感興趣的！

生活在貝克蘭德的「魔術師」佛爾思和「月亮」埃姆林也從「世界」提及卡平隱約察覺到了點什麼，畢竟俠盜「黑皇帝」的傳說在最近半年相當火爆，成為了不少通俗小說的重要角色，就連佛爾思自己都想以對方為主角寫一本俠盜和貴族小姐的愛情故事。

他們終於明白了「世界」之前為什麼能及時察覺到貝克蘭德會有大事件在醞釀，很可能出現慘劇，因為這位先生一直在追查相應的線索。

這麼看來，貝克蘭德的事情遠沒有結束，將來或許還有意外，真想立刻離開啊，但休肯定不願意，也沒辦法給她解釋……佛爾思瞬間有了逃出貝克蘭德的想法。

「月亮」埃姆林倒沒有過於害怕，在他看來，真出現災難，血族也有大人物在貝克蘭德，肯定可以提供庇佑。

沉默了兩秒，「倒吊人」阿爾傑鄭重說道：「我會盡力調查這件事情。」

他已經預感到「瘋船長」之死背後潛藏著相當恐怖的風暴，因此有些畏懼和害怕，但也不缺自己在參與南北大陸最重要事件的激動和顫慄。

「隱者」嘉德麗雅安靜聽完，點了一下頭道：「我也會蒐集相應的消息。如果能有更多的線索提供，或許我能幫得上忙。」

克萊恩想了想，讓「世界」坦然說道：「『瘋船長』死亡當晚，他船上有位疑似『黑皇帝』途徑的高序列強者，但這位半神在亞恩．考特曼趕到前成功逃走了。」

「黑皇帝」途徑，半神……阿爾傑和嘉德麗雅同時咀嚼著這些單字，思考著能從哪方面入手。

「正義」奧黛麗等人則驚嘆於塔羅會從討論半神發展到了直接參與半神相關事件，真的越來越高端了，至於「太陽」戴里克，全程都沒怎麼聽懂。

「瘋船長」之事暫時告一段落後，「隱者」嘉德麗雅看了眼「世界」，故意提到：「海上還有一件事情，上週，瘋狂冒險家格爾曼．斯帕羅狩獵了『不死之王』的二副，『屠殺者』吉爾希艾斯，這是位序列五的非凡者。」

「好厲害……」目前僅有序列八的「魔術師」佛爾思由衷地讚嘆道，她很清楚序列五究竟代表著什麼。

「嗯，真是一位傳奇的冒險家。」「正義」奧黛麗跟著說道。

「月亮」埃姆林張了張嘴，又重新閉上，感覺自己距離這樣的層次還有很遠。

「倒吊人」阿爾傑則沒什麼異常地說道：「正因為這件事情，調查格爾曼．斯帕羅的來歷成為了各大組織當前的一個重要任務。」

你的意思是風暴教會也讓你調查我？

克萊恩一下聽懂了「倒吊人」先生的話外之意，讓「世界」低沉笑道：「不知哪裡可以領取這個委託？我想用一些不重要的訊息獲取金錢，對於格爾曼．斯帕羅，我還是有一定了解的。」

嗯，「世界」先生的意思是，他不介意我提交一些看起來重要其實沒什麼意義的格爾曼．斯帕羅情報換取獎賞和信任？「倒吊人」有所明悟地點了點頭。

自由交流持續了好一陣子，直到「太陽」戴里克學完了這週份的古赫密斯語單字，一切才徹底結束。

目送行禮狀態的「正義」小姐等人離開後，克萊恩將目光投向了桌上的《格羅塞爾遊記》。

感覺自身還不算疲憊，克萊恩揉了揉額角，將手一招，讓雜物堆裡一個金屬小瓶飛了過來。

這裡面是他之前費了很大力氣才從自身靜脈裡抽取出來的一小管血液，早就帶到了灰霧之上，等待靈體進入《格羅塞爾遊記》，探索書中世界的機會。

擰開蓋子後，克萊恩沒急於把血液塗抹到書冊深棕色的封皮上，而是將塔羅聚會前弄入這片神祕空間的物品全部從雜物堆裡「召喚」了出來，散亂擺放於面前。

考慮到「黑皇帝」外形太過引人矚目，在不清楚書中世界具體狀況的前提下，克萊恩決定不攜帶那張褻瀆之牌，轉用阿茲克銅哨加固靈體，免得被莫名力量秒殺，來不及返回灰霧之上。

隨著那古老精緻的銅哨融入，克萊恩的靈體看似膨脹了少許，實則厚實了很多。

他的眼窩處隨之跳躍出兩團漆黑的火焰，它們彷彿有著屬於自己的生命力。

借助冥想，調整靈性，克萊恩將源於死亡的冰冷全部收斂入了體內，眼睛處的異常很快恢復。

這就像惡靈展現普通人的樣子誘騙獵物接近一樣。

緊接著，克萊恩戴上了「蠕動的飢餓」，並將「喪鐘」左輪、「夢魘」的非凡特性藏於體內，後者是他為探索書中世界生靈們的夢境以尋找異常準備的。

做好各方面的準備後，他擰開金屬小瓶的蓋子，倒出幾滴血液，塗抹於《格羅塞爾遊記》的封皮之上。

短暫的等待後，他所見先是模糊，彷彿藏著無數透明的事物，旋即變得清晰，有藍天，有白雲，有灰褐色的城牆，有來來往往的行人。

不是之前那個冰雪之地，而是一個表面看起來很正常的城市……克萊恩立在夯土路邊，審視著書中世界的居民們，發現他們多數穿著亞麻襯衫、棕色短外套和深色較寬鬆長褲，整體風格類同於魯恩王國幾百年前。

低頭看了眼自己具現出來的燕尾正裝、硬衣領襯衫和暗紅色領結，克萊恩默默將它們全部改變，一下就與周圍的人沒了區別。

他隨即走向城門，準備進入。

就在這時，一個穿著皮甲的守門士兵攔住了他：「入城稅！ 個里德爾。」

你看我像是有錢的樣子嗎？我都不知道里德爾是什麼……克萊恩好笑地在心裡嘀咕了兩句，旋即利用靈與靈之間的「溝通」，成功讓守門士兵將注意力轉移到了後面入城的商隊身上。

作為一個可以附身對方進行操縱的準怨魂，對目標施加精神方面的影響屬於正常操作，這種能力不算強，但對普通人來說，非常管用。

進了城市，克萊恩內心警惕外表放鬆地漫步於街道上，覺得這裡的公共衛生環境比早些年的貝克蘭德還要好一點，似乎有著成熟的下水道系統，不會出現樓上傾倒糞便尿水垃圾等事物的情況。

「完全看不出來是書中的虛假世界啊，所有人都有『靈體之線』……」克萊恩一邊審視，一邊前行，忽然瞄到側方有座超十公尺高的石製建築，它只得兩層，大門頂端到地面差不多四公尺。

這建築旁邊立有牌子，寫著不同於外界任何文字卻能讓克萊恩一眼看懂的幾個單字：「佩索特鐵匠行會」

還有鐵匠行會，這裡果然還沒到蒸汽時代……克萊恩剛有感慨，就看見大門吱呀一聲打開，裡面走出了個四肢畸長的巨人！

這巨人膚色灰藍，頭部長著標誌性的豎直獨眼，手裡提著個又大又重的鐵錘，嘴角上勾地走向了街道另外一側。

來往的人類對他並不恐懼，似乎已見得太多。

他們甚至與那巨人打起了招呼：「午安，格羅塞爾！」

格羅塞爾……對巨人長相比較臉盲的克萊恩瞳孔一縮，這才感覺到熟悉。

他正要追趕上去，卻發現那巨人拐入了另一條街道，消失在了他的眼中。

克萊恩立於原地，靜靜注視著兩條街道交匯的地方，心裡隱約有了些猜測：「在書中世界，還有個格羅塞爾？不，遊記的結尾是格羅塞爾戰死在了冰霜之國……這是另外的故事了？」

種種疑惑紛呈，克萊恩沒急著尋找格羅塞爾，轉身進入了街旁的一家酒館。

這種地方往往是一個城市消息最混亂也最龐雜的所在，有助於他迅速把握住整體情況。

酒館內光線昏暗，通風狀況也不是太好，空氣顯得有些渾濁，此時，來喝酒的人還不算多，大部分都在吧檯位置，和彼此，和酒保愉快地閒聊著。

克萊恩緩步過去，目光突又凝固。

他看見吧檯側方坐著位戴尖硬黑帽，穿不對稱外套的男子，他長相不錯，有著亞麻色的頭髮、深棕色的眼眸、高挺的鼻梁和薄薄的嘴唇，正是所羅門帝國子爵莫貝特·索羅亞斯德！

看到他，克萊恩就想起了這位「竊夢家」快速衰老，倒在地上，艱難爬向精靈歌者夏塔絲，握住她手掌的畫面。

這一切清晰得就像昨天才發生，可現在莫貝特又一次出現在了他的眼前。

克萊恩沉凝下來，走了過去，坐到了那個莫貝特的身旁。

他沒有開口，他知道莫貝特會主動交流。

「外鄉人，第一次來佩索特？我發誓，我之前沒有見過你。」莫貝特放下裝有蒸餾酒的杯子，側頭看著克萊恩道。

「我來自冰霜之國。」克萊恩隨口胡謅道。

莫貝特頓時哈哈大笑：「你真會開玩笑，這裡就是冰霜之國，當然，那是很多年前的事情了。自從傳說裡的『北方之王』被一些冒險家，不，英雄殺掉，這裡就再也沒有冰雪，所有人都認為現在應該叫無冬之國。」

克萊恩沉默了一下來，沒有回應。

「為什麼這麼嚴肅？看來你也有自己的痛苦啊。」莫貝特同情地敲了一下吧檯木板，咕嚕喝了口酒道，「我告訴你，男人絕對不要結婚，這將是一生痛苦的開始！你知道嗎？當她出現一點情緒的波動，就會揍我一頓，高興時揍我，害羞時揍我，生氣了也揍我，反正怎麼樣都會揍我！我決定了，從現在開始，不再回家！」

這是和夏塔絲結婚了？克萊恩默然兩秒，打量了一下莫貝特的臉龐，發現上面並沒有青紫腫脹的痕跡，這說明那位精靈歌者還是知道男人要面子的。

他有些嘆息地問道：「那你為什麼要和她結婚？」

莫貝特愣了一下，苦澀笑道：「我跟著商隊來到這裡，第一眼看到她的時候，她是那樣的美麗，歌聲是那樣的動聽，裡面似乎藏著難以描述的悲傷，呵，我當時有多愛慕她，現在就有多害怕她！我，絕對不會再回去，喂，你怎麼有點悲傷？不用為我難過，我已經自由了！」

這時，酒館大門砰的一聲被打開，一道清美的女聲喊道：「莫貝特，滾出來！我數十下，你要是不回家，就永遠不要回去了！十、九……」

莫貝特一下彈起，奔向了門口，一邊跑一邊嘟囔道：「我知道你不會有耐心的，每次數完八，就直接跳到二！」

克萊恩側過身體，看見了夏塔絲的身影，卻不再有過去交流的想法。

真正的莫貝特、夏塔絲已經死去，這裡活著的只是書中世界的兩個角色。

站起身，離開酒館，克萊恩來到附近的無人巷子裡，打算先確認一下這裡的靈界是什麼樣子。

他腦海內迅速勾勒出一個又一個層疊的光球，思緒逐漸發空，身心變得寧靜。

隨著靈性的一點點延伸，他四周出現了許多難以名狀的虛幻身影，但高空處沒有那七道蘊藏著無數知識的不同顏色的明淨光華。

「沒有七光……靈界生物的數量也不夠多……這裡果然是書籍本身構建出來的虛假靈界……」

克萊恩一步踏入，只覺眼前色彩陡然鮮明，濃郁到了極點，並界限分明地重疊在了一起。

他沒急於探索這個靈界，退了出來，在佩索特城裡到處閒逛，與人聊天。

沒用多久，他找到了格羅塞爾的住處，這位巨人經營著一家鐵匠鋪，此時正悠閒地躺在二樓的大床上，補著午覺。

克萊恩直接穿牆進入，來到格羅塞爾的旁邊，他注視了這位巨人幾秒，從靈體內拿出「夢魘」的非凡特性，相當艱澀地利用著它天然具備的那些能力。

幽深寧靜的黑暗飛快瀰漫，一下就將克萊恩和格羅塞爾籠罩於內，而在靈體狀態下，克萊恩直接看見了一團不規則的朦朧光球。

他的靈性當即蔓延過去，觸碰到了那個光球。

各種零散支離的場景瞬間於他四周浮現並閃過，最終定格於一片樹木巨大高聳卻衰敗枯萎的森林外，與森林相對的另外一側，山峰屹立，懸崖陡峭，頂端有一片恢弘壯觀的華麗宮殿。

那片宮殿高大壯麗，不像是為人類準備，給人一種它來自神話的直觀感受，而灑落於上的黃昏光芒，宛若凝固。

克萊恩見過這片宮殿，這是在神戰遺蹟的夢境世界裡出現過的「巨人王庭」！

但是，他現在的視角與之前截然不同，他目前所處的位置在王庭後方！

第九章

夢境之旅

克萊恩收回目光，看向後方那片密集到幾乎沒有光芒可以照入的森林，大致明白了目前所處的位置。

這是格羅塞爾在「巨人王庭」時看守的「衰敗森林」。

森林內的樹木都有幾十公尺高，粗壯到需要多個巨人才能合圍，但表皮斑駁，多有腐爛之處，枝與葉則全部乾枯，垂落下來，彼此糾纏，如同浮於半空的黯淡雲層。

格羅塞爾和與他相似的幾位巨人守在森林外緣，或提斧頭，或拿大劍，專心致志地防備著不同方向。

「根據格羅塞爾的說法，這『衰敗森林』裡埋葬著巨人王奧爾米爾的父親和母親，除了這位古神能夠進入，誰也不能踏足，包括他們這些守衛……嗯，巨人王奧爾米爾的父母應該就是所謂的初代巨人，最瘋狂最凶狠最殘忍的那種，大概……咦，為什麼格羅塞爾會做這樣的夢？」

克萊恩思索之中，突然察覺到了點不對。

根據他剛才在佩索特城四處閒聊打聽到的情況，如今的這個格羅塞爾是本地出生本地長大的巨人，與「巨人王庭」沒有任何關係。

所以，現在這個夢顯得相當不正常！

「從戴莉女士和『正義』小姐提過的心理鍊金會理論來看，也許書中世界創造角色的時候，會使用或複製原本人物的潛意識和集體潛意識，然後稍做修改，讓顯意識滿足當前設定的需要，所以，現在的格羅塞爾在夢中會受自身潛意識的影響，重現當初在『巨人王庭』的生活……如果真是這樣，只能說這本書是個殘忍的作家……」

克萊恩想到這裡，忽地心中一動，覺得這是收穫「巨人王庭」相關情報的機會。

他之前本打算直接向格羅塞爾請教這方面的問題，誰知這位巨人守護者為了履行諾言，死在了與「北方之王」尤里斯安的戰鬥裡，靈體在離開書中世界後也飛快消散，根本不給溝通的機會，現在他終於有了另外的辦法，那就是探索格羅塞爾的夢境。

這裡面肯定有一部分會很荒謬很誇大，但剩餘的內容必然是現實的映射，只要仔細研究，不是沒辦法分辨。

「格羅塞爾從來沒有進入過『衰敗森林』，裡面即使有場景，也源於他的想像，沒有探索的必要……」克萊恩緩慢將目光投向了王庭所在的山峰。

它並不高，說明「衰敗森林」位於山上相當靠近王庭的地方，從這裡應該有道路直達那古神的居所。

克萊恩沒浪費時間尋找，直接走向了格羅塞爾，擺出一副我們很熟悉的樣子，不慌不忙開口問道：「我該怎麼回王庭？」

他知道格羅塞爾是個誠實的巨人，夢境裡肯定更加誠實。

格羅塞爾抬手撓了撓後腦勺，有些迷惑地低頭笑道：「不是從『荒蕪隧道』回去嗎？」

他指了指側前方，補充道：「繞過那塊巨石就能看到。」

「謝謝。」克萊恩感嘆行禮道。

目送他的背影遠去，格羅塞爾又撓了撓自己的後腦，迷茫自語道：「他是誰？為什麼我會覺得熟悉……」

繞過山壁上凸出來的一塊巨石，克萊恩眼前霍然開朗，出現了一個至少有三十公尺高的巨大洞穴。

洞穴外面立著個石碑，石碑上雕刻著豎直獨眼、高挺鼻子和厚實嘴唇，就像一個巨人的腦袋被硬生生按進去只顯露出前臉部分一樣。

克萊恩剛有靠近，石碑上的嘴巴就張開了：「為什麼提前返回王庭？」

「受王召喚。」克萊恩面不改色地說著謊，反正這個夢裡所有生靈的智商都基本等於夢的主人，也就是格羅塞爾。

石碑上的嘴唇張合不定，發出嗡隆的聲音道：「請回答我一個問題，否則不能透過。」

這種時候，如果帶上「魔鏡」阿羅德斯，應該會有很好玩的事情發生……

克萊恩腹誹一句，平靜點頭道：「好。」

石碑上的嘴唇閉了三秒後張開：「如果你的妻子，你的女兒，以及你覬覦的女人，讓你評判她們之中誰最美麗，你會怎麼選擇？」

這和「魔鏡」的問題風格完全不一樣啊……

克萊恩嘴巴翕動，思緒電轉，用了近十秒鐘才開口回答道：「我的智慧不足以判定這件事情，我會指定一位更有智慧的人給出答案。」

這種送命題怎麼可能自己回答？他在心裡咬牙切齒地補充道。

「……誰是更有智慧的人？」石碑上那張巨人臉孔呆滯了幾秒道。

克萊恩莊重嚴肅地回答道：「當然是我們的王。」

石碑一下啞住，好一陣子才開口道：「好吧，就算你回答了，你可以過去了。」

克萊恩當即越過這奇怪的石碑，進入了前方的洞穴。

洞穴的地面鋪著風化很久般的大型石板，兩側和上方描繪有一幅幅壁畫，講述著巨人與巨龍，與魔狼，與異種，與惡魔，與不死鳥戰鬥的故事，畫風粗獷，用色黯淡，卻極為傳神。

克萊恩一邊審視壁畫，一邊往前走著，發現了一叢又一叢枯敗的雜草，以及位於石板間隙和壁畫下方的諸多粗糙砂礫。

而那種此地水分流逝，生命哀微的感覺越往深處越是形同實質。

不知走了多久，克萊恩看見了一扇敞開的灰藍色大門，大門兩側各站著個四五公尺高的巨人。

守在這裡的巨人和格羅塞爾他們不同，有穿著堅硬華麗的鐵黑色盔甲，戴著造型別緻的結實頭盔，就像兩尊巨大的雕像。

他們沒有阻攔克萊恩，任由他透過大門，進入了裡面的廳堂。

這個大廳不算寬廣，四周的邊緣都清晰能見，整體大概能容納五六十個巨人。

克萊恩正在觀察環境，腳下突然一振，然後整個大廳就似乎被無形之手拉著，飛快向上攀升。

他略一搖晃就站穩了身體，只見大門處灰黑石壁飛閃而過，不斷往下掠去。

也就十來秒的工夫，匡當響聲傳出，大廳停止了上行。

這個時候，門外已不再是山洞隧道，而是一根根石柱撐起的宏偉大殿，克萊恩快步離開原本的廳堂，饒有興致地打量起四周。

「這就是巨人王庭版的『電梯』？這裡好像是守衛們居住的地方，外面是比人類高的長桌，以及一張張超大型的椅子，兩側則有一個個房間，裡面整齊擺放著一張張大床……」克萊恩的目光掃過大殿內的各種事物，最後停頓在了一副壁畫上。

這壁畫的主角是一位穿銀色全身盔甲的巨人，因為沒有比較，克萊恩無從知道他究竟有多高。這巨人立在懸崖邊緣，手中長劍斜指上方，體表綻放出明顯的光芒，就像初升的太陽一樣照耀著周圍。

不少巨人單膝跪在四周，似祈禱膜拜似等待賜予。

巨人王的長子，「晨曦之神」巴德海爾？克萊恩思索著望向了壁畫主角的臉部，只見那裡被面罩擋著，唯有眼眸處呈現出一團晨曦般的光芒。

和貝克蘭德地下遺蹟內的「戰神」神像一樣，臉龐完全藏在了面具之後……呵，「神祕女王」說過，如今的「戰神」是一位從古老年代裡活下來的巨人，所以，他們教會的總部「黃昏巨殿」才會與「巨人王庭」很像。會不會就是這位巨人王的長子，「晨曦之神」，躲過了王庭的毀滅，在某個階段拿回了屬於祂父親的權柄？克萊恩大膽地猜測著，但卻沒有任何證據或線索。

他根據對應關係，看向了另外一面的牆壁，那裡同樣有一副壁畫，主角卻不再是「晨曦之神」

巴德海爾，而是一位上身皮甲下身長裙的女性巨人。
這位女性巨人側身站立，臉龐線條柔和，豎直獨眼凝望下方，深棕色長髮一直披到了背心。
她右手攤開，托著麥穗、果實等物品，四周是金黃的田地、清澈的湖水、長滿果實的樹木和鮮豔欲滴的蘑菇們。
「巨人王后，『豐收女神』歐彌貝拉？」
克萊恩四下張望，沒找到代表巨人王奧爾米爾的壁畫。
這是偏僻的守衛居所，所以沒有古神的形象？那麼，從這裡出去，應該就在「巨人王庭」內部了……克萊恩謹慎地走向門口，用之前在神戰遺蹟夢境世界裡用過的辦法，虛假地開啟「蠕動的飢餓」，依靠「活屍」的力量，打開了大門。
然而，外面並沒有他想像的凝固於黃昏的宮殿，而是一片灰濛濛的天地，前方似乎變成了斷崖，根本看不見底部。
「根據『正義』小姐之前的經歷，這應該就是夢境的邊界，接下來只能往下，進入格羅塞爾的潛意識裡，最後抵達集體潛意識海洋……『正義』小姐於她所在區域的人類潛意識大海裡發現了一條心靈巨龍，那麼，這由『空想之龍』創作的書中世界裡，潛意識海洋中又存在著什麼？」克萊恩心念一動，前方的灰濛裡就具現出了一座往下的階梯。
這階梯並不垂直，盤旋曲折，深入了灰濛，幽邃，看不到底部，看不清細節的心靈世界裡。
安靜審視了幾秒，克萊恩向前邁步，踏上了那座階梯，小心翼翼地一層一層往下走去。

四周光芒逐漸黯淡，只有灰濛的色彩籠罩這個安靜到極點的世界，克萊恩越是下行，越是有種被關入了無光黑暗無聲房間的感覺，耳畔慢慢能聽見自己血液汩汩流淌的動靜和心臟有力跳躍的聲音。

後者越來越快，一點點沾染上難以遏制的焦慮和恐慌，克萊恩忙收斂精神，觀想層疊的光球，以平穩情緒恢復狀態。

他的側方，代表格羅塞爾潛意識領域的灰白色崖壁冰冷屹立，沉寂得彷彿死去，但周圍的灰濛裡三不五時會閃過一個光點。

克萊恩凝眸望去，從其中一個光點裡看到了撕開人類塞入口中的巨人和表情驚恐的格羅塞爾，那個時候，後者還不到三公尺，明顯還處於幼年期。

光點閃過，浮現出灑落山峰凝固不動的黃昏，時間在這裡都似乎變得遲緩。

克萊恩正要尋覓格羅塞爾潛意識裡更有價值的訊息，耳畔突地響起了野獸喘息般的聲音。

刷地一下，周圍的灰濛裡探出了一隻巨大的手掌，它膚色灰藍，布滿腐爛的痕跡，帶著明顯的黃綠色液體，動作快速地抓向了克萊恩的腳踝。

荷荷荷的聲音裡，下方階梯處，同樣的手掌一隻接一隻往上抓攝，彷彿要將克萊恩的靈體強行拖入心靈世界最幽邃最難以測度的地方。

一時之間，這些腐爛的手掌如林似海，密密麻麻，不斷掙扎著往上伸展並發出能讓人毛髮根根立起的恐怖喘息聲，嚇得克萊恩本能就往上躍起，跳了三層臺階。

可是，這屬於巨人屍體般的無數手掌沒有停息，撐在階梯表面，潮水一樣向上蠕動，淹沒著下方每一寸空間。

克萊恩正要探右掌，取「喪鐘」，以淨化子彈配合「屠殺」解決這群數之不清的「怪物」，腦海內突然閃過了兩個問題：這些「手掌」來自哪裡？為什麼會出現於格羅塞爾的潛意識中？

問題一現，靈感頓生，克萊恩隱約明白了點什麼，當即放棄使用「喪鐘」，平復呼吸，觀想光球。

那一隻隻腐爛的巨大的手掌趁機湧到了他的腳邊，抓向了他的踝部和小腿！

就在這時，它們無聲無息消失了，似乎從來沒有出現過。

「果然，這是我被格羅塞爾潛意識影響產生的幻覺，在這裡，心靈與心靈不僅直接『面對』，而且彼此交融，如果沒有相應的非凡能力，越是深入就越容易出現情緒的崩潰，被對方的潛意識一點點侵蝕，最終『心智體』遭嚴重汙染，整個人成為無法恢復理智的精神疾病患者，而這很可能會導致失控……這與通靈不一樣，不是保持清醒和理智就能避免被汙染，因為已置身於目標『心智體』內部……」克萊恩無聲自語，有所明悟。

他猶豫了幾秒，轉過身體，沿階梯攀登往上，不再深入格羅塞爾的心靈世界，因為他缺乏安撫自己心靈的非凡能力，強撐著下行等於自殺。

「等蒐集到這方面的神奇物品後，再考慮繼續探索的問題。」克萊恩確定了想法，越走越快，最後縱身一躍，回到了格羅塞爾的夢境，回到了「巨人王庭」守衛居住的地方。

他已感覺到疲憊，當即離開夢境，穿牆走出了格羅塞爾的鐵匠鋪，又一次審視起書中世界的奇異。

「目前已遇到格羅塞爾、莫貝特和夏塔絲，而我之前到處找人閒聊時，也聽說了虔誠的教士斯諾曼和『哲學家』龍澤爾，但是並沒有安德森．胡德，沒有艾德雯娜．愛德華茲，沒有達尼茲，更沒有格爾曼．斯帕羅……所以，是死者才會在書中擁有全新的角色，還是曾經長久待在這裡，在日常生活裡完整展現過自己的冒險家，才會被複製下一定的潛意識？」克萊恩散步於夕陽光輝照耀的街道邊緣，思考著這個對他來說相當關鍵的問題。

如果是前面那種猜測，死者會「重生」，變成新的角色，那克萊恩就不需要擔心什麼，可若是後者，他就不得不降低探索書中世界的頻率，並嚴格控制每次停留的時間。

「目前無法判斷，先按照後面那種情況來應對，謹慎總是沒錯……」克萊恩很快有了決定，就要返回灰霧之上。

這時，他又看見了一道熟悉的身影。黑髮藍眼的龍澤爾坐在街邊的長條木椅上，呆呆地望著彷彿被火燒過的天空，如在沉思。

想到這位前魯恩士兵的骨灰盒正在自己手上，準備著送回貝克蘭德的風暴教會墓園，克萊恩無聲嘆了口氣，走了過去，坐至龍澤爾的身邊，閒聊般問道：「你在想什麼？」

「我在想，我是誰，我從哪裡來，又應該回到哪裡……」龍澤爾沒有收回目光，夢囈般說道。

不等克萊恩再問，他搖頭低笑一聲：「我始終覺得我不屬於這裡，不是現在的自己，有個地方在等待我回去。他們嘲笑我總是思考這些沒有用處的問題，所以給我取了個『哲學家』的綽號。」

說著說著，他望著下落的夕陽，又一次陷入沉默，愣愣出神。

克萊恩沒有說話，安靜地坐在那裡，陪著龍澤爾看了一陣落日，然後無聲無息就消失不見了。

龍澤爾沒有察覺身邊的人已經離開，就像一尊大理石雕像，目視遠方，久久未動。

補給完畢後，阿爾傑．威爾遜指揮「幽藍復仇者號」離開了反抗軍私港，沒有在羅思德群島過多停留。

他得在規定時間內返回帕蘇島述職。

此時此刻，船長室裡，他正飽含期待地看著祭臺之上由靈性事物和膨脹燭火構成的虛幻大門。

那是獻祭之門，也是接受賜予的大門！

吱嘎的虛幻之聲中，神秘的大門緩慢敞開，露出了裡面無盡的幽深和黑暗。

光芒從內迸發，旋即收斂，等到一切平復，祭臺上不知什麼時候就多了兩樣物品，而布滿各種奇異符號的大門已然不見。

阿爾傑非常沉得住氣，認真感謝了「愚者」先生，按照流程結束了儀式，才伸手拿起祭臺上的那兩樣物品。

它們一個是摺疊得整整齊齊的紙張，一個是包裹著蔚藍海水的透明「水母」。

阿爾傑先審視了一下後者，發現裡面時而有風颳起漩渦，時而有銀白雷光閃過，時而有悠遠動聽的歌聲往外傳出。

「這嗓音有女性的感覺……看來這份特性的主人是一位女士。」阿爾傑不由得鬆了口氣，因為這意味著不是風暴教會的哪位準高層被人殺害。

風暴教會就沒有女性的准高層和高層！

收起「海洋歌者」的非凡特性，阿爾傑展開紙張，略過主材料那一欄，快速掃了眼輔助材料，最後將目光停在了儀式部分。

對他來說，已經有了非凡特性，主材料是什麼完全不重要，可以稍後再看，而輔助材料都屬於較為容易蒐集的類型，不需要太過在意，只有儀式，才是重中之重。

「在一隻奧布尼斯的肚子內服食魔藥……」阿爾傑無聲讀著儀式的內容，腦海內迅速浮現出對應的資料：

奧布尼斯是一種古老的海怪，可以直接吞掉一艘帆船，它有龐大扭曲的身體、多達三個的腦袋和一條條糾纏在一起的觸手，是海上許多傳說的主角；

這種海怪絕大部分已被風暴教會馴服，有著固定的活動區域，但不知道是否具備接近人類的智慧。

「難怪教會要控制奧布尼斯，而非其他海怪，難怪海盜裡『水手』途徑的非凡者眾多，能達到序列五的卻只有那麼幾個，他們要麼是直接獲得的遺傳，要麼是『五海之王』和『神祕女王』的下屬。那我該去哪裡尋找不屬於教會的奧布尼斯呢？」

阿爾傑眉頭微皺，思考著怎麼繞過風暴教會晉升。

他第一反應是透過「星之上將」嘉德麗雅，找「神祕女王」貝爾納黛，從她那裡探知不屬於風暴教會的奧布尼斯在什麼地方，第二反應則是這會有暴露自身的風險，因為對應的奧布尼斯海怪很可能是「神祕女王」的僕從，它會將見到的一切彙報主人。

「嗯，這作為最後沒有辦法時的選擇。」

阿爾傑思緒電轉，迅速有了另一個想法，那就是向「愚者」先生祈禱！

這位復甦的存在隱密地掌握了「海神」卡維圖瓦原本的權柄，可以驅使海底生物，有可能知道不屬於任何一方勢力的奧布尼斯能在哪裡找到！

「不用著急，如果現在晉升，不受控制的散逸靈性根本無法隱瞞過別人的眼睛，等述完職，從帕蘇島離開，再嘗試祈禱……」阿爾傑平靜下來，記下了「海洋歌者」配方，然後將紙張湊向了蠟燭頂端的火焰。

看著火苗吞噬配方的速度越來越快，阿爾傑的目光越來越幽深。

等到處理完剩餘的痕跡，他的視線落至一張海圖上，鎖定了一個地點：班西！

阿爾傑之前就打算在返回帕蘇島的途中，順路去一次班西，看一看這個港口現在的狀況。

他已經將這個想法告知水手們，大家都沒有異議，因為他們同樣好奇班西港為什麼突然被摧毀，好奇它現在變成了什麼樣子。

「未來號」上，弗蘭克．李挽起襯衫袖子，甩了甩鋼筆，臉帶笑容地寫道：「我親愛的朋友格爾曼．斯帕羅，我要告訴你一個好消息，我利用『薔薇主教』的血肉，成功培育出了一種全新的蘑菇，只要有魚，它就能一直繁殖，讓我們不用再擔心航行太久吃不到蘑菇，而且，它有和牛肉雜交，味道非常棒！」

「它唯一的缺陷是沒辦法自己釣魚捕魚，必須有人提供幫助，不過我想這不是太大的問題，畢竟妮娜說，這樣它就不會汙染海洋，好吧，就當她說的是對的。」

「我給你寄了些曬乾的蘑菇，只要給予水和魚，它們立刻就能變得正常，自我繁殖，希望你能喜歡我的禮物……」

絮絮叨叨了一堆後，弗蘭克折好信紙，裝入信封，順便塞了三朵曬乾的蘑菇，然後塗抹膠水，完成密閉。

做完這一切，他拿出克萊恩給的便簽紙，按照上面的描述，認真準備起召喚信使的儀式。

這對弗蘭克而言，並不複雜，沒用多久，他就布置好祭臺，製造了靈性之牆。

最後，他鄭重地將一枚魯恩金幣放到了蠟燭前方。

點燃蠟燭，低念完咒文，他目不轉睛地盯住火焰，看著它膨脹開來，走出了一位提著四個腦袋的無頭女士。

弗蘭克先是嚇了一跳，旋即狂熱地注視起蕾妮特．緹尼科爾那四個長相明豔，金髮紅眼的腦袋，喃喃低語道：「你是怎麼辦到的？為什麼能完全一致？如果種到土裡，還能不能長出更多？」

蕾妮特・緹尼科爾雙手提著的四個腦袋眼眸各自轉動，望向了不同的地方，最後統一落到了弗蘭克・李臉上。

忽然，房間內裝在各種容器中的泥土全部飛出，堆在了弗蘭克的身前。

弗蘭克隨即浮起，表情愕然地在半空翻了個滾，頭下腳上地就栽進了那堆泥土裡。

他的雙腿在外面不斷地掙扎，但一時半會卻怎麼都拔不出來。

蕾妮特・緹尼科爾的四個腦袋這才有兩個前伸，分別咬住了信封和金幣。

等到她徹底消失不見，弗蘭克・李終於找到了最好的發力點，一下離開泥土，跌坐在地板上。

「好厲害……」弗蘭克先是後怕地感嘆了一句，接著將嘴邊臉上的泥土抹入嘴裡，仔細咀嚼了一陣，低聲自語道，「有點偏酸了……」

此時，船長室內完成獻祭不久的「星之上將」嘉德麗雅似有察覺，蘊藏深紫的眼眸下意識就望向了弗蘭克・李所在房間的位置，隱隱約約看見了一個手工粗糙的虛幻娃娃。

——這個娃娃沒有腦袋！

畫面一閃而過，嘉德麗雅的眼睛瞬間閉上，內裡有一種被火灼燒般的疼痛，兩行眼淚難以遏制地就流了一下來。

她眉頭一點點皺起，不敢肯定地低語道：「古代邪物？」

將隕星水晶、黑狩巨蜥的脊髓液「分發」給「魔術師」和「正義」小姐後，克萊恩回到現實世界，躺到安樂椅上，一邊任由身體輕輕搖晃，一邊思考著接下來要去哪裡。

「有了格爾曼．斯帕羅出沒的消息和『瘋船長』康納斯．維克托之事，海盜們很長一段時間內不會出現在拜亞姆的公共場合，他們要麼已經上船離港，要麼潛伏在藏身處，讓人難以找到。」

「也就是說，我沒有待在這裡的必要，反抗軍的事情可以透過『海神』的回應和達尼茲的傳遞來控制。」

「嗯，等下去『海藻酒吧』，弄個假身分證明，買一張黑船票，去迪西海灣的康納特市……這不僅是那裡最大的港口，還是戴維．雷蒙的家鄉，我之前將這位紅手套從『蠕動的飢餓』裡釋放出來的時候，有答應他，去這座美麗的海濱城市看一看，告訴他的女兒仇恨已經結束，嗯，順便想辦法將『夢魘』的非凡特性歸還給教會。」

「呵呵，人真是虛偽啊，一邊打算將『夢魘』的特性還回去，一邊在計畫從聖賽繆爾教堂的查尼斯門後盜取封印物……」

搖了搖頭，克萊恩閉上眼睛，用睡眠的方式恢復靈性。

不知過了多久，他突有預感，自然睜開眼睛，快速開啟了靈視。

然後，他就看見蕾妮特．緹尼科爾從虛空裡走了出來。

這位信使小姐穿著與以往類似的繁複黑裙，其中一個腦袋有咬著一封信。

誰寄的？達尼茲，冰山中將，弗蘭克，還是安德森？

克萊恩接過那封信，點頭致意道：「謝謝。」

他對自家實力強大來歷神祕的信使小姐非常客氣，並不想有一天自己掐死自己。

「你……」「要……」「立刻……」「回信嗎……」蕾妮特．緹尼科爾提著的四個腦袋依次輕啟嘴唇，吐出單字。

克萊恩撕開封口，取出信紙，展開瀏覽了一遍，被裡面的內容驚到，差點忘記回答信使小姐，而蕾妮特．緹尼科爾並沒有急躁，安靜地等待在旁邊。

總有一天弗蘭克．李會毀滅世界，絕對要控制住他，不能給他晉升的機會！這傢伙真是的，究竟有多愛雜交多愛創造奇奇怪怪的種植物？

呃……白銀城一直缺少食物……克萊恩念頭電閃，有了個大膽的想法。

那就是讓弗蘭克將研究方向轉往適合白銀城的各種食物上！

這樣一來，牛、魚、蘑菇、蕾薇主教、海洋和世界就安全了！

克萊恩忙抬起頭，對信使小姐道：「是的，立刻回信。」

他當即從安樂椅上起身，走到桌旁，翻出鋼筆和紙張，飛快書寫道：「……我有一個問題，如果將你創造的這種蘑菇吃到肚子裡後，再食用烹飪好的魚類，喝下一杯水，它能否繼續繁殖？」

做完提醒，克萊恩導入了正題：「……你是否能創造一種不需要陽光就能生長的小麥，或者透過食用怪物產出奶和肉的牛？這似乎很有意思！」

順著這個話題，克萊恩多寫了幾段，最後折好信紙，交給蕾妮特．緹尼科爾，非常自然地道：「郵費由弗蘭克支付。」

「希望……」「他……」「還沒……」「死……」信使小姐的四個腦袋依次說完，才派了個代表咬住信紙。

希望他還沒死？克萊恩嚇了一跳，正要詢問清楚，蕾妮特．緹尼科爾已進入靈界，消失無蹤。

考慮了兩秒，克萊恩寫下占卜語句，用黃水晶吊墜確定弗蘭克．李還活著。

他無聲鬆了口氣，收拾好乾蘑菇，揉了揉額角，躺回了安樂椅上。

晚餐之後，「海藻酒吧」，克萊恩頂著一張普普通通的臉孔，又一次來到了這裡。

與之前不同，酒吧內的顧客以膚色較黑頭髮微卷的混血兒和本地土著為主，他們或屬於拜亞姆某個黑幫，或祕密為反抗軍效勞，或兩者皆備，並沒有太多普通人，而以往常見的來自不同國家的海盜全部消失，只有少量冒險家打扮的傢伙喝著烈酒，討論著海上各種傳聞。

克萊恩掃了一眼，找到了達尼茲提過的德尼爾，這位乾瘦的本地人能提供假的身分證明和黑船票。

他並不顧忌什麼，靠攏過去道：「一張明天去康納特的二等艙票，一份身分證明。」

德尼爾抬頭看了他一眼，想了想道：「一共二十鎊。」

去康納特，單獨的二等艙票也就八九鎊的樣子……不過，黑船票本身就要貴不少，再加上會提供偽造的身分證明，二十鎊也不算太離譜……克萊恩默算了一下道：「什麼時候能拿？」

「三刻鐘後給你。」德尼爾非常熟練地回答，「你可以先付五鎊，拿到船票和身分證明後付剩下的。」

「好。」克萊恩不再囉嗦，拿出皮夾，抽了五張一鎊的現金。

他並不擔心會被誰盯上錢包，這也許意味著他能省掉二十鎊的開支，說不定還有剩餘。

德尼爾剛辨認完鈔票真偽，正要交代手下去辦事，忽然發現酒吧一下變得極端安靜。

克萊恩也有察覺，下意識就望向了門口。

那裡有兩個人，一位穿燕尾正裝，披黑色風衣，棕髮整齊後梳，眼睛不大，卻明亮有神，嘴邊留了一圈淺淺的鬍鬚，既給人紳士感，又帶著點散漫的味道，另一位套著如今在公共場合已相當少見的帶帽兜長袍，臉龐縮在陰影裡，讓人看不清長相。

那散漫的紳士掃了一圈，對眾人的反應似乎非常滿意，一邊在指縫裡翻轉著銀色的錢幣，一邊走向了德尼爾，套帽兜長袍的人跟在他的身後，三不五時從衣服口袋裡拿出點東西，塞入嘴裡，咬得喀嚓作響。

銀幣翻動停止，散漫的紳士來到了德尼爾的身前，呵呵笑道：「給我準備十張明天去普利茲港的船票，它們要分別屬於三艘不同的船。」

「是，奧德爾先生。」德尼爾惶恐站起，回應對方。

克萊恩一時沒想起這位在指間翻動銀幣的散漫紳士是誰，因為對方似乎沒有賞金，等到聽見奧德爾這個名字，他才隱約覺得耳熟。

就在他回想之際，他看見那位戴帽兜的人從口袋裡拿出了一枚咖啡色的糖果，丟進口中，咬得聲音外傳。

得到肯定的答覆後，奧德爾兩人沒做停留，在安靜的氣氛裡，走向了樓梯口，前往酒吧二樓。

德尼爾吐了口氣，側頭看見克萊恩疑惑思索的神情，隨口說道：「奧德爾，為『黎明號』主人服務的冒險家奧德爾。」

我想起來了，「銀幣毒蛇」奧德爾！他一直宣稱自己在為「神祕女王」效力，但沒人能夠證實，回頭可以問問「隱者」女士……我上次聽說他，是在達米爾港，他好像和「血之上將」的情報官老奎因混在了一起……不過，後者已經被「倒吊人」先生幹掉。

克萊恩一下記起了不少事情，斟酌著問道：「另外一位呢？」

「誰知道呢？」德尼爾轉頭吩咐起手下，讓他們去準備身分證明文件和相應的船票。

第十章

不平靜的夜晚

因為「銀幣毒蛇」奧德爾不是海盜，關於他的各種流言真真假假，很難說得清楚，克萊恩收回望向樓梯口的目光，走向吧檯，找了個位置坐下，輕敲桌面道：「一杯扎爾哈。」

這是本地產的麥芽啤酒，比需要從北大陸運過來的南威爾啤酒便宜不少。

「三便士。」酒保也從安靜的狀態裡恢復，拿起了一個倒扣著的杯子。

酒吧內眾人也開始竊竊私語，在一盞盞煤氣壁燈的照耀下，議論著「銀幣毒蛇」奧德爾買十張船票的原因。

「他肯定是在被人追蹤，三艘船十張票，就是讓追蹤者摸不清楚他們究竟會上哪一艘！」一位撩起袖子臂有紋身的黑幫成員根據自己兩次潛逃的經歷發表著意見。

喝著烈朗齊的一個冒險家嗤笑道：「你並不了解奧德爾，他的計畫如果真這麼簡單，那他就不會有『銀幣毒蛇』這個綽號了。我敢打賭，他們不會上那十張票代表的任何一艘客輪！唯一能確認是，他們要去普利茲港。」

另一個冒險家聞言搖頭道：「也許去普利茲港這個訊息也是假的。」

先前的黑幫成員聽得一愣一愣，不服輸地說道：「按照你們的描述，奧德爾很可能已經想到了你們想到的這些，所以，他就是想去普利茲港，就是要上那三艘船之一！」

兩名冒險家張口欲要反駁，可仔細想了想，竟覺得真有不小的可能，一時說不出話來。

這讓那位黑幫成員非常高興，一口喝掉了剩餘的烈酒。

克萊恩則端著杯扎爾哈，邊無聊旁聽邊小口喝酒，等待著自己需要的假身分證明和船票回來。

「還要三刻鐘，希望不要有什麼意外，不要讓酒吧一片混亂……」他默默祈禱，在心裡畫了個緋紅之月。

淺黃色的啤酒以緩慢的速度降低著，克萊恩時而望向牆上的壁鐘，時而看一眼門口，希望時間過得快一點。

半個多小時過去，酒吧大門突然哐當一聲被打開，外面的夜風灌了進來。

不會吧……克萊恩嘴角微抽，忍住苦笑的衝動，側身轉頭望向了聲音發出的地方。

門口出現了五個人，為首者黑髮棕瞳，臉孔深刻，線條剛硬，很有魯恩特色，年紀大概在四十出頭的樣子。

他表情冷峻，威嚴自生，讓酒吧眾人不自覺又安靜了一下來。

而他身後三男一女都披著風衣，毫不掩飾地拿著左輪，似乎只要有一點異常，就會瞬間瞄準射擊。

不認識啊，不在任何通緝令上，沒有任何賞金……克萊恩咕噥了一句，保持著觀眾的姿態。

那五位闖入者忽然散開，分別來到不同的酒客前，略微彎腰，看著他們，相繼問道：「『銀幣毒蛇』奧德爾在哪裡？」

酒客們正猶豫要不要回答，就看見黑幽幽的槍口對準了自己，白象牙或黑檀木做成的握柄在燈光下展現異樣的美感。

「他、他們去二樓了！」被問到的酒客幾乎同時指向了樓梯口。

真的有人在追蹤奧德爾啊，這是想對付「神祕女王」，還是「銀幣毒蛇」自己做了什麼事情？或者，因他旁邊那個戴帽兜吃糖果的神祕人而起？克萊恩又喝了口啤酒，看著闖入者裡分出四個前往二樓，剩餘一位則留在原地，繼續詢問。

很快，後者就掌握了奧德爾找德尼爾買票的情況，當即走到乾瘦偏黑的黑市商人旁，沉聲問：

「老實告訴我，奧德爾買了去哪裡的票？」

德尼爾沒有仗著自己人脈廣逞強，擠出笑容道：「他沒明確說，要求是十張，分別屬於三艘不同的船，時間是明天，目的地是普利茲港。」

「真的？」詢問者是個二十多歲風格激進的男子。

德尼爾小聲回應道：「你可以問這裡每一個人，他們都聽到了。」

「狗屎！」那男子惱怒地推了一把德尼爾，然後轉身走向了別的酒客。

德尼爾站立不穩，踉蹌後退，眼見就要倒下，後腦撞在一張小圓桌邊緣，卻感覺肩膀位置多了股力量，身體頓時就恢復了平衡。

他下意識側頭望去，看見是剛才辦假身分證明買黑船票的那位客人。

「謝謝，這群該死的軍方鬣狗！」德尼爾先道了聲謝，旋即小聲咬牙道。

扶住他的正是克萊恩，他並不希望「票販子」出什麼意外，畢竟他已經提前支付了五鎊現金。

當然，順手救助無辜被波及的人也是他的習慣。

軍方鬣狗？在拜亞姆，這種形容往往代表目標是軍情九處的人……「銀幣毒蛇」奧德爾這是做了什麼？克萊恩無聲白語，排除了有人針對「神祕女王」的可能。

因為對魯恩軍方來說，這沒有任何意義。

他思緒轉動間，前往二樓的軍情九處成員們急匆匆下樓，一邊直奔門口，一邊對同伴道：「早就跳窗跑了！」

這群人來得匆忙，去得也匆忙，酒吧內很快就恢復了喧鬧，只有還在輕微搖晃的大門說明者剛才的不平靜。

克萊恩終於等到了假的身分證明和黑船票，不用再擔心被意外打斷。

支付了剩餘的十五鎊現金後，他離開海藻酒吧，返回了租住的普通旅館。

「約翰·約爾德……這名字也太省事了吧？回貝克蘭德前，還得弄一份更真實的身分證明。」

克萊恩翻看了一下一系列的身分證明文件，將它們丟進了行李箱內。

他泡了個澡，放鬆下來，準備著明天離開拜亞姆，開啟這次「旅行」的最後一段海上航行。

就在這時，他聽見了咚咚咚的敲門聲。

誰啊？克萊恩忙脫掉浴袍，穿上衣服和褲子，走到了門邊。

外面是幾位穿黑色制服的警察，一個看起來是魯恩人，剩餘不是混血兒，就是純正的土著。

「有什麼事情嗎？」克萊恩疑惑問道。

「請出示你的身分證明。」一位混血兒客氣地說道，因為對面的先生似乎也是魯恩人。

幸虧我剛辦了一份，要不然今晚得去警察局過了，或者當場跑路，變個樣子，重新來過。

克萊恩邊嘀咕邊返回房間，取出了身分證明。

為首的魯恩人警官隨意翻了翻道：「約爾德先生，你是一個人住在這裡？」

「是的，旅館的所有人都可以證明。」克萊恩坦然回答道。

那位魯恩人警官露出些許笑容道：「你有沒有見過這個人？」

他邊說邊讓旁邊的警員打開了一張肖像畫，上面是位身體異常瘦削，頭髮全白而雜亂的老者，除了這些，沒有太明顯的特徵。

「沒有。」克萊恩搖了搖頭。

「他很喜歡吃糖果。」魯恩人警官補充道。

「糖果……」克萊恩忽然想起了「銀幣毒蛇」奧德爾身邊那個戴帽兜的神祕人，他一直在間隔很短地吃咖啡色糖果。

斟酌了一下，克萊恩沒有隱瞞地說道：「也許見過，我之前在海藻酒吧的時候，見過一個愛吃糖果的人跟在『銀幣毒蛇』奧德爾身旁。」

那位魯恩人警官沒有掩飾失望的表情，簡單道了一聲謝，結束了詢問。

等到他們敲響別的房間，克萊恩才合攏木門，回到安樂椅旁。

「奧德爾的事情不僅引出了軍情九處的人，還讓總督府安排人手，展開全城大清查，不簡單啊……」他低語兩句，決定去灰霧之上，瀏覽「海神權杖」周圍的祈禱光點，從拜亞姆眾多信徒的禱告裡尋找更多的訊息，免得自己因為錯誤的應對，莫名其妙就被捲入大的漩渦。

進入盥洗室，來到灰霧之上，克萊恩招手讓環繞數不清光點的白骨權杖從雜物堆裡飛了出來。

一個個光點瀏覽過去，他只能確認剛才的盤問不是小範圍的事情，目標正是奧德爾和那個神祕人，但無法知道更多。

想了想，他將視線投向了一個被神性特別標記過的光點。

那屬於一位叫布拉亞的混血警察，他自稱為了「海神」，忍辱負重改信「風暴之主」，只為在警察局裡爬得更高。

他現在已經是警司！

然後，克萊恩將「海神」的意志投進了對應的光點裡。

正在警察局安排下屬做事的布拉亞忽然就出了一身的冷汗，忙找了個藉口，進入盥洗室，低聲禱告道：「大海與靈界的眷者，偉大的卡維圖瓦，您的信徒向您彙報。

「今晚尋找的重點人物是一個很瘦的老者，他頭髮已全部變白，但還算茂密，只是非常雜亂，他很怕冷，在拜亞姆也會穿很厚的衣物，他喜愛吃糖，就像自身是蒸汽機，糖果是優質煤炭一樣，上面的意思是，找到他但不傷害他。」

克萊恩不再理睬布拉亞，將思緒拉回，手指輕敲長桌邊緣道：「比起畫像，這樣的描述給了我點熟悉感。似乎曾經在哪裡聽說過……」

對「占卜家」來說，有熟悉感就意味著有線索，於是克萊恩書寫占卜語句，開始詢問自己的靈性。

他邊默念語句，邊靠住椅背，以冥想為踏板，進入了沉眠。

灰暗的夢境世界裡，克萊恩發現自己回到了貝克蘭德，回到了之前租住的明斯克街十五號。

他的面前是眼睛鮮紅的伊恩，這位大男孩抬起腦袋道：「圖蘭尼．馮．赫爾莫修因，羅塞爾大帝之後最偉大的科學家，數學家，機械學家，第二代差分機之父。」

霍然之間，克萊恩醒了過來，明白了軍情九處找的是誰！

他們找的是僅一份第三代差分機手稿就讓魯恩軍方、因蒂斯間諜組織激烈爭奪，死人不少的大科學家！

他們找的是神祕失蹤多年的科學怪人！

難怪「血之上將」情報官老奎因會有先進程度超過貝克蘭德的改良型無線電臺！克萊恩一下恍然。

恍然之後，克萊恩揉了揉額角，慢慢平復下情緒，發現這件事情和自己沒有太大的關係。

他毫無動力摻合，不管魯恩軍方有沒有找到圖蘭尼．馮．赫爾莫修因，他都無所謂，因為他對魯恩王國缺乏足夠的歸屬感，以往做的那些事情只是單純地希望社會穩定，民眾不受意外的損害，如果可以，他願意推動變革，讓下層貧民至少活得像個人。

「沒想到來了這個世界，我更像國際主義者了……」他自嘲一笑，就要返回現實世界，準備熄燈睡覺，任由外面波浪起伏，風暴肆掠。

這時，他的眼角餘光掃到了雜物堆裡最大的物品——無線電收報機。

「說起來，控制圖蘭尼・馮・赫爾莫修因的究竟是哪方勢力？如果是『神祕女王』貝爾納黛那邊的人，倒沒什麼，她是一個謹守『為所欲為，但勿傷害』格言的人，不會做過分的事情。」

「若是以『血之上將』為代表的玫瑰學派，那就不太好了。」

「除去內部被打壓的節制派，信奉『被縛之神』或者說『欲望母樹』的他們邪惡程度不比極光會低，讓他們掌握最先進的技術，恐怕會帶來災難……」克萊恩停住了用靈性包裹自身的動作，手指輕敲起斑駁長桌的邊緣。

他很快有了想法，那就是把無線電收報機弄回現實世界，調到相應的頻段，看能否收到「血之上將」一伙的電報，然後用手裡掌握的密碼本進行解讀。

「今晚全城大清查，事情正處於相當微妙相當重要的節點，如果控制赫爾莫修因的是他們，必要的電報交換很可能出現。在總督府、魯恩軍方和風暴教會都還沒有重視甚至沒有接受這項技術的情況下，這是非常安全的辦法，所以，『血之上將』一伙在老奎因死亡後，有不小的機率未變化頻段和密碼……總之試一試。」

推敲完畢，克萊恩沒有耽擱，回到現實世界，忙碌著準備起接受賜予的儀式。將無線電收報機弄到房間後，他沒直接使用，而是拿出儀式銀匕，製造了封住房間的靈性之牆。

他這是在散味，散去灰霧的「味道」！

對他來說，確定控制赫爾莫修因的是哪方勢力其實不用這麼麻煩，直接借助灰霧的氣息，連通「魔鏡」阿羅德斯，就能得到有效的答案，但問題在於，這距離上次問答太近，頻繁出現的味道有一定可能被「真實造物主」「原初魔女」等邪神注意到，非常不安全。

所以，克萊恩謹慎為重，打算依靠自己。

過了七八分鐘，感覺「味道」散得差不多後，他解除靈性之牆，操作無線電收報機，開始監聽。不知道過了多久，相應的頻率突有電波出現！

克萊恩按捺住內心的喜悅，認真做著記錄，然後翻開之前用占卜方法重現的密碼本，進行相應的解讀。

很快，他在便簽紙上寫下了一行單字：「黑胡椒大道三十二號，明早七點。」

果然，控制赫爾莫修因的是「血之上將」那伙人，背後說不定有玫瑰學派的強者參與……克萊恩立刻做出了判斷。

這不是根據電報內容來確定的，而是從這封電報存在本身進行的簡單推理。

——如果與「血之上將」他們無關，這樣一個夜晚，他們沒那麼巧收或發涉及拜亞姆街道的電報！

「這封電報的意思是，明早七點之前去黑胡椒大道三十二號會合？或者，赫爾莫修因和『銀幣毒蛇』奧德爾現在就藏於那裡，正向『血之上將』通報位置，給出相應的時間？」克萊恩想了想，立刻返回灰霧之上，結合得到的情報，寫下了占卜語句：「圖蘭尼．馮．赫爾莫修因現在的位置。」

拿著紙張，靠住椅背，克萊恩邊用囈語的方式反覆念著內容，邊借助冥想進入夢境。

灰濛的天地裡，他看見了一個有無數煤氣壁燈的地下大廳。

大廳內，有一個龐大複雜的機器，它由一根根銅柱，一個個操縱桿，一個個連接臂和數不清的緊密齒輪構成，占據了三分之二的空間。

一個身材瘦削，頭髮全白而雜亂的老者裹著厚厚的大衣，來回走動於機器的前方，三不五時往嘴裡丟一個糖果，咬得喀嚓作響。

「不，它不應該再叫差分機，它是一個能根據設定的流程，自己分析問題計算答案的可愛傢伙，對，它的名字必須叫『分析機』！」老者不斷自語，而克萊恩的視角隨之往上拉伸，出了地下大廳，來到上方建築。

這是棟有花園和草坪的三層小樓式別墅，外面掛著一個門牌號，上面寫道：「黑胡椒大道三十二號！」

果然在那裡……克萊恩睜開眼睛，緩慢吐了口氣。

然後，他開始為難接下來怎麼處理的問題。

「這麼一個大科學家對我來說，沒什麼用處，反而是麻煩的根源，不可能　直將他丟在灰霧之上，所以，完全沒必要親自出手，將他帶走……嗯，把情報交給魯恩軍方或風暴教會？」

「這能有效避免玫瑰學派獲得好處，可是，軍方裡面有一個派系應該和貝克蘭德大霧霾事件的幕後真凶存在聯繫，赫爾莫修因落到他們手上不是好事。風暴教會又是有名的衝動，一個突擊說不定就讓大科學家去見他信仰的神靈了。」克萊恩仔細斟酌後，逐漸有了個大膽的想法。

那就是將事情擺到明面，讓圖蘭尼．馮．赫爾莫修因的存在和歸屬對魯恩軍方，對各大教會不是祕密，這就能有效保證大科學家的能力作用於魯恩王國本身而非哪一方勢力！

制衡是關鍵……克萊恩微笑低語了一句，將手一招，攝來了「海神權杖」。

對以前的他來說，要將事情公開，擺到明面，只能小心翼翼地全城發「傳單」，而現在，他有更簡單更有效的辦法！

挑選了一位正在祈禱的信徒，克萊恩將視野拉遠，把附近五公里範圍的場景納入了畫面。

然後，他借助「海神權杖」，把握住了周圍的風！

稍有平息，克萊恩將意念沉入畫面，改變嗓音，低啞開口道：「赫爾莫修因在黑胡椒大道三十二號！」

「——嗚！」

拜亞姆城內，風聲一下激烈，向著四面八方刮起，並伴隨著一個沉啞但宏大的聲音：「赫爾莫修因在黑胡椒大道三十二號、赫爾莫修因在黑胡椒大道三十二號！」

這聲音很快就傳遍了拜亞姆，就像來了次全城廣播。

「銀幣毒蛇」奧德爾正披著斗篷，假裝赫爾莫修因，在房屋擁擠人員混雜的貧民區域內隱藏，三不五時現身一下，引導軍情九處和總督府下屬警察局的人員。

突然，狂風捲過，將一個聲音灌入了他的耳朵：「赫爾莫修因在黑胡椒大道三十二號！」

……什麼？那聲音迴盪之中，奧德爾又呆滯又震驚，腳下一個不留神，從房頂摔了下去，差點重傷。

海浪教堂的後方和總督府附近的一棟小樓裡，亞恩．考特曼和羅伯特．戴維斯有先有後地聽到了風中的聲音。

他們第一反應是望向天空，然後將目光投向了黑胡椒大道所在的城區。

做了廣播後，克萊恩心情不錯地將「海神權杖」丟入雜物堆，回到了現實世界。

他沒急於將無線電收報機弄去灰霧之上，而是任由它擺在那裡，繼續監聽電波。

「這樣一來，『玫瑰學派』就算有強者潛伏在拜亞姆，也不敢出現了，呵呵，而且不管是誰得手，最終都會礙於輿論，『上交』給國家！」

「可惜，我不像大帝那樣愛寫日記，否則可以這麼來一句：今天又做了件好事！」克萊恩無聲感嘆了幾句，脫掉外套，上床睡覺，沒管外面接下來會發生什麼，反正和他無關。

不知睡了多久，他突然醒來，翻身坐起，然後門口就響起了咚咚咚的聲音。

會是誰？半夜敲門……我現在是約翰．約爾德啊……

克萊恩戴好「蠕動的飢餓」，從枕頭底下取出「喪鐘」左輪，來到了門口。

他腦海內迅速浮現出了來訪者的樣子，那是一位頭髮灰白但雜亂的瘦削老者，他穿著塞棉花的外套，披著呢製大衣，正往嘴裡丟一顆咖啡色的糖果。

圖蘭尼．馮．赫爾莫修因！

我靠！他為什麼會來找我？我只是一個普普通通的約翰．約爾德啊！還有，他是怎麼逃過半神追蹤的？

克萊恩第一反應就是要告訴對方，你敲錯了門，旋即忍了一下來，開口問道：「你找誰？」

赫爾莫修因虛弱笑道：「我在海藻酒吧內就注意到了你，只不過當時沒機會找你。」

「呵呵，我的生命已經走到了終點，所以，最近想起了很多事情。請允許我做一下自我介紹，你可以稱呼我，『橘光』希拉里昂。」

「橘光」希拉里昂？克萊恩先是一愣，旋即疑惑問道：「你有什麼事情？」

赫爾莫修因呵呵笑道：「我是來提醒你一句，小心『欲望母樹』！」

他頓了頓道：「好了，我該離開了，也即將死去，回歸靈界。你在這裡有什麼仇人？」

「為什麼這麼問？」克萊恩迷茫問道。

赫爾莫修因咳了一聲道：「我可以去他門口，安靜地死去，這樣你就報仇成功了。」

聽到赫爾莫修因的回答，克萊恩嘴角難以遏制地抽搐了一下，險些呆愣在原地。

我的仇人都不在拜亞姆啊……你如果去「海王」門口死掉，也不會有太大的作用……

他緩慢吸了口氣，不繼續剛才的話題，轉而問道：「赫爾莫修因，不，希拉里昂先生，你究竟為什麼會注意到我？」

而且還特意在臨死前過來提醒我！

這也是他對「魔鏡」阿羅德斯和信使小姐蕾妮特．緹尼科爾的疑惑，只是一直沒有好的機會詢問。

赫爾莫修因隔著門板，沉默了兩秒，然後語帶笑意地說道：「你身上的某些特質在少數特殊的，高位的靈界生物眼中，不是祕密，只要近距離接觸過，都能發現，畢竟象徵靈界之上偉大主宰的灰霧就在我們頭頂，某幾位權柄獨特的神靈或代表命運的非凡者也能不同程度地發現這點，當然，前提是，近距離接觸過。」

灰霧……雖然「橘光」的說法和阿羅德斯的恭維幾乎一致，但卻點明了灰霧，這還是我第一次遇到有人當著我的面直接指出這一點！所以，那片神祕空間是靈界之上偉大主宰遺留的神國？這又是什麼途徑的序列〇？能發現我有灰霧加持的神靈就包含「欲望母樹」，所以，祂才會針對我？克萊恩的思緒如同煮沸的開水，咕嚕咕嚕冒著疑問。

他正要開口，赫爾莫修因已繼續往下說道：「在『黃光』的預言裡，靈界之上的偉大主宰是末日的變數之一，不過我不能肯定你就等於祂，有太多太多的可能讓你擁有那種特質，比如，祂的眷者，祂的孩子，祂挑選的神使，但這不妨礙我表達一下友善。」

「咳，你知道貝克蘭德證券交易所吧？你就像一個剛上市的鐵路公司，似乎有著不錯的前景，一部分人自然會看好你，購買一定的股票，而不少人會非常貪婪，希望用另外的手段，占據這個公司或取得控股權，前者是我，後者是『欲望母樹』，是更多的強大靈界生物。」

這樣啊，如果不是我前面還存在一個與灰霧有關的穿越者羅塞爾大帝，如果不是我曾經在那片神祕空間裡占卜過自己的來歷，得到了清晰的地球畫面，回想起了更多的記憶，我都會懷疑我是不是那靈界之上偉大主宰的轉世。

從整體經歷來看，我和羅塞爾大帝更貼近被挑選的神使。靈界之上的偉大主宰等於福生無量天尊？克萊恩不可避免地產生了各式各樣的猜測，腦海內亂得就像被貓玩過的毛線球。

他平復了一下心情道：「有什麼辦法掩蓋那種特質嗎？」

「成為半神。」赫爾莫修因剛回答完畢，忽然咳嗽了兩聲道，「你介意我死在你門口嗎？」

「……介意。」克萊恩並不想被「海王」亞恩．考特曼和海軍上將羅伯特．戴維斯等半神注意到。

赫爾莫修因喀嚓咬了口糖果道：「那我得立刻離開了，否則就來不及了。等你成為半神，有能力探索靈界深處，我們還有見面的機會。」

克萊恩沉默了一秒道：「謝謝你的提醒，希拉里昂先生。」

赫爾莫修因沒再回應，腳步較重地走向了樓梯口。

聽著那一階階下樓的聲音，克萊恩收回注意力，突然對羅塞爾大帝能發現灰霧的存在卻無法進入有了一定的猜測：「他復原那塊導致他穿越的銀牌是在成為非凡者之後很久，而我再次嘗試轉運儀式的時候是普通人……還有，羅塞爾大帝選的是『通識者』途徑，而我是『占卜家』，灰霧之上神祕空間的力量則明顯對占卜有極大幫助。」

「所以，自主進入灰霧之上的前提條件是普通人或『占卜家』途徑的非凡者，並掌握了相應的咒文、儀式和符號？大帝實驗得太遲，又選錯了途徑，自然沒辦法進入。」

「根據『占卜家』、『學徒』和『偷盜者』屬於相近途徑這點來看，後兩者似乎也可以，這會不會就是大帝在日記裡感嘆當初應該選它們三者之一的更深層次原因，這三條途徑除了沒有序列〇，不會存在來自頂端的影響，還包含進入灰霧的關鍵？」

思緒翻滾間，克萊恩將這目前沒辦法獲得證實的事情暫時壓下，考慮起「橘光」希拉里昂的提醒：小心「欲望母樹」！

因為艾彌留斯上將那件事情，克萊恩對「欲望母樹」那是相當警惕，不得不變化身分，藉助扮演的機會躲了兩個月，後續更是不太願意招惹「血之上將」等玫瑰學派的人，害怕落入陷阱。

對於潛在的，極大的危險，正常人類的第一想法肯定是去解決它，克萊恩同樣如此，但問題在於，他沒有辦法。

「欲望母樹」疑似序列〇的真神，身處星界，克萊恩就算跳起來，也打不到祂，打不過祂，而祂控制的勢力玫瑰學派是歷史不短的組織，很可能有天使坐鎮，有「〇」級封印物存在，否則他們很難在所有教招待所有隱密組織的敵視裡存活到今天，所以，克萊恩就算請阿茲克先生等友善的大人物幫忙，也沒辦法讓玫瑰學派連根拔起，說不定還會遭遇危險。

基於這些原因，克萊恩只好能躲就躲，希望能順利晉升到序列四，成為半神。

「我一直在小心『欲望母樹』啊，『橘光』希拉里恩先生不知道我曾經在奧拉維島遭遇過這位邪神的陷阱？或者說，他特意過來，提醒這麼一句的意思是，對方最近就會有大的行動？嗯……他之前被『血之上將』控制，而『血之上將』是玫瑰學派的人，很可能知道了點什麼！」

克萊恩一下驚覺，不盲信「無面人」的變化一定能瞞過「欲望母樹」的注視！

按照「橘光」希拉里昂的說法，祂能在近距離接觸的情況之下，發現我身上的某種特質，這是「無面人」非凡能力難以掩蓋的！祂這麼久沒有行動，是不是就在嘗試將這種感應借助某種儀式或器物，賜予信徒，而最近快成功了？

克萊恩眉頭緩慢皺起，越想越覺得有一定的可能。這讓他越來越想返回貝克蘭德，在那座大都市裡，哪怕天使也得好好做人，就像某條「命運之蛇」那樣，「欲望母樹」的信徒們，玫瑰學派的強者們，不可能再肆意行動，只能耐心地尋找機會！

呼……克萊恩吐了口氣，前往灰霧之上，占卜自己最近是否有生命危險。

這一次，他得到的答案是否定，是沒有生命危險。但克萊恩並沒有因此放鬆，他記得「欲望母樹」對占卜的干擾是能一定程度上穿透灰霧屏障的！

而很久之前，他的靈性也阻止過他在灰霧之上占卜「狼人」非凡特性，因為這很可能涉及「被縛之神」，而「被縛之神」疑似「欲望母樹」的化身。

要麼真的沒事，是我想多了，要麼危險已經很近了，所以「欲望母樹」才出手進行了干擾……

小心為上，先做準備，即使最後證明是虛驚一場，也好過被玫瑰學派抓住，被「欲望母樹」拿去不知道做什麼事情！克萊恩當即返回現實世界，拿出紙筆，飛快寫信，抬頭就是「尊敬的阿茲克先生」。

考慮到冥界就在靈界內，某種意義上來說，「死神」途徑的半神都算得上高位靈界生物，阿茲克先生恢復記憶後，很可能看得出自己具備那種特質，克萊恩沒做太多隱瞞，直接寫下了自己與化身大科學家赫爾莫修因的「橘光」希拉里昂相遇並交談的整個過程，只是沒寫灰霧，沒寫靈界之上偉大存在的那部分。

最後，他提了一句：「希拉里昂先生的提醒，是否意味著我最近會遭遇來自玫瑰學派的致命危險？」

折好紙張，吹銅哨招來信使取件後，克萊恩覺得這還不夠保險，連忙又拿出冒險家口琴，吹了一下。

無聲無息之間，蕾妮特·緹尼科爾出現在了他的身前，金髮紅眼的四個腦袋各自轉了一圈道：「沒有……」「信……」

「這次是有事情和妳商量。」克萊恩堆起笑容，將得自安德森的那枚金幣遞了過去，「這是召喚費用。」

蕾妮特·緹尼科爾提著的一個腦袋一口咬住了金幣，之前沒能說話的兩個則開口問道：「什麼……」「事情……」

「我最近也許會有一定的危險，我希望能召喚妳幫忙，可以嗎？」克萊恩努力讓自己的目光顯得誠懇。

蕾妮特·緹尼科爾四個腦袋的八個眼珠同時轉動了一下道：「可以……」「支付……」「金幣……」「一萬枚……」

……一萬枚，相當於一萬鎊！

克萊恩張了張嘴巴，艱難笑道：「我現在沒有這麼多錢。」

蕾妮特．緹尼科爾四個腦袋依次開口道：「你……」「可以……」「分期……」「付款……」

「分期付款……」克萊恩一時沒想到信使小姐竟這麼時髦，愣了兩秒才道，「好的。」

蕾妮特．緹尼科爾沒再說話，四個腦袋同時點頭，消失在了克萊恩的眼前，回歸了靈界。

看著信使小姐消失，克萊恩想了想短時間內還能聯絡上哪位半神，結果發現已經沒有，只好將注意力轉回了接下來該怎麼做的問題上：「剛才的全城『廣播』肯定會讓『海王』亞恩．考特曼在尋找赫爾莫修因的同時，竭力搜尋『海神』及其信徒的蹤跡，半夜出門容易被注意到，所以，只能繼續留在這裡，等待天亮。」

「明天的那班船不能乘坐了，如果途中遇到襲擊，很可能連累一船的人，而且這本身也不夠隱蔽。嗯……召喚海底生物，乘鯨船離開，借助沿路的荒島、礁石休息和換搭，抵達下一個港口……既然『橘光』說必須近距離接觸才能察覺到那種特質，那就算將『欲望母樹』依靠儀式或信徒完成的感應放大一些，也不會超過一座城市，甚至可能只有一個街區，這也能解釋我為什麼到了奧拉維才會遭遇陷阱。」

「只要離開了拜亞姆，應該就擺脫『注視』了……」

克萊恩思緒逐漸清晰的時候，那臺無線電收報機突然又監聽到了一段信號！

他忙靠攏過去，飛快記錄，然後借助密碼本翻譯成相應的字母以組成單字。

沒過多久，那段電報信號的內容呈現在了紙上，墨跡深黑：「我看見你了。」

我看見你了……克萊恩讀著這個句子，心裡突有寒氣升騰。

拜亞姆，離總督府不遠的一棟普通民居內，寬敞的地下室中，一根根蠟燭靜靜燃燒，將昏黃的光芒灑向了四周。

「銀幣毒蛇」奧德爾已脫掉了那件帶帽兜的長袍，略顯顫慄地看著對面的中年男子，嗓音不穩地說道：「塞尼奧爾大人，我也不知道為什麼赫爾莫修因真正的藏身處會被人知道。」

塞尼奧爾戴著頂陳舊的三角帽，眼窩深陷，臉色蒼白得嚇人，更像惡靈而非人類，他抬手抹了一下唇上的兩撇黑色鬍鬚，淺棕色的眼眸冷冷地掃過了奧德爾的臉龐，讓這位名聲在外的冒險家忍不住就低下了腦袋。

沉默注視了對方幾秒，著一條白色長褲和紅色外套的「血之上將」低啞著開口道：「那封電報後不到三分鐘，就有了傳遍全城的告知，而內容正是電報的一部分。」

「我懷疑，有另外一方勢力開始重視無線電，並且在老奎因那裡得到了我們的密碼本。」

「對，對，一定是這樣！」「銀幣毒蛇」奧德爾忙不迭地附和道，希望「血之上將」不要認為是他辦事不力才讓大科學家赫爾莫修因遺失。

他很清楚這位海盜將軍對待做錯事的下屬有多麼的殘忍！

塞尼奧爾掃了眼奧德爾，冷笑道：「但不管怎麼樣，你都失敗了。如果不是你，以及你的情婦，給了我不少快樂，我會讓你把自己的腸子拖出來！」

「去拍一封電報，告訴那位也許存在也許不存在的竊聽者我看見他了，讓他在惶恐和不安裡度過今晚，這是你目前唯一能做的事情。」

奧德爾聞言，頓時無聲鬆了口氣，畏懼地看了眼「血之上將」和他後方桌上的血腥祭臺，恭敬地回答道：「是，塞尼奧爾大人！」

他剛才還以為自己會成為祭品的一部分。

等到奧德爾退出地下室，「血之上將」塞尼奧爾轉頭望向布滿人頭、內臟、四肢和血液的祭臺，用比奧德爾面對他時更恭敬的態度道：「傑克斯大人，儀式成功了嗎？」

「成功了，就等待神回應了。」一道冰冷不含感情的聲音從祭臺周圍垂下的幕布裡傳出。

然後，那幕布像是有了生命力一樣，左右兩側倒捲起來，流暢地自我打了個結，並落於祭臺中央。

一道略顯透明的人影不知什麼時候浮現在了祭臺旁邊，他膚色偏棕，臉上的皺紋形成了很深的溝壑，白髮稀疏得就像秋天的樹葉，似乎已經活了很多年很多年。

他謙卑地看著蠟燭的火光，棕褐色的眼眸一動不動。

「血之上將」塞尼奧爾不敢再開口，站到傑克斯大人的旁邊，等待著祭臺發生變化。

突然，蠟燭的火光染上了各式各樣的顏色，每一種都似乎對應著注視者的不同欲望。

祭臺上的人頭、內臟、四肢和血液無風自動，一層又一層堆疊在一起，並呈現蠟燭融化般的狀態。

沒過多久，它們構成了一株不高的血肉之樹，表面凹凸不平，彷彿胡桃的外殼。

「撲通！撲通！撲通！」

那血肉之樹內部，似乎有心臟在跳動，強勁而有力。

等到塞尼奧爾快受不了這種噪音的時候，血肉之樹一下枯萎，腐成爛泥，攤了開來。

它原本存在的地方，殘留著一個肉色的，溼漉漉的，黏答答的小球。

很快，小球長出了四肢，長出了腦袋，變成了一個巴掌大小的人型生物。

它的臉上沒有眼睛，沒有鼻子，沒有耳朵，只有一張孔洞般的嘴巴。

那嘴巴裡，灰白霧氣吐出，又縮了回去，連續多次，沒有停止。

叫做傑克斯的那位老者虔誠而狂熱地低誦了多遍「欲望母樹」，探手抓起了那個古怪的小人。

無聲無息間，燭光全部熄滅了，但對有夜視能力的「怨魂」來說，這並不影響他們看見事物。

「血之上將」塞尼奧爾注視著傑克斯，聽到這位大人低沉說道：「為了這個儀式，我們準備了太久，而神的恩賜能幫助我們在較大的範圍內感應到目標的存在。然後，我們就可以用生命學派成員製作的眼鏡準確找到他了！」

說話間，傑克斯從內側衣服口袋內取出了一個單片眼鏡，它看似與正常沒有區別，但在黑暗裡卻閃爍著瑩白的光彩。

「傑克斯大人，我們接下來怎麼做？」塞尼奧爾恭敬地問道。

皺紋很深的傑克斯想了幾秒道：「天亮之後，就去尋找目標。如果他有強力的幫手，我們就監控他，避免他脫離感應範圍，然後耐心地等待斯厄阿大人抵達。」

「若他沒有保護者，本身也很弱小，那我們就直接動手。」

聽到斯厄阿這個單字的時候，「血之上將」塞尼奧爾的額角明顯抽搐了一下，似乎那位大人僅是名字，就能讓人畏懼。

他緩慢吸了口氣道：「是，傑克斯大人！」

回答之後，塞尼奧爾本能摸了一下垂於胸前的項鍊。

這項鍊彷彿由純銀製成，墜子是看起來很古老的錢幣。

被電報嚇到的克萊恩後半夜沒怎麼睡覺，等到天一亮，就將行李箱、錢包和絕大部分現金獻祭到了灰霧之上。

處理完痕跡，去旅館前臺結了帳，他乘坐馬車直達拜亞姆邊緣，出城上山，似乎要去那座為本地土著準備的墓園。

行至一半，他突然拐向了樹林內，打算走直線去懸崖邊緣，那裡已經有一頭龐大的海底生物在下方等待！

樹林內鳥鳴蟲爬，時而有小型野獸竄過，克萊恩踩著有腐殖質的地面，行走得非常快速。

沿途之上，他能看見雨後長出的蘑菇，某些拜亞姆市民野炊留下的碎布等垃圾，一切是如此的安寧，並伴隨有早上清新的空氣。

一片葉子飄落了一下來，克萊恩腳步不停，輕鬆就閃了過去。

就在這時，葉子的速度陡然加快，甚至奇異地轉了個彎，貼在了他的嘴鼻間。

它就像是成年人的手掌，牢牢地捂住了克萊恩的鼻子和嘴巴，讓他完全沒辦法呼吸。

「嗖嗖嗖！」

四處樹木的枝條脫落，利箭般射向了克萊恩。

而那些野炊遺留的碎片、紙張等東西，也有了自己的生命力，連接在一起，化作密不透風的怪網，一下「撲」了過來！

旅行家

-The Most High-

詭秘之主

第十一章

準備很重要

霍然之間，克萊恩又有了那種熟悉的感覺，似乎周圍每一株樹木，每一片樹葉，每一塊石頭，每一根小草，都想置他於死地。

眼見碎片、紙張等垃圾連成的怪網快要撲到，他的身體忽然坍縮變薄，化成了一個紙人。

「嗖嗖嗖！」

利箭般的枝條們穿透紙人，落到了遠處，而怪網隨即將那裡的一切完全包裹，纏成圓球，輕輕蠕動。

克萊恩的身體浮現在了側方七八米外，知道自己擔憂的襲擊終究還是來臨了。

他未做任何觀察，也沒有一點猶豫，右掌一提，就要探入衣服口袋，拿出冒險家口琴。

剛才遇到的那種情況讓他明白，來襲者很高機率是玫瑰學派的半神，是他目前沒辦法對抗的敵人！

當初追捕莎倫的那位給過他類似的感覺！

就在這個時候，他口袋裡的紙人突然飛了出來，貼到了他的臉上，一張又一張，一層蓋一層！

與此同時，克萊恩的衣袖主動收緊，勒住了他的手臂和小臂，制止了他手掌的下探。

他的塔拉巴衫，他的棕色夾克，紛紛往內收縮，就像巨熊在施加擁抱！

短短一兩秒鐘內，他就被自己的衣服、褲子和鞋子束縛在了原地，臉上鋪滿紙人，肋骨快要折斷，呼吸變得異常困難。

克萊恩既有心理準備，也有豐富的戰鬥經驗，這一刻沒有慌亂，未受影響的右手拇指和中指貼在一塊，啪地打出了聲音。

他的腿彎處，赤紅的火焰一下騰起，將緊纏膝蓋的褲管燒得乾乾淨淨，然後往上往下蔓延。

抓住這個機會，克萊恩膝蓋一挺，艱難彈起，像剛發射就無力落地的炮彈一樣，撲向了右側。

他身在半空，又打了個響指，這次點燃的是右臂關節處的袖子！

而他原本站立的地方，青綠雜草忽然枯萎，偏黑色的地面瞬間發白，就像被風化了很久。

這個攻擊來得無聲無息，毫無徵兆，若非克萊恩知道敵人強大，停留於同一個位置很可能遭遇難以抵擋的攻擊，先行解除了雙腿受到的影響，他現在已經遭受重創，失去了戰鬥能力，甚至葬送掉了生命。

啪的聲音裡，克萊恩衣袖的兩處地方燃起，右掌終於有了活動的空間，探入衣服口袋，抓到了冒險家口琴。

「撲通！」

他掉落於地，做了個翻滾，右手旋即一撐，讓身體彈起，戴著人皮手套的左掌隨之打了個響指。這一次，他的目標才是貼在他臉上，讓他無法呼吸的紙人們。

「啪！」

紙人熊熊燃起，赤紅的火舌差點燒到了克萊恩的頭髮。

這時，他腦海內忽地閃過了一個場景：一支冰晶凝成，染著陰綠的細箭以極快的速度奔向了他的腦袋！

因為速度很快，因為本身透明，這支細箭正常是發現不了的！

可就算克萊恩獲得了危險預感，也已經有些遲了，因為他還被衣物束縛影響著行動，來不及完全避開。

念頭一閃間，他腰部勉強彎折，上半身向後倒下，並往右邊挪移了不少。

「噗！」

那支陰冷的細小冰箭命中了他的左胸，讓那個部位的棕色夾克和全白圓領衫瞬間粉碎，飛散往了半空。

但是，這致命的冰箭沒能繼續往前，因為擋在它前方的是一本封皮深棕的書冊。

這書冊看似普普通通，由常見的黃褐色羊皮紙裝訂成內頁，卻沒有像外面兩層衣物一樣破碎，甚至連一個缺口都未曾出現。

——《格羅塞爾遊記》！

這是被「海神權杖」的「閃電風暴」加神祕空間少許力量正面轟擊不見損傷的物品！

昨晚被「我看見你了」那封電報嚇到的克萊恩毫無疑問又增加了新的保護措施，將自己能想到的辦法全都準備上了！

除了將遊記貼身藏在致命部位，他另一邊衣服口袋內放有鐵製捲菸盒，裡面裝著被汙染的「火種」手套，一旦情況不對，他就會將靈性之牆解除，丟出這件物品，看能否引來「真實造物主」的注視，讓祂派遣手下的強者過來，讓局面更加混亂。

他知道「真實造物主」等邪神也厭惡著「欲望母樹」！

擋住那冰箭後，克萊恩順勢倒下，往旁翻滾，並把冒險家口琴湊到嘴邊，猛地吹了一下。

這個時候，他的臉龐被紙人燃燒的煙氣熏得有點發黑，但因為有「操縱火焰」的輔助，未曾受傷。

然後，他感覺束縛自己左臂、腰腹、大腿、脖子、雙腳的衣物一下恢復了正常，讓他重新獲得了自由。

吹動口琴的同時已快速開啟靈視的他，看見信使小姐從虛空裡走了出來，手裡提著的四個金髮紅眼腦袋自行轉動，望向了同一個地方。

其中一個腦袋「哼」了一聲，嘴巴張了開來，往內吸了口氣。

嗚的陰冷之風颳起，距離克萊恩足有一百公尺遠的地方，一道人影被無形之力強行拉出了青綠色的樹木。

這道人影沒辦法再維持別人難以看見的狀態，迅速變得半透明半真實。

他是個白髮稀疏，皺紋很深的棕黑老者，五官長相很有南大陸特色，他棕褐的眼眸剛映出蕾妮特．緹尼科爾的樣子，眉頭就忍不住跳了一下，然後毫不猶豫張開嘴巴，似乎要給予對方長久沉默裡醞釀出來的極致詛咒。

就在這時，蕾妮特．緹尼科爾提著的另一個腦袋也張開了嘴巴，像是在做無聲的尖嘯。

於是，這片樹林內什麼都沒有發生。

傑克斯見狀，忙略轉腦袋，望向了克萊恩，克萊恩還沒來得及做任何反應，左右眼睛就分別浮現出了對方白髮稀疏皺紋誇張的身影！

他的腦海一下變冷，思緒不算遲緩，卻失去了對身體的控制權，只能眼睜睜看著白髮老者消失，自己轉向面對了信使小姐。

蕾妮特·緹尼科爾提著的兩個腦袋突然飛出，來到了克萊恩面前，它們一個張開嘴巴，往裡吸氣，一個紅眼變暗，牙齒變長，且根根尖銳，處於虛幻與真實之間。

克萊恩看見半透明的白髮稀疏老者從自己體內被強行「拖」了出去，然後信使小姐牙齒變長的那個腦袋一口咬住了他的肩膀，撕咬下了一大塊似靈體似肉身的事物。

傑克斯眉頭一皺，沒有發出慘叫，身影猛地消失，跳躍到了一百公尺之外的一塊玻璃碎片內。

接著，他像是被無形的手，無形的敵人追逐著，連續在淺坑水窪、動物眼睛、小草露珠等地方閃現，終於獲得了喘息的機會，而這個時候克萊恩的身體還有點僵硬，由內至外地感覺寒冷。

呼……傑克斯進入靈界，又走了出來，手裡多了一個溼漉漉的，黏答答的，巴掌大小的小人。

這小人臉上只有一個孔洞，那裡正吞吐著克萊恩感覺熟悉的灰白霧氣。

傑克斯沒有猶豫，直接將這小人塞入了口中。

見此情狀，蕾妮特·緹尼科爾提著的另外兩個腦袋也脫離了她的手掌，與之前的一起，同時飛向了傑克斯，速度之快，近乎瞬息而至。

但傑克斯已經開始了變化，他體表變黑，皮膚皺起，並分泌出了明顯的水漬，頭髮眉毛等全部枯萎凋零，飄落了一下來，四肢隨之變細變長。

也就是一秒鐘的工夫，傑克斯似乎被那個小人同化了，成為了大號的，黑色的，四肢細長的，皮膚腫脹干皺的溼漉漉嬰兒！

他的眼睛、鼻子、嘴巴和耳朵則脫離了原本的位置，往臉部正中央移了過去，似乎要聚在一起，凝成一個全新的器官。

他的皮膚，他的手臂，他新器官的外型，都帶著難以言喻的神祕和邪惡，克萊恩僅是看了一眼，剛從陰冷裡緩過來的身體就癢到了極點，表皮上凸起了一塊塊由細密顆粒組成的紅斑。

他的眼睛毫無疑問也刺痛難忍，本能就緊緊閉住，擠出了淚水。等到他借助冥想稍做平復，重新睜開雙眼，發現信使小姐和那位玫瑰學派的半神已失去了蹤跡。

不過，克萊恩的靈性直覺告訴他，兩位還在附近，做著時而靈界時而外面的激烈戰鬥，無論是樹葉的飄落，野草的搖晃，還是蟲子的爬行，野獸的奔跑，都代表著一次次對抗。

念頭一轉，克萊恩一邊取出「喪鐘」左輪，一邊用左手拇指快速掐了食指第一個關節兩下。

數不清的虛幻細線呈現於他的眼中，讓他看到了不同於正常視覺和靈視狀態的東西：兩團在他周圍飛快游動，來回糾纏的密集黑線團就象徵著蕾妮特．緹尼科爾和玫瑰學派的那位半神！

除了這些，克萊恩還發現更遠的地方有一團密集的虛幻黑線在往自己所在的位置快速靠攏，三不五時停頓，以避開激烈戰鬥中的兩位半神。

還有一位敵人？之前躲在遠處等待結果，現在決定參戰的敵人？總之，這種狀況下，隱蔽靠近的可以肯定是敵人！

克萊恩眼眸微動，扳了一下「喪鐘」的擊錘，將它自然下垂，處於致命攻擊狀態。

然後，他裝做沒有發現那團虛幻的黑線，左掌探入口袋，抓住了一枚金幣，以占卜般的姿態讓它隱蔽地在指縫間跳躍翻滾。

他這是在干擾靠近者對危險的靈性直覺！

失去紙人後，他只能用這種辦法。

耐心等了兩秒，等到對方進入射擊範圍，克萊恩眸光一肅，猛地抬起右手，對準那個方向，扣動了扳機！

「砰！」

槍管略長的鐵黑色左輪向後退了一下，一抹淡金的光澤飛竄出去，直奔目標下一步將要抵達的地方。

可是，那團虛幻的黑線突然停住了，似乎在觀察什麼。

從他的狀態看，他並沒有察覺到危險來臨，只是單純地被別的情況吸引。

一隻灰白色的兔子從茂盛的草叢內躍了出來，逃向遠方，虛幻黑線團前面的一株大樹在槍擊的聲音裡，忽然後倒。

它一人高的位置處，樹幹有出現巨大而不規則的孔洞和純淨熾烈的淡金火焰，整體直接就從中斷折！

「喪鐘」這一擊的威力就如同小口徑的火炮，而且穿透力更強！

虛幻密集的黑線團明顯被嚇了一跳，本能就原地消失，浮現於周圍一處淺坑水窪的表面。

他的身影不可避免地勾勒了出來，是個臉龐蒼白，眼窩深陷，眸色淺棕的男子，大概四十來歲，唇上留著兩撇黑色的鬍鬚，頭戴一頂陳舊的三角帽。

這個男子的模樣，克萊恩並不陌生，對方的懸賞令總是出現在他的眼前，一步步疊加成了清晰的印象：「血之上將」塞尼奧爾！

僅在魯恩一國，他的賞金就有四萬兩千鎊！

他竟然早就潛入了拜亞姆！這是來接走圖蘭尼．馮．赫爾莫修因的？那位大科學家被發現並死去後，他加入了玫瑰學派針對我的任務？我好像多了個弱點，但沒觸發前，沒辦法準確知道是什麼……念頭急閃間，克萊恩看見塞尼奧爾的身影又一次消失。

不過，這位「血之上將」的存在痕跡依舊明顯，對應他的虛幻黑線團在克萊恩的眼中就像黑夜裡的螢火蟲，沒有任何辨識的難度。

那團虛幻的黑線繞著他飛速游走，借助清晨的露珠、玻璃的碎片、莫名結冰的水窪完成了一次又一次的跳躍，很快就將雙方的距離拉得很近。

克萊恩沒有原地等待，做著小幅度的閃轉騰挪，免得被激鬥中的玫瑰學派半神順手來那麼一下。塞尼奧爾的表現則讓他明白了一件事情，那就是「怨魂」要附身目標，直接操縱他的身體，必須先進入一定的範圍內，之前玫瑰學派的半神雖然能在更遠的距離上完成，但或許是輕視，或許是害怕意外，並沒有這麼做。

可以確定，塞尼奧爾是序列五的「怨魂」！克萊恩不斷更改位置，等待距離變得更加合適。

就在「血之上將」速度稍有放緩，準備隔空附身目標時，克萊恩左掌的手套突然變得深邃幽黑，彷彿由一個個純淨的顆粒一層又一層構建而出。

他的口中隨之吐出了一個滿是汙穢之意的惡魔語單字：「緩慢！」

塞尼奧爾有所預感，搶在克萊恩張嘴前，猛地改變了位置，可整個七八公尺範圍內，所有的事物都靜止了一下，他的躲避沒能產生效果。

這是範圍影響！

塞尼奧爾的身影霍然遲緩，又一次勾勒於現實世界，克萊恩抬起右手的鐵黑色左輪，拉了一下擊錘，將對方納入了「瞄準圈」。

借助「喪鐘」左輪，他看見對方身上充斥著各種顏色，代表弱點的慘白不在頭部，位於喉結上方一點。

沒有猶豫，沒有遲疑，克萊恩扣動了扳機，致命攻擊！

就在這個時候，一團虛幻的黑線遊走到了塞尼奧爾的旁邊，隨手拉了他一下。

「血之上將」當即側斜，淡金色的子彈擦著他的脖子飛了過去，命中了遠處一塊岩石，將它擊得粉碎！

塞尼奧爾的脖子上隨之燃起了一層金色的火焰，燒得他揚起腦袋，張開了嘴巴。

一聲銳利的尖嘯當即爆發，灌入了克萊恩的耳朵，震得他腦袋嗡隆作響，身體短暫停滯了一下來。

一道道無形的魂體不知什麼時候已飛舞於塞尼奧爾周身，然後夾雜著陰冷的寒風，從天上，從地表，從四面八方撲向了敵人。

克萊恩的兩隻眼睛裡，則各有一道戴三角帽，穿紅外套的蒼白男子身影飛快浮現，即將完整。

「啪！」

克萊恩打了個響指，身體瞬間被赤紅的火流覆蓋了。

他搶在「怨魂」真正附身前，消失在了原地！

而不到十公尺的樹木之下，野草燃燒，火苗變大，騰上了天空。

克萊恩輕巧地從裡面躍了出來，再次抬起「喪鐘」左輪，瞄準了自己原本呆立的地方，將超過正常一倍的靈性灌注入內。

「屠殺」！

「砰！」

他扣動了扳機，淡金色的子彈分裂成無數碎片，帶著神聖的火焰，橫掃了槍口瞄準的區域，那些無形的幽靈鬼魂就像被太陽風暴掃中，沒有任何抵抗能力就慘叫著被點燃燒去。

塞尼奧爾附身沒能成功，立刻就知道接下來會遭遇反撲，當即閃現於周圍一塊玻璃碎片內，試圖躲避，可「屠殺」帶來的子彈風暴籠罩了相當大的範圍，包括了這塊玻璃碎片！

巨大的聲響裡，幾朵金色的火焰打在了玻璃旁邊，未能直接命中它，只是帶去了灼燒傷害，塞尼奧爾再次跳躍於「鏡面」，呈現在了遠處一滴滑落露珠的表面，身上多有淨化之力帶來的腐爛傷口，但並不嚴重。

這也太幸運了吧？果然，塞尼奧爾有一件能讓自己變得幸運的神奇物品……淨化子彈只剩三枚了……克萊恩眉頭微皺，敏捷地奔跑起來，似要追趕對方。

因為知道面對的將是玫瑰學派的成員，所以他提前將左輪裡的非凡子彈全部換成了針對怨魂活屍的淨化子彈，一共六枚，而現在他已經開了三槍！

第一槍時，塞尼奧爾被偶然竄入的兔子拯救，第二槍時，被剛好跑到他旁邊的玫瑰學派半神拉了一把，第三槍時，屠殺風暴裡，他恰巧處於碎片的空隙中，沒受什麼大的傷害，幸運程度簡直讓克萊恩難以接受！

但克萊恩並沒有沮喪，反倒將容貌和身材變回了格爾曼．斯帕羅的樣子，這是準備情況一有不對，立刻扔出大把的「海神」領域符咒，製造一定的波動，讓拜亞姆城內的「海王」亞恩．考特曼能敏銳察覺到。

這位序列三的半神如果抵達，面對一個玫瑰學派半神，一個敵對的海盜將軍和一位背景神祕，但與軍方有一定聯繫的冒險家，會首先對付哪邊，答案沒有任何疑問。

至於信使小姐，克萊恩相信她能及時退入靈界，自由地選擇參與混戰還是直接離開。

昨晚收到那封電報後，克萊恩之所以沒半夜找機會逃跑，就是因為「海王」能給他「安全感」。如果他獨自一人外出，肯定會被注意到，被抓進風暴教會，拷問背景，之後會發生什麼事情，難以預料。

若是他留在房間內，等到「看見自己」的那位來襲，則有機會掙扎到街上，讓「海王」發現。面對一位至少半神的邪惡人士和一個只有序列五據說和軍方有關聯的冒險家，亞恩．考特曼毫無疑問會搶先對付玫瑰學派的人，而作為風暴教會的樞機主教，「代罰者」的高級執事，他能動用這個教區的各種封印物，哪怕遭遇天使，也能支撐一段時間，同時還會得到軍方的支援，混亂之下，克萊恩就有了逃跑去海邊，乘坐鯨船離開的機會！

讓他遺憾的是，那封電報後，夜晚竟那樣的平靜，而到了白天，「海王」很難再監控全城。

「啪！」

克萊恩又打了個響指，讓周圍的樹木、雜草燃燒了起來，這就像以他為圓心，有一朵朵禮花在盛放，莫名給人一種華麗的感覺。

他剛才為什麼選擇穿樹林去崖邊，就是因為這裡特別適合「魔術師」表演！

他的身影在這些火焰裡閃現跳躍，繞著「血之上將」塞尼奧爾游走，躲避著他的靠近和操縱，而塞尼奧爾有了前面的經驗和教訓，知道目標有範圍攻擊和殺傷能力，不敢在他周圍停留太久，一擊不中，立刻努力地拉開距離，或發出怨魂尖嘯影響目標，或使用蒼白陰綠的指頭像槍一樣瞄準對方，可惜，後者只能讓火焰熄滅，草木枯萎，沒辦法真正地鎖定克萊恩。

眼見那一叢叢禮花般的火焰是自己進攻的最大障礙，塞尼奧爾停住腳步，再次發出能刺破人耳膜傷害到靈體的尖嘯。

尖嘯之中，他的腳下有一圈冰藍色的光環急速擴張，將地面的泥土、凌亂的雜草、灑落的石頭全部覆蓋在了白色的冰層內。

那一叢叢火焰隨之發出茲茲茲的聲音，在騰起少量的霧氣後，徹底熄滅於了冰霜裡。

克萊恩被怨魂尖嘯影響，「火焰跳躍」慢了半拍，慘遭失敗，身影不得不突顯於半途，腳下有所踉蹌。

然後，他看見一個繚繞著黑氣的虛幻骷髏頭奔向了自己，帶著濃重的死意，彷彿冥界派出的使者！

這個瞬間，克萊恩似乎已無法躲避，可他的身前卻霍然凝出了一個瀰漫硫磺味道的淡藍色火球。他的手套依舊深邃幽黑，處於惡魔狀態！

噗的聲音裡，火球一下熄滅，繚繞黑氣的虛幻骷髏頭也模糊破碎，灑落於地，製造出一塊又一塊沒有生命存在的斑點。

緊接著，克萊恩穩住身體，從衣服口袋裡掏出了個鐵製捲菸盒，一把扔向了「血之上將」塞尼奧爾，而他的手套不知什麼時候已變得尊貴且邪異。

「腐化男爵」，「賄賂」！

塞尼奧爾當然不可能去賭對方丟來的物品毫無威脅，當即讓開，閃至遠處，任由靈性之牆封住的鐵製捲菸盒摔落於地。

然後，他再次張開嘴巴，發出一聲尖嘯。

彷彿來自靈體深處的嘶吼讓克萊恩腦袋刺痛，哪怕經常接受「真實造物主」、「門」先生等存在的囈語傷害，對類似的攻擊有了相當強的抵禦能力，也難免出現了短暫的停滯，鼻子內火辣辣的，似有毛細血管破裂。

不過，本身的抵抗能力加「賄賂」的削弱影響，讓這種停滯且只有那麼一個剎那，而這是「血之上將」塞尼奧爾無法知道的事情。

所以克萊恩裝作沒這麼快恢復，露出虛弱的一面，等待著敵人上鉤。

正常的戰鬥裡，因為「怨魂」能借助類鏡面事物跳躍，且讓人無法提前判斷位置。

他哪怕製造了一叢叢火焰，藉此完成了不斷的閃現，也沒辦法讓距離始終保持在五公尺範圍內，對「靈體之線」的操縱總是剛有一點效果，就慘遭打斷。

為此，他打算稍微冒一點險，讓對手跳進自己挖下的陷阱裡，盡快結束戰鬥，逃往崖邊。看見目標因多次怨魂尖嘯的傷害，有了較為明顯的呆滯，塞尼奧爾毫不猶豫就讓氣息變得幽深。

克萊恩的眼睛位置，「血之上將」的身影迅速呈現，等比縮小，清晰異常。

這不像是對外界的映照，這兩個小人就彷彿活在瞳孔內！

在「怨魂」附身近乎完成的時候，衣衫破爛焦黑的克萊恩卻微彎腰背，不慌不忙往左側伸出了手掌，似乎是一位禮貌的紳士在說「請」。

「蠕動的飢餓」保持著那種邪異又尊貴的黑色，強行扭曲了「血之上將」的目標。

而因為剛才的冰凍光環，周圍到處都是凝出的白霜和晶體，等價於鏡面！

薄薄的冰層上，塞尼奧爾戴三角帽的身影浮現了出來，表情略顯錯愕。

這個時候，「蠕動的飢餓」又切換至深邃幽黑的狀態，克萊恩嘴裡吐出了滿是汙穢之意的惡魔語單字：「緩慢！」

正要借助類鏡面事物跳躍離開的塞尼奧爾一下僵硬，身影無法控制地勾勒了出來，動作非常呆板，嘗試未能成功。

因為「緩慢」沒辦法連續應用，克萊恩讓左掌的手套變得蒼白，染上了幾分陰綠。

「活屍」！

地面的霜白冰封又一次加劇，迅速蔓延到了塞尼奧爾的身邊，讓行動緩慢的他從腳尖開始，化成了完整的冰雕。

知道「怨魂」有很強冰凍抵抗能力的克萊恩沒有怠慢，花費一秒的時間，讓「蠕動的飢餓」變得彷彿黃金鑄成。

他眼眸內虛幻的黑色細線團隱去，兩道刺目的銀白閃電由深處到表層，迸發了出去。

「審訊者」，「精神刺穿」！

換做正常狀態，塞尼奧爾靈肉合一般的身體只會受到少量影響，甚至讓對方遭遇反噬，可剛擺脫緩慢，還未解除冰封的他只能強行承受下這針對精神體的無形之箭！

他的腦海就像被刀尖鑽了進去，狠狠地攪了一下，疼痛隨之傳遍全身，讓他短暫失去了理智。

等到他清醒，準備連續跳躍，拉開距離時，對面氣質冷峻的冒險家又一次張開了嘴巴。

「緩慢！」

狗屎……「血之上將」塞尼奧爾的動作重新變得呆滯遲緩，接著，他毫無疑問又承受「冰封」和「精神刺穿」這兩波後續攻擊。

當他勉強擺脫，黑髮棕瞳線條深刻的格爾曼．斯帕羅面無表情地第三次張開了嘴巴。

「緩慢！」

塞尼奧爾心中一陣憤怒一陣絕望，然後又陷入了之前的循環。

而三連接三連控制住對手的克萊恩早就開始隱蔽地操縱「血之上將」的「靈體之線」。

其實，他現在最有效的辦法是趁對方無力掙脫，再用「喪鐘」左輪給目標緻命兩槍或三槍，但之前失敗的經歷告訴他，敵人有能讓自身變得幸運的神奇物品，太過直接太過致命的攻擊很可能導致意外發生，反而達不到想要的效果。

正因為如此，他選擇了循序漸進地操縱「靈體之線」！

時間飛快流逝，克萊恩一邊繞著「血之上將」塞尼奧爾奔跑，以規避可能來自玫瑰學派半神的攻擊，一邊操縱「靈體之線」，逐漸達到了初步控制的狀態。

三秒，兩秒，一秒！

塞尼奧爾思緒一卜滯澀，身體每一個地方都彷彿長滿了鐵鏽。

克萊恩已無餘力冉使用「蠕動的飢餓」，繼續加深起控制，並做著不慢但也不快的游走。

不行……不能……繼續……這樣……塞尼奧爾的念頭遲緩閃過，在身前凝聚出了一支透明的冰晶小箭。

它染著些許陰綠，就像在致敬周圍的樹林。而全程目睹了對方慢動作的克萊恩早已不慌不忙地收回左手，將胸口位置的《格羅塞爾遊記》取了出來，擺好了姿勢。

「嗖！」

那冰晶小箭終於射了出來，看似直奔克萊恩的胸口，卻於途中突然改變了方向，斜斜往上！

這本該是異常突然的致命變化，但塞尼奧爾操縱的思緒慢了不少，冰晶小箭快要抵達克萊恩身體時，才接收到「命令」，改變並不充分，相當倉促，被克萊恩挪了挪《格羅塞爾遊記》，就輕鬆擋了一下來。

塞尼奧爾的臉色似乎又白了一點，經過好幾秒的思考，他緩慢張開嘴巴，試圖發出怨魂尖嘯。

克萊恩早有準備，搶先出聲：「砰！」

空氣子彈飛快打出，命中了塞尼奧爾的嘴巴，打得他腦袋後仰，牙齒掉落，尖嘯聲夭折於喉嚨裡。

眼見控制一點點加深，塞尼奧爾的反抗一次次被瓦解，就連要遺失理智的瘋子式爆發也被中斷，克萊恩心中油然生出了幾分欣喜之情。

就在這時，淒厲的，尖銳的，可怕的嬰兒哭喊聲突兀出現，迴盪於樹林內。

克萊恩渾身疙瘩凸出，手中的《格羅塞爾遊記》啪嗒一聲掉到了地上，大腦則彷彿被一隻無形的手掌緊緊捏住，短暫失去了對所有事物的感應，包括「靈體之線」，塞尼奧爾被操縱的狀態隨之解除。

在距離他們上一百公尺的地方，那個皮膚腫脹乾皺卻又似乎剛從水中出來般的大號黑色嬰兒脫離了虛幻狀態，回歸到了現實裡。

他四肢又細又長，臉上只有一個不規則的孔洞，裡面長滿白森森的牙齒，圍了整整一圈。

此時此刻，傑克斯的體表多有明顯而深刻的傷口，它們貫穿了黑色的，腫脹的皮膚，讓內裡腐爛的黑綠色液體汩汩外流。

這位玫瑰學派半神浮現之後，不再躲避，不再逃遁，瘋了一樣嘶吼著，發出嬰兒哭喊般的聲音，讓克萊恩，讓塞尼奧爾同時陷入了半昏迷半痛苦的狀態，身體甚至有了失控的徵兆。

金髮紅眼的四個腦袋躍出虛空，齊齊張嘴，發出無聲的尖嘯，讓那可怕的哭喊聲歸於了平靜。

蕾妮特．緹尼科爾和傑克斯又一次展開了纏鬥，時而靈界，時而現實，在樹葉、雜草、蟲卵、冰晶、荊棘之內飛快游走。

「血之上將」塞尼奧爾和克萊恩則呆滯站在原本的位置，竭盡全力地擺脫著剛才嬰兒哭喊聲的影響。

在這方面，塞尼奧爾相信身為「怨魂」的自己，有著別人無法企及的優勢，嘴角下意識就上翹了一點。

他已經想好接下來要怎麼處置對方。

但這個時候，他的眼眸裡，衣衫破爛氣質冷峻的冒險家目光已變得清醒！

這距離「嬰兒哭喊」停止，才過去了一秒鐘！

經驗異常豐富的克萊恩搶先恢復，發現塞尼奧爾還在呆滯遲緩之中。

——機會！

他心中一動，沒有嘗試意外不少的遠程進攻，也未選擇需要花費更多時間的「靈體之線」操縱，右腳一蹬，身影像獵豹一樣竄向了對方。

他的左掌手套幽邃深暗，落在身後，凝聚出了一把由岩漿和火焰組成的巨大武器，外形更接近於刀。

「欲望使徒」，「岩漿之劍」！

蹬！

克萊恩的身體從塞尼奧爾的左側越了過去，燃燒著的巨劍則在對方胸腹間橫掃而過，卡在了中間。

騰的一下，塞尼奧爾被淡藍色的火焰點燃了，但他的身體只是受損，並未失去生命，因痛苦而慘叫不已。

兩人擦身而過後，克萊恩直接棄掉「岩漿之劍」，左腳一踩，身體一轉，面對了「血之上將」的背部，將鐵黑色的「喪鐘」左輪抵到了對方的後腦處。

他沒去用致命攻擊，直接就扣動了扳機！

砰的聲音裡，他的身體忽然搖晃了一下，因為腳底踩住的地方似乎是一個空洞，於是，喪鐘猛地下滑，淡金色的子彈打在了塞尼奧爾的脖子側面。

染著陰綠的血液飛濺而出，「血之上將」失去了小半邊脖子，身體向前栽倒，昏迷了過去，可依然沒有死亡。

克萊恩正要補槍，高空突然黯淡，一條手臂探了出來！

這手臂足有十公尺長，表面漆黑黏答，有一個個奇異的凸起，它們或是骷髏腦袋，或是立體的眼睛，或是帶著尖齒的舌頭，剛一出現，就讓整片樹林晃動了一下。

所有的綠葉全部枯萎，所有的蟲豸僵硬著死亡，所有的野獸或癱瘓在地，或瘋狂撕咬起自己，渾身鮮血淋漓！

克萊恩心中的危險預感強烈到了極點，猛地閉上眼睛，撲向了前方地面，然後順勢做出翻滾，抓起《格羅塞爾遊記》，將它擋在了臉前！

旅行家

詭秘之主

—The Most High—

第十二章

處理隱患

整片樹林都在凋敝，彷彿有什麼能毀滅一切的事物將要降臨。

那條手臂即將完全探出的時候，一道道粗大的銀白閃電憑空而落，照亮了整座山峰，並茲茲作響地連接在一起，化作神話傳說裡才有的囚籠，將漆黑黏答的手臂籠罩於內。

高處烏雲飛速凝聚，長出了眉眼和嘴巴，似乎藏著一張人的臉孔！

剛才那巨大的動靜讓拜亞姆城內的「海王」亞恩．考特曼有所察覺，毫不猶豫就隔空出手，並吩咐「代罰者」們去啟動相應的封印物。

蕾妮特．緹尼科爾的身影從虛空裡被擠了出來，繁複晦暗的黑色長裙沒有一點凌亂。

她左手一抬，兩個金髮紅眼的腦袋就刷地飛回，落到了脖子斷口處，剩餘兩個則繼續糾纏皮膚腫脹干皺的大號黑色嬰兒。

當她脖子處的斷口蠕動，與相應的兩個切面連接上時，她的身影一下膨脹，彷彿變成了一座哥德式的城堡，花紋、藤蔓、裝飾呈現於表面，交織出神祕，邪異，無法直視的感覺。

克萊恩緊閉住了眼睛，又用《格羅塞爾遊記》擋在臉前，將靈性投注於上，依舊難以排除所有影響，身體止不住地顫慄，突顯出一個又一個顆粒。

而直到此時，他才確定自己剛才使用「喪鐘」的後遺症是「怕黑」。

六個小時之內，將不會再有更多的弱點。

「還好，弱點只是無法克服，不代表短時間內一點抗衡能力都沒有……」克萊恩死命閉住眼睛，淚水止不住地滑落了一下來。

他並沒有過多去考慮這方面的問題，因為局面已經發展到了很危險但也很混亂的程度。

「剛才降臨的那位似乎比『海王』要強，應該是一位天使，不過，祂的狀態也不是特別好的樣子，沒有直接顯現，而是在借助靈界出手……」

「這是來不及趕過來了，只能考慮這種辦法？幸虧預先得到了『橘光』的提醒，否則再拖延下去，情況不可想像！」克萊恩念頭急閃，第一反應就是趁這個機會逃跑，拉開安全距離。

但是，他知道沒有準備地倉促撤退，危險同樣不小。

如果玫瑰學派那位天使放棄進攻，縮回手臂，「海王」亞恩．考特曼沒有任何糾纏和追擊的動力，因為這不是面對聖者，可以考慮強行留下對方，這樣一來，僅靠信使小姐蕾妮特．緹尼科爾，很難阻止對方，到時候，又能繼續追趕我了！

必須給祂多點麻煩，讓祂短暫脫離不了，我趁機逃出藍山島所在的海域！思緒翻騰間，克萊恩按照預定的應急方案，拿著《格羅塞爾遊記》，塞好「喪鐘」左輪，又是幾個翻滾，來到了鐵製捲菸盒旁邊。

他手指一戳，解除掉靈性之牆，打開盒蓋，將裡面被「真實造物主」汗染過的火種手套抖向了半空，抖向了危險的源泉！

緊接著，克萊恩用《格羅塞爾遊記》擋在上方，睜開眼睛，掏出了一枚銅哨。

這不是阿茲克銅哨，而是他在貝克蘭德時，從一個神祕學入門愛好者那裡得到的靈教團銅哨，它源於一位復活的靈教團成員。

當初，克萊恩占卜過吹響銅哨，寄出信件，會發生什麼事情，得到了非常危險的啟示！

這個時候，他打算讓「非常危險」與「非常危險」們碰撞，製造更混亂更有利的局面！

他迅速將銅哨湊至嘴邊，猛地吹了一下，然後已開啟靈視但不敢上瞧的視線裡，一個長了三隻死魚眼的頭骨冒了出來，周圍是一條條黑色的，節肢狀的觸手。

毫不猶豫，克萊恩將那位復活的靈教團成員遺留的一根白色羽毛遞給了信使。

他沒去等待信使消失，當即鼓起肌肉，甩動手臂，猛地往上一扔，將那枚銅哨也丟向了半空，丟向了危險的源泉。

做完這一切，他收起鐵製捲菸盒，再次做出翻滾，並彈了起來，直奔懸崖方向，這個過程裡，他始終低著腦袋，並不斷改換位置，根本不敢去看半空是什麼樣的場景，不敢有任何地停留！

路過「血之上將」塞尼奧爾昏迷位置的時候，克萊恩目光突然凝固，驚愕地發現對方不見了！

在局面混亂無人援手的情況下，這位遭受重創無法維持靈體狀態的「怨魂」不見了！

克萊恩腳步未停，目光一掃，看見前方地上灑落著些許閃爍陰綠的暗紅血液，而那片區域是之前《格羅塞爾遊記》掉落的地方！

不會吧……「血之上將」的血灑了幾滴在遊記的封皮上？這導致他被吸進去了？克萊恩眉頭一

皺，並不認為這是好事。

他害怕「欲望母樹」派出的天使和聖者們借助《格羅塞爾遊記》內的「血之上將」追蹤到自己！但是，他也不可能現在就丟棄這本書冊，沒了它，在餘波和未知碎片隨時從天而降的戰場內，克萊恩不認為自己一定能幸運地全部躲過。

「……等脫離這裡，就用靈體進去，解決掉隱患！」幾個念頭起伏間，奔跑中的克萊恩腳尖往前一戳，將沾染了塞尼奧爾血液的泥土鏟往上方，伸手一抓，拿住了少許。

這是之後定位「血之上將」位置所需！

蹬蹬蹬！

克萊恩蛇形奔跑，將《格羅塞爾遊記》擋在頭頂，三不五時根據危險預感，做一下調整。

這本書擋住了亂竄的閃電，接住了能腐蝕石頭的雨滴，遮蔽了一道道注視過來的可怕目光，幫助克萊恩順利穿出已失去生命力的樹林，來到懸崖邊緣。

就在這時，四周霍然黑暗，不是大雨將至的那種，也非無月無星造成，它一片死寂，瀰漫出腐爛的味道。

或遠或近或高或低的囈語聲時而響起，半空則有什麼事物緩慢喘息的動靜。

怕黑的克萊恩瑟瑟發抖，哪敢去看頭頂發生了什麼，只能在閃電亮起的時候，注意到附近有幾片沾著淡黃油汙的白色羽毛盤旋著落下。

他右腳前邁，衝出了懸崖，然後直直下墜，從黑暗裡落了出去，看見了光明。

然後，他掉進了一張準備很久般的大嘴裡。

這嘴巴內沒有牙齒，猛然合攏，沉入了海底，按照預先的約定，往藍山島之外的一處礁石快速游動。

這是一條背生十六個魚鰭的巨大海底生物。

無光的黑暗裡，克萊恩本能就想蜷縮成一團，無助地顫抖，但還是勉強克制住了這種情緒，將預先準備來對付「怨魂」的「光之祭司」非凡特性拿了出來。

它源於之前手套的那位。

純淨的光亮從那透明石頭般的事物上散發了出來，驅散了克萊恩的恐懼。

他正要思考接下來是等待結局，還是再嘗試做點什麼，突然感覺自己的手背有點發癢。

他忙低頭看去，只見那裡的毛孔密集張開，長出了些許白色的絨毛。

這些絨毛快速生長，彷彿要變成一根根羽毛！

克萊恩旋即覺得自己全身上下每個地方都在發癢！

那個銅哨弄來的傢伙真的很危險！克萊恩算是有點經驗，當即站起，在海底生物的嘴巴裡逆走四步，低念出咒文。

他的靈體再次穿過了那有無數囈語和嘶吼迴盪的灰白霧氣，體內一道道黑綠的氣體鑽了出來，努力掙扎但毫無反抗力地消失不見。

回到那巨人居所般的宮殿，克萊恩再次審視了一下自己的靈體狀態，發現已恢復正常，沒有一點黑綠的氣體，沒有一根白色的羽毛。

呼，有用……他吐了口氣，立刻又返回了現實世界。

「光之祭司」非凡特性的照耀下，克萊恩看見手背的白色絨毛依然存在，但已失去了繼續生長的能力，身上其他地方或多或少有些痕跡，但不是太明顯。

「嗯，等阿茲克先生過來，應該就有辦法解決殘餘的問題。」克萊恩稍微鬆了口氣，在心裡畫了個緋紅之月，祈禱女神庇佑，阿茲克先生快點來臨。

就在這時，他眼前浮現出了蕾妮特．緹尼科爾的身影。

這位信使小姐頭上長了三個腦袋，手裡提著一個，與之前相比，顯得更為生動。

她探出空著的左掌，一把抓住克萊恩的肩膀，帶著他直接進入靈界，快速穿梭。

層疊鮮明的各種顏色裡，克萊恩只是稍有眩暈，就回歸了現實，發現自己正處在一片礁石上。

蕾妮特．緹尼科爾四個腦袋各自掃了一眼道：「已經……」「安全……」「之後……」「記得……」「付款……」

說完，她就彷彿還有什麼重要事情一樣消失了。

還能這樣……早知道直接讓信使小姐用這種方式帶我離開……不過，看她現在的狀態，似乎也不是太好，這應該是她正常不會用的形態和方式。

克萊恩邊感慨邊將「光之祭司」的非凡特性放入了口袋裡，只留《格羅塞爾遊記》在外。

他剛要打量四周環境，確認現在的位置，又是一隻手掌探出，抓住了他的肩膀，

克萊恩嚇了一跳，忙側頭望去，發現是阿茲克先生來了。

阿茲克抓住他的肩膀，又帶著他進入靈界，在層疊鮮明的各種顏色裡飛快奔走。

……其實，我已經安全了……克萊恩嘴角抽動了一下，沒有將這句話說出來。

拜亞姆城外的山上，一片樹林失去了全部的生命力，並被坍塌的岩壁掩埋了大半。

一個身材高大魁梧，頭髮深藍粗壯的中年男子穿著風暴教士袍，屹立於半空，俯視著下方，眼眸內蘊藏著明顯的怒火。

他正是風暴教會樞機主教，羅思德海域大主教，「代罰者」高級執事，「海王」亞恩．考特曼。此時，考特曼腦海內還殘留著剛才戰鬥的畫面，銘記著每一位參與者的退場。

玫瑰學派那位天使利用某種方法，從很遠的地方將力量傳遞了過來，在目的失敗後，祂較為輕鬆地帶走了身受重傷的同伴，沒誰願意讓祂留下，除了那不知從哪裡冒出來的詭異怪物。

亞恩．考特曼記得很清楚，那位天使縮回手臂的時候，漆黑黏答的表面已多了一根又一根稀疏的白色羽毛，它們從骷髏腦袋的頭頂，從立體的眼睛內，從各種讓人想像不到的地方長了出來，而

這一切只源於玫瑰學派的那位天使躲開了有「真實造物主」氣息的手套，用些許力量粉碎了一個看起來很普通的銅哨。

邪異奇怪的靈界生物糾纏了天使一陣後，主動退入了靈界深處，讓亞恩．考特曼沒辦法追趕。

打開傳送之門過來的極光會聖者，並沒有怎麼參與戰鬥，疑惑地旁觀了一陣後，撿起了那個有「真實造物主」氣息的手套，搶在戰鬥結束前，再次開「門」離去。

因銅哨而來的奇異怪物沒有固定的形體，就像死亡本身的衍化，祂如同迷霧，充斥於四周，但卻長著許多帶淡黃汙跡的白色羽毛，祂的目標很明確，就是那位玫瑰學派的天使，在對方逃走後，祂也消失在了現場，似乎在追逐對方，可就算如此，當時已從城內拿著封印物飛臨這片區域的亞恩．考特曼依舊本能地感覺不適，就像自身在走向死亡的漫長旅途上，忽然前進了好長一截。

唯一沒有神性的那位則在亞恩．考特曼抵達前，逃出了這片區域，後續無法找到。

不過，亞恩．考特曼認得他。

一位能擊殺序列五「欲望使徒」的冒險家，有資格讓自己的材料擺放於「海王」的桌上！

雖然這屬於較為不受重視的那種，但經歷過「航海家」這個序列的亞恩．考特曼還是記住了相應的內容。

他的目光投向懸崖，望向下方不斷撞擊著島嶼的海浪，低聲念出了一個姓名：「格爾曼．斯帕羅！」

不知位於哪片海域的荒島上，克萊恩與阿茲克的身影飛快勾勒於沙灘的邊緣。

克萊恩正要開口說話，穿正裝戴禮帽膚色古銅的阿茲克褐眸忽然幽深，彷彿連通了一片死寂深暗的世界。

他右手憑空一抓，那根根發育不完全的白色羽毛就全部飛出，揉成一團，落入了他的掌心。

阿茲克只是輕輕一握，這些怪異的羽毛就消失不見，似乎成為了他眼中那片死寂世界的食物。

「阿茲克先生，這是那枚靈教團銅哨帶來的！」克萊恩先是點明事實，然後才詳細解釋說道，「當時情況有些危急，我為了將局面弄得更混亂，吹響了那枚銅哨，將對應的羽毛給了信使，然後，就有冥界降臨一樣的感覺出現。我沒有停留，很快離開了現場，可身上還是長出了這些羽毛。」

五官柔和的阿茲克輕輕頷首道：「我隔得很遠就已經感應到它。它應該不是正常的高序列非凡者，我懷疑它是靈教團人造死神計畫的附帶產物。」

這樣啊……所以成功拖住了那位玫瑰學派的天使？克萊恩略感慶幸地想道。

阿茲克左右看了一眼，繼續說道：「我還有事情需要忙碌，這能讓我甦醒更多的記憶。等到那一切結束，我再來找你，去拿那枚古代死神遺留的戒指，我的預感告訴我，它可能會讓我去一次狂暴海，或者南大陸。」

「你接下來最好去貝克蘭德、特里爾這樣的大都市，在那些地方，玫瑰學派能調動的力量非常有限，不敢肆意行動，當然，最好的選擇是帕蘇島等各大教會的總部所在地，但這會帶來另外的危險。」

阿茲克最後開了句玩笑，就像正常的魯恩紳士一樣。這一次人生的經歷似乎對他烙印最深，不管記憶恢復了多少，都有明顯的痕跡殘留。

保留記憶的情況下，幾十年的時光對上千年的歲月沒有太大的影響力，可從什麼都忘記的狀態開始，二三十年足以重新塑造一個人。等到阿茲克先生徹底恢復記憶，他那些經歷各有不同的人生會不會導致不同的人格產生？

真是一個深奧的問題啊，之後得讓「正義」小姐思考一下，並向心理鍊金會「請教」。

克萊恩聯想之餘，見阿茲克先生沒有深究自己和玫瑰學派有什麼矛盾，暗中鬆了口氣，轉而問道：「阿茲克先生，您對『欲望母樹』有什麼了解？」

阿茲克搖了搖頭：「看到你寄來的信前，我甚至不知道祂的存在。」

不知道「欲望母樹」？克萊恩愣了一下，轉而問道：「那『被縛之神』呢？」

阿茲克再次搖了搖頭，嘆息笑道：「在古代，祂或者祂們也許有著另外的名稱。」

也是，阿茲克先生在第四紀末尾就開始了失去記憶找回記憶的人生循環，一直「流浪」於北大陸，玫瑰學派則誕生在第五紀初期的南大陸。

克萊恩點了點頭，沒再多問，而阿茲克還有事情忙碌，又叮囑了兩句後，再次帶著他穿梭靈界，一直來到北大陸東海岸的某個地方，將他丟在了海邊。

見阿茲克先生已經遠去，克萊恩看了幾秒不斷湧向岸邊的海水，沒急著到附近的城市，直接找了個無人的山洞，布置簡單儀式，製造靈性之牆，將「蠕動的飢餓」、「喪鐘」左輪、阿茲克銅哨、《格羅塞爾遊記》和沾染著塞尼奧爾血液的泥土獻祭到了灰霧之上。

然後，他逆走四步進入那片神祕空間，坐到屬於「愚者」的位置，將之前那個金屬小瓶攝了過來。

因為保存於灰霧之上，小瓶內剩餘的血液沒有凝固，戴好手套塞好其他物品的克萊恩倒出幾滴，塗抹在了《格羅塞爾遊記》的深棕色封皮上。

咦……新人物加入後，為什麼沒有開啟一段新的故事，從頭再來。

克萊恩看著沒有變更名字的書冊，突然有了個疑問。

他還未來得及思考，眼前所見已然模糊，周圍彷彿藏著數不清的透明生物。

一切很快清晰，克萊恩發現自己正坐在街邊的長條木椅上，這是他之前離開的地方。

「這是存檔讀檔功能？」克萊恩在心裡開了句玩笑，拿出沾著塞尼奧爾血液的泥土，隨手摺了段樹枝，嘗試起占卜。

根據獲得的結果，他一路出城，進入附近的山林，在一條小溪的邊緣找到了還處於昏迷狀態的

「血之上將」。

此時，距離之前那場戰鬥，也就過了十多分鐘的樣子！

塞尼奧爾脖子上、胸腹間的誇張傷口已有了明顯的收縮，看起來恢復了不少，這樣的生命力完全不像人類。

再過一兩刻鐘，這位「血之上將」應該就能甦醒過來，再有一兩個小時，則可以恢復正常的行動能力。

這就是「活屍」，這就是「怨魂」！

本來你有機會被你們組織的天使和半神救走，結果血液恰巧飛濺到了《格羅塞爾遊記》上，讓你成為了這本書的「囚犯」，給了我從容處理的時間。

當然，這讓你避免了半神戰鬥的餘波傷害，沒有當場死亡，也不知道算幸運還是不幸運。

克萊恩邊咕噥邊觀察，一手緊握「喪鐘」，一手探向了塞尼奧爾的脖子，將那根純銀製成的項鍊摘了下來。

這項鍊有個形似古老錢幣的同色墜子，正反面都布滿神祕的花紋和象徵符號，並銘刻有一段古赫密斯語銘文：「你現在有多麼的幸運，之後就有多麼的倒楣。」

這就是「血之上將」那件提升幸運的神奇物品？可惜啊，就迚半神都沒辦法讓我更加幸運，它大概也不行。回頭賣掉換錢，或者問問信使小姐，看能不能用它抵帳。

克萊恩沒急著收起那條項鍊，直接將它放到了旁邊的石頭上。

他這是害怕有未知的負面效果存在，影響他接下來的操作。

然後，克萊恩專心致志地操縱起「血之上將」的「靈體之線」。

他要製作自己第一個長期使用的傀儡，以總結「祕偶大師」的扮演守則。

而再也沒有比「怨魂」更便於隨身攜帶的傀儡了！

一秒，兩秒，三秒，也就十秒的時間，克萊恩完成了初步的控制。

塞尼奧爾的靈性直覺有了危險的預感，身體出現了明顯的掙扎，但是，他因為重傷和滯澀，始終無法甦醒過來。

時間一分一秒過去，到了第四分鐘的時候，克萊恩沒有掩飾地舒了口氣。

這時，「血之上將」塞尼奧爾睜開了眼睛，翻身站起，面朝著他，動作協調地按胸行禮，道：

「早上好，先生，我有什麼能為您效勞的嗎？」

一根根虛幻的黑色細線從塞尼奧爾的體內延伸出去，投入了克萊恩的雙掌之中，隨著靈性的每一次跳躍做出不同的反應。

其實，操縱「靈體之線」並不一定需要雙手，只是克萊恩習慣這麼做，這讓他有一種自己確實在控制祕偶的感覺。

「從現在的情況看，同行們都能發現彼此的傀儡，靈體之線上的異常無法瞞過他們的眼睛，所以，這方面必須足夠謹慎。」克萊恩總結著初步發現的問題，很快將思路又轉回了塞尼奧爾本身。

這位「血之上將」等於已經死去，靈體變成傀儡的附屬，失去了屬於自身的特異，所以，許多占卜方法不再對他有效。

當然，尋找屍體類型的方法還是有用的，克萊恩打算先讓這「怨魂」透過灰霧「消一次毒」，接著再用「紙人天使」包裹他附身的類鏡面事物，最後放進有靈性之牆封鎖的鐵製捲菸盒內，和阿茲克銅哨待在一起，做三重干擾。

這樣一來，克萊恩相信玫瑰學派的天使想借助「血之上將」透過占卜、預言等辦法鎖定自己的位置，是近乎不可能的事情。

至於「欲望母樹」有沒有在塞尼奧爾體內遺留什麼「後門」，他並不是太擔心，因為如果「欲望母樹」真在「血之上將」身上動了手腳，之前半神亂戰的時候，祂就可以讓塞尼奧爾突然異變，對付自己，以當時的情況看，這肯定能成功。

「『欲望母樹』或者說『被縛之神』對本組織人員的嚴密控制，依賴的是深入靈魂的誓言契約等方式，這一點可以從莎倫小姐的描述、狀態和我本身接觸相應特性後的體會推斷出來。」

「只要我不嘗試著借助『血之上將』占卜玫瑰學派的祕密和『異種』途徑的魔藥配方，就不會觸發問題，之前那個『狼人』非凡特性放在灰霧之上那麼久，也很正常。」

「而且，等下還有一次灰霧『消毒』的過程，真有什麼潛藏的問題，也會被清理出去……」克萊恩想了一陣，將阿茲克銅哨從體內取了出來。

他右手輕轉，讓銅哨花紋較少的地方呈現於陽光底下，鏡面一樣反射出光芒。

銅哨之上頓時有塞尼奧爾的身影浮現，並飛快變得清晰。

而克萊恩面前的「血之上將」忽然消失不見。

「也許『欲望母樹』還是能透過誓言契約等模糊定位，但這沒什麼關係，反正祂都能察覺到我身上的灰霧特質，在一定範圍內感應到我。而且，這麼一個傀儡說不定什麼時候就被我用來做盾牌毀掉了……」克萊恩就像欠了很多債的無業遊民，覺得自己已經沒什麼好害怕的。

當然，他也確實欠了很多債。

只要晉升為半神，能隱藏住特質，傀儡說丟就能丟……

克萊恩環顧一圈，彎腰撿起了那根銀製的項鍊，逆走四步，低念出咒文。

——這一次他沒有採用召喚靈體的方式進入，所以不能直接返回。

灰白的霧氣飛快瀰漫，歇斯底里般的囈語和嘶吼永恆迴盪，克萊恩手裡的阿茲克銅哨並未發生異變，這說明「血之上將」體內沒什麼潛藏的大問題。

坐至青銅長桌最上首後，克萊恩將阿茲克銅哨放到了面前，讓穿暗紅外套戴陳舊三角帽的塞尼奧爾浮現於身側，就像一個等待主人命令的管家。

「你身上還有什麼物品？」克萊恩開口詢問道，似乎「血之上將」還活著。

——他這是在嘗試扮演「祕偶大師」！

隨即，他操縱塞尼奧爾，讓他翻找身上每一個口袋，陸續掏出了三百二十五鎊十六蘇勒八便士現金，其中有十三枚金幣。

除了這些，或許是因為要時常轉化成「怨魂」形態的關係，塞尼奧爾並沒有攜帶更多的物品。

「真窮啊……一位海盜將軍，竟然只有一件神奇物品？這是上交給了玫瑰學派，分配給手下海盜了？」克萊恩認真考慮了一下要不要透過黑市渠道將「血之上將」變現的問題。

他僅在魯恩一國就價值四萬兩千鎊！

「嗯，從魯恩領賞不現實，無論風暴教會，還是王國軍方，都很樂意順著這條線索抓捕讓多位半神混戰的格爾曼．斯帕羅，調查他背後的那個組織，根本不會給錢，給也是陷阱。」

「同樣的道理，其他國家的教會和政府都肯定有類似的想法，只不過態度可能會好一點，去領取賞金需要冒相當大的風險。」

「而且也不急，等我想更換傀儡的時候，再把塞尼奧爾送出去，反正做幾天祕偶又不會影響他的身分和價值。」克萊恩收回思緒，將目光投向了那根吊著古老錢幣般墜子的銀項鍊。

他旋即利用占卜的辦法，大致把握到了項鍊的來歷和作用：它源於一位生命學派的序列五「贏家」，這位先生死在玫瑰學派半神的手上後，非凡特性、本身精神與隨身攜帶的一根普通銀項鍊結合，形成了神奇物品。

原本那根普通的銀項鍊為什麼會被一位序列五的強者貼身帶著，因為過去太久，事物也被汙染，克萊恩無法得到有效的啟示。

這件神奇物品有兩個作用，一是被動地讓佩戴者變得幸運：在日常生活裡，項鍊的主人三不五時會遇到好事，做什麼都容易成功，在遭遇致命打擊和可怕災難時，則有戲劇化的場面出現，讓他被成功拯救，後者僅能維持十分鐘。

二是主動地給予敵人厄運，讓目標變得倒楣，無論生活裡，還是戰鬥中，都容易因一些微小的問題遭遇失敗。

項鍊對應的負面效果是「運氣守恆」，幸運之後立刻就會接續厄運，之前有多麼的走運，接下來就有多麼的倒楣，這需要擁有者專心致志，非常認真地規避，否則很容易就以搞笑的方式死去，甚至連累周圍的人。

日常生活裡獲得的幸運往往在一個月後發生反轉，使用者無論有沒有佩戴，都會變得倒楣，不過，這種厄運是以舒緩的方式釋放，危險程度不高。

而戰鬥裡獲得的運氣，十分鐘後就會以同樣激烈的方式反噬回來。

「整體來說，是一件相當不錯的神奇物品，但對我用處不是太大，畢竟連『命運議員』瑞喬德都沒辦法改變我的運氣……嗯，先隨身戴著，它對我幾乎沒有負面影響，有機會就賣掉，償還信使小姐的債務。信使小姐要的是金幣，而我擁有的是金鎊，想透過銀行和正規市場兌換到一萬枚金幣，幾乎是不可能的事情，看來，得分批分人，讓塔羅會每位成員各自負責一部分……」

克萊恩很快敲定了計畫，非常隨意地為那根項鍊取了個名字：「幸運天平」！

接著，他又一次將目光投向恭敬侍立在旁邊的「血之上將」塞尼奧爾，認真研究了一下怨魂具備哪些能力。

強行附身，控制敵人，怨魂尖嘯，鏡面閃爍，穿透障礙，死亡類法術，不會被絕大部分中低序列者發現的「隱身」。

克萊恩一一進行辨識，並與莎倫和馬里奇講述過的，以及自己在戰鬥裡體驗到的對比印證。

他很快結束了這一切，害怕現實世界裡的蠟燭燒完，而沒什麼光的山洞對目前怕黑的他來說非常不友好。

克萊恩當即從雜物堆裡抽出一個紙人，配合「黑皇帝」牌，糅合灰霧之上的些許力量，將它化身為了反占卜的「天使」。

這天使迅速張開羽翼，抱住了一枚金幣，這金幣的反光處有著塞尼奧爾的身影。

然後，克萊恩將這枚金幣、阿茲克銅哨、「喪鐘」左輪、行李箱等物品弄回了現實世界，至於「蠕動的飢餓」和《格羅塞爾遊記》，一個因為暫時沒有食物，一個由於已攜帶太久，說不定什麼時候就把克萊恩的身體給吞進書中，被留在了灰霧之上的雜物堆裡。

回到山洞，克萊恩忙碌著將那枚金幣和阿茲克銅哨一起放入鐵製捲菸盒內，用「靈性之牆」完成了封鎖。

他收拾好現場，換上正裝，提著行李箱，沿海灘找到了有人居住的地方，發現自己竟然在普利茲港附近。

他沒立刻回貝克蘭德，而是變化樣子，乘坐蒸汽列車，前往迪西海灣的康納特市，準備從那裡繞一圈，再換個身分。

班西港，阿爾傑·威爾遜在午後的陽光裡眺望著這座被毀滅的城市。

他看見房屋全部倒塌，地面有一道又一道深深的溝壑，到處都是焦黑的痕跡。

這樣的場景一直延續到島嶼深處，甚至有山峰垮塌了下來。

此時，並沒有風暴教會的人看守廢墟，因為這裡什麼都沒有，而重建港口的計畫遠未提上日程。

阿爾傑跳下「幽藍復仇者號」，和水手們一起，在廢墟裡轉了一圈，沒能發現任何有價值的東西。

「走吧。」他沉穩吩咐道。

他們很快上了船，揚帆遠離了這個島嶼。

不知過了多久，廢墟深處突然走出了一道身影。

他穿著雙排扣的純黑色神職人員長袍，頭髮暗金，五官如同古典雕塑，沒有一點皺紋。

他一個瞳孔深藍近黑，一個看似黯淡無光，卻爬滿了密集的細小血管。

迪西郡，康納特市，紅梧桐街六十七號。克萊恩頂著張魯恩王國較為常見的臉孔，上前一步，拉響了門鈴。

不到一分鐘，房門吱呀一聲打開，一位穿黑白長裙的女僕探頭打量了幾秒，疑惑著問道：「晚安，您找哪位？」

「我找妮露夫人，我是她父親戴維·雷蒙的朋友。」克萊恩平靜地回答道。

戴維·雷蒙是他從「蠕動的飢餓」裡釋放的那位「夢魘」，是「值夜者」裡面的「紅手套」。他最後最掛念的是他的女兒妮露·雷蒙，對沒能陪伴她成長，讓她在失去母親的同時近乎失去父親非常愧疚，克萊恩當時答應他，如果有機會，會來這座美麗的海濱城市幫他看一看女兒過得怎麼樣。

經過事前的打聽，克萊恩已初步掌握了妮露·雷蒙的大致情況，這位女孩從文法學校畢業後，進入了黑夜女神教會的「關愛婦女兒童基金會」工作，周薪達到了二鎊十蘇勒，是周圍鄰居羨慕的對象。

她還繼承了一筆源於她「商人」父親的遺產，具體是多少，別人不太清楚，只知道她比大部分中產階級有錢。

正常來說，這種有足夠財富的女孩，對婚姻會非常慎重，會反覆地挑選和考察，以至於經常晚婚，但妮露工作僅僅一年後，就和一位政府雇員結婚了。

因為雙方信仰的都是「黑夜女神」，她並沒有冠夫姓，依舊叫妮露‧雷蒙，依舊住在紅梧桐街六十七號，未曾搬走。

聽到克萊恩的回答，女僕忙請他稍候，自己轉身進入客廳彙報。

沒過多久，一位穿家居衣裙的女士走向了門口，她黑髮藍眼，臉頰較為瘦長，五官還算不錯，與戴維‧雷蒙有幾分相像。

「晚安，先生，我是戴維‧雷蒙的女兒妮露，請問你是什麼時候認識我父親的？」妮露‧雷蒙客氣但戒備地問道。

克萊恩取下帽子，笑笑道：「在海上認識的，已經有好幾年了。」

妮露‧雷蒙略顯警惕地掃了對面一眼道：「或許你還不知道，他已經過世了。」

克萊恩嘆息道：「我知道，我和他就是在那場災難裡認識的，他當時有說一些話，我原本並不怎麼在意，但這幾年裡越想越覺得應該讓妳知道。」

「是嗎？」妮露低語出聲，想了想道，「請進，你介意我丈夫一起聽嗎？」

「這只和妳的決定有關。」克萊恩坦然回應。

妮露點了一下頭，一路領著克萊恩進入書房，她的丈夫，一位外表普通氣質斯文的政府雇員放下報紙，跟了進來。

雙方分別坐下後，克萊恩看著對面沙發上的夫妻，斟酌了一下道：「戴維．雷蒙先生曾經經歷過一次災難，失去了他的父親、母親、妻子、兄弟和姐妹。」

妮露沒什麼表情地點頭道：「我知道。」

克萊恩想了想，繼續說道：「他表面是一位商人，實際上卻在追捕造成那場災難的凶手們。」

「我知道。」妮露沒太大反應地開口道。

克萊恩看了她一眼，往下說道：「他全身心都投入了這件事情，很遺憾沒能好好地陪伴妳成長，讓妳在失去母親的同時，也近乎失去了父親。」

妮露沉默了一秒，語速很快地回應：「我知道！」

克萊恩的目光掃過周圍那些陳舊的書籍，無聲嘆了口氣道：「他說他最大的希望是能看見妳在女神的見證下，擁有自己的婚姻和家庭，不再孤單，我想他現在應該很欣慰。」

妮露的視線從克萊恩臉上緩慢移開，嘴巴張了張，停了兩秒才回答：「……我知道。」

克萊恩身體略微前傾，交握起雙手道：「他說他也許會死在海上，讓我告訴妳，他是因為意外而身亡，之前所有的凶手也已經被懲戒，妳不需要再仇恨誰。」

「他還說，他很愛妳，他很抱歉。」

妮露默然幾秒，眨了眨眼睛，側頭望向旁邊，情緒不明地呵了一聲：「我知道了……」

克萊恩深深看了她一眼，緩慢起身道：「我已經轉達完畢了，我該離開了。」

對面的回應是沉默，妮露的丈夫輕輕頷首，示意感謝。

克萊恩轉過身體，走向了書房門口，他剛擰動把手，背後忽然傳來妮露．雷蒙變得低沉和沙啞的聲音：「你，認為，他是一個什麼樣的人？」

克萊恩靜默了一秒，回過頭去，勾起嘴角，微笑說道：「一個守護者。」

他不再停留，拉開書房之門，走向了衣帽架位置。

當他戴上禮帽，離開紅梧桐街六十七號的時候，一道細細的，竭力壓制的哭聲突然響起，鑽入了他的耳朵。

無聲搖頭，克萊恩離開這片街區，進入了一座黑夜女神的教堂。

穿過幽深的，寧靜的走道，他坐至倒數第七排，面對有半個紅月和璀璨星辰的深黑聖徽，取下禮帽，埋低腦袋，雙手交握著抵在了嘴巴前，和這裡大多數信徒一樣。

無聲的寂靜和安寧裡，時間飛快流逝，克萊恩緩慢睜開眼睛，動作很輕柔地站了起來。

他坐的那個位置上，遺留了一團被紙張包裹著的事物。

克萊恩沿著走道，走出了祈禱大廳，走到了教堂門口，他背對裡面，戴上禮帽，抬起右手，打了個響指。

「啪！」

他之前位置上的紙張忽然被點燃，引起了牧師的注意，等這位先生趕了過去，火焰已經熄滅，留下一團深黑幽邃的寶石狀膠質物。

「這是……」牧師雖然不清楚那團膠質物具體是什麼，但靈感告訴他，這很重要！

當他和別的牧師追到教堂外面時，剛才那位穿燕尾正裝戴半高禮帽的紳士已然不見。

第二天上午，透過本地黑市獲得了新身分的克萊恩來到了蒸汽列車站點。

他一手拿著價值十八蘇勒的二等座車票和自己的身分證明文件，一手提著黑色皮製行李箱，挺拔地立於站臺上，等待前往貝克蘭德的列車抵達。

現在的他，外表是個近四十歲的中年男士，身高一百八十公分出頭，黑髮夾雜著些許銀絲，藍眼幽邃如同夜晚的湖水，五官相當耐看，有成熟的味道和儒雅的氣質。

低頭看了眼手中的身分證明文件，克萊恩眼眸內映出了自己現在的姓名：「道恩．唐泰斯。」

想了想，他將行李箱放至地面，攤倒打開，然後把身分證明文件全部塞了進去。

在這個行李箱內，有一個黑色的木製小盒，裡面裝著的是前魯恩士兵龍澤爾．愛德華的骨灰。

克萊恩剛整理好箱子，耳畔就響起了嗚的聲音，一列蒸汽火車噴薄著煙霧，哐當駛入站臺，由快至慢地停了一下來。

他抬起腦袋，將目光投向前方，沉默地打量了兩眼，然後對著行李箱低語了一句：「該回去了……」

他旋即站直，提上隨身物品，一步一步走向了已打開的車廂大門。

貝克蘭德，喬伍德區，金斯特街二十六號。班森邊摘掉帽子，脫去外套，將它們交給女僕，邊望向客廳內專心看書的妹妹梅麗莎道：「六月分就是入學考試了，妳終於能體會我之前認真學習的痛苦了。」

梅麗莎沒有抬頭，依舊閱讀著書籍道：「我每天都在認真學習。」

「幽默點，梅麗莎，幽默點，不懂幽默的人和捲毛狒狒有什麼區別？」班森笑著說道。

梅麗莎隨意望了他一眼道：「你以前不是這麼說的。」

她沒有去糾結人和捲毛狒狒的區別究竟在哪裡，轉而問道：「政府雇員也是這麼遲才結束工作嗎？」

「不，只是最近有很多事情，你知道的，喔，妳不知道，這種大的變革裡，前後工作的交接，不同關係的理順，都非常麻煩。」班森目光掃過客廳內的一面鏡子，忍不住抬手理了理自己的頭髮，表情不是太愉快地說道，「雖然我只是財政部的一個小雇員，但這不妨礙我有很多工作，唯一讓我感到安慰的是，終於度過該死的實習期了，接下來我將擁有三鎊的週薪！」

梅麗莎放下書本，邊走向餐廳邊對班森說道：「該用晚餐了。」

她頓了頓，非常認真地說道：「我之前看報紙，說是有一種叫做多寧斯曼樹樹汁的事物，對頭髮的生長很有效。」

班森的表情一下變得很複雜。

「嗚！」

汽笛聲裡，長長的蒸汽列車匡當匡當地駛入了貝克蘭德。

克萊恩提著行李箱，又一次踏上了這「萬都之都」，「希望之地」的土地，發現霧氣比以往稀薄了很多，不再有明顯的淡黃色，站臺上的煤氣路燈則未被早早點亮，以驅散陰沉與昏暗。

環顧一圈，克萊恩出了蒸汽列車站，換搭地鐵和馬車，直接來到了西區外面的一座風暴教會墓園。

然後，他花費少量的金錢，將龍澤爾·愛德華的骨灰盒放入了一個櫃子內。

此時，距離這位魯恩士兵離開貝克蘭德那天已經超過一百六十五年。

退後一步，深深凝視了一陣，克萊恩抖紙成鐵，在櫃門上銘刻道：「龍澤爾·愛德華。」

他閉了閉眼睛，再次寫道：「每一段旅行都有終點。」

——【詭秘之主〈旅行家〉·完】

旅行家

—The Most High—

詭秘之主

國家圖書館出版品預行編目資料

詭秘之主 : 旅行家 ／愛潛水的烏賊作.　--初版.
--臺中市：飛燕文創事業有限公司,　2022.12-

冊；　公分.

ISBN 978-626-348-166-4(第1冊 : 平裝).--
ISBN 978-626-348-167-1(第2冊 : 平裝).
ISBN 978-626-348-483-2(第3冊 : 平裝).--
ISBN 978-626-348-597-6(第4冊 : 平裝).--
ISBN 978-626-348-598-3(第5冊 : 平裝).--
ISBN 978-626-348-640-9(第6冊 : 平裝)

857.7　　　　111017415

詭秘之主
—The Most High—
旅行家 -END-

出版日期：2024年03月

定價：新台幣320元
ISBN 978-626-348-640-9

作者 愛潛水的烏賊
畫家 阿蟬

發行人 曾國誠
責任編輯 小玫
美術編輯 豆子、大明

製作發行 飛燕文創事業有限公司
公司地址 台中市南區樹義路65號
聯絡電話 04-22638366
傳真電話 04-22629041
郵政劃撥 22815249 戶名：曾國誠
印刷所 燕京印刷廠有限公司
聯絡電話 04-22617293

Fei-Yan
飛燕文創

詭祕之主
—The Most High—
旅行家

請對摺

請沿虛線剪下再對摺黏貼，請勿用訂書機裝訂

請貼
6元郵票

40241
台中市南區樹義路65號
飛燕文創事業

讀者回函卡

歡迎您對本書的想法與建議表達出來，在能力範圍所及，本公司將盡力達成您的要求與建議，謝謝！請繼續支持和鼓勵本公司出版的書籍！

書號：FLY02406

書名：詭秘之主-旅行家

☆從何處得知本書的訊息？

□書店□租書店□親友介紹□網站（名稱）________□其他________

☆本書您覺得需要改進的地方。

□錯字太多□內容劇情□版面編排□封面設計□封面構圖□印刷裝訂

□字體大小□其他________

____

☆購買本書的原因？

□喜歡作者□喜歡畫家□被內容題材吸引□被書名吸引□喜歡封面設計

□看了廣告宣傳而有興趣（廣告來源）________

□其他________

☆您喜歡書中的哪些人物？1.________2.________3.________

☆您在何處購買本書？________（例如：金石堂、博客來）

☆希望隨書附贈何種贈品?________

____

☆期待劇情中哪個畫面畫成圖案？________

____

☆有哪幾本網路小說還未出版您希望出版實體書？

（請填寫書名、作者、網站名或網址）________

____

☆您對本書的感想或意見，或是對本公司的建議。

____

讀者基本資料

姓名：　　性別：□男 □女

教育程度：　　職業：

生日：民國　年　月　日　年齡：

連絡電話：

E-mail：

※膠水黏貼處，請不要影響到填寫的資料※

請沿虛線剪下再對摺黏貼，請勿用訂書機裝訂